Marybeth Whalen

Strandpost

Wo Erinnerungen heilen und das Leben neu beginnt

Roman

Deutsch von Eva Weyandt

GerthMedien

MIX
Papier aus verantwortungsvollen Quellen
FSC® C014496

Verlagsgruppe Random House FSC-DEU-0100
Das für dieses Buch verwendete FSC®-zertifizierte Papier
Munken Premium Cream liefert Arctic Paper Munkedals AB, Schweden.

Die amerikanische Originalausgabe
erschien im Verlag David C. Cook, Colorado Springs,
unter dem Titel „The Mailbox".

1. Auflage 2012
Bestell-Nr. 816 662
ISBN 978-3-86591-662-4

Umschlaggestaltung: Björn Steffens
Umschlagfoto: Shutterstock
Satz: Marcellini Media GmbH, Wetzlar
Druck und Verarbeitung: GGP Media GmbH, Pößneck
Printed in Germany

Für meine liebe Freundin Ariel Allison Lawhon.
Ohne dich wäre dieses Buch niemals geschrieben worden.
Und für meinen Mann Curt:
Nach zwanzig Jahren ist unsere Liebesgeschichte
besser als alles, was ich mir ausdenken könnte.

PROLOG

Der Briefkasten am Sunset Beach,
North Carolina, Sommer 2003

SIE WARTETE IN SICHERER ENTFERNUNG, BIS SICH DER MANN *von dem Briefkasten entfernte, bevor sie im blassen Licht des späten Juliabends näher trat. Sie kannte ihn und normalerweise hätte sie ihn angesprochen. Aber nicht hier, sonst würde er am Ende noch ihre Absicht erraten. Sie wartete, bis er aus ihrem Blickfeld verschwunden war, ehe sie zu dem Briefkasten in den Dünen humpelte. Ihr Knie schmerzte zum Verrücktwerden. Der Arzt wollte ihr ein neues Kniegelenk einsetzen, aber während der Genesungszeit wäre es ihr unmöglich, zum Briefkasten zu kommen, deshalb hatte sie dem Arzt mitgeteilt, die Operation müsse warten.*

Die Sonne war schon fast untergegangen, als sie ihre Kappe mit dem Sonnenschirm abnahm und in ihre Tasche steckte. Niemand beobachtete, wie sie die Notizblocks und losen Blätter aus dem Briefkasten nahm, die von der Gischt des Meeres und von vielen Tränen feucht geworden waren. Zum Briefkasten ging sie nur, wenn niemand sie beobachtete, sodass ihre Identität ein Geheimnis blieb. Die vollgeschriebenen Notizbücher ersetzte sie durch neue, mit unberührten und noch jungfräulichen Seiten. Auch die eingetrockneten

Stifte tauschte sie gegen neue aus. Zum Schluss legte sie noch einige zusätzliche lose Blätter auf die neuen Notizbücher.

Zufrieden betrachtete sie ihr Werk. Wie sehr sie sich darauf freute, den Inhalt der Notizbücher zu lesen! Sie wandte sich vom Briefkasten ab und ließ ihren Blick über das Meer gleiten. Tief atmete sie den Geruch des Ozeans ein. Zwei Möwen spielten in der Luft Fangen, und sie beobachtete fasziniert das Schauspiel. Schließlich setzte sie sich in Bewegung und wanderte langsam hinunter zum Strand. Die Notizbücher in ihrer Tasche waren schwer und drückten auf ihrer Schulter. Was für ein seltsames Bild musste sie abgeben – eine etwas verrückt aussehende alte Frau, die sie ja tatsächlich war, gebeugt vom Alter und humpelnd, die Haare ohne ihre Sonnenkappe zerzaust, suchte in aller Heimlichkeit einen alten verrosteten Briefkasten auf. Dieser Briefkasten hatte irgendwann dagestanden, ohne dass jemand wusste, woher er kam, doch er war von den Menschen in diesem Küstenstrich bald als eine Art Kummerkasten angenommen worden und hatte sich zu einer Institution entwickelt.

Schon viele Jahre lang machte sie diese Ausflüge zum Briefkasten und sie nahm ihre Aufgabe als Erhalterin dieser Tradition genauso ernst wie ein Pastor seine Sonntagspredigt auf der Kanzel. Die „Seelenfreundin" spielte eine wichtige Rolle, auch wenn niemand ihre Identität kannte. Wann immer sie sich auf den Weg machte, um die Notizbücher einzusammeln, dachte sie zurück an ihr Gespräch mit der Frau, die vorher diese Aufgabe innegehabt hatte. Sie war an Krebs erkrankt und als sie nicht mehr die Kraft hatte für die Ausflüge zum Briefkasten, hatte sie die Aufgabe an sie weitergegeben.

„Es ist nicht nur irgendein vergessener Briefkasten an einem abgelegenen Strandstück. Dies ist ein Ort, wo Träume mitgeteilt, Trä-

nen vergossen und Leben verändert werden." Sie hatte ernst dazu genickt. Und jetzt war es also ihre Aufgabe, sich weiter um den Briefkasten zu kümmern und dabei vor allem auch ihre Identität geheim zu halten.

In den Notizbüchern, die sie aus dem Briefkasten holte, hatten sich viele Menschen ihren Schmerz von der Seele geschrieben, ihrer Hoffnung oder Freude Ausdruck verliehen in der festen Überzeugung, dass die „Seelenfreundin" ihre Worte las, sie wie Groschen aus einem Wunschbrunnen sammelte und wie einen Schatz hütete.

Wenn sie nach Hause kam, würde sie sich eine Tasse Tee kochen und sich mit den Briefen an den Tisch setzen. Sie würde bis tief in die Nacht hinein lesen und für diejenigen beten, die sie geschrieben hatten, bevor sie sie zu den anderen legen würde. Das war ihr persönliches kleines Ritual.

Auf dem Heimweg dachte sie an den Mann, den sie eben am Briefkasten gesehen hatte, und fragte sich, warum er wohl dort gewesen war, welche Geschichte er zu erzählen hatte. Sie kannte ihn schon sein ganzes Leben lang, doch warum er heute zu dem Briefkasten gekommen war, wusste sie nicht. Aber bald würde sie es erfahren …

KAPITEL 1

Sunset Beach
Sommer 1985

CAMPBELL UNTERDRÜCKTE EIN VERSCHMITZTES GRINSEN, als er Lindsey über den warmen Sand zu dem Briefkasten führte. Ihre Schritte wurden zunehmend zögerlicher. Sie blickte zu ihm auf und bemerkte das spitzbübische Lächeln, das seinen Mund umspielte.

„Es gibt gar keinen Briefkasten, stimmt's?", fragte sie und tat so, als wäre sie beleidigt. „Wenn du mit mir an einem abgelegenen Stück des Strandes allein sein wolltest, dann hättest du mich nur zu fragen brauchen." Spielerisch stieß sie ihn mit dem Ellbogen in die Seite.

Jetzt grinste er breit. „Du hast mich ertappt." Ergeben hob er die Hände.

„Warte mal kurz", sagte Lindsey, beugte sich vor und dehnte ihre schmerzenden Waden. Als sie sich wieder aufrichtete, stemmte sie die Hände in die Hüften und sah ihn mit zusammengezogenen Augenbrauen an. „Also, gibt es diesen ominösen Briefkasten nun wirklich oder nicht?"

Campbell nickte. „Ich schwöre es. Es lohnt sich. Du wirst

sehen.“ Er drückte seine Stirn an ihre und schaute ihr tief in die Augen, bevor er sich wieder in Bewegung setzte, am Strand entlang.

„Na gut, wenn du es sagst ...“, murmelte sie und folgte ihm. Er legte den Arm um ihre nackte, braun gebrannte Schulter und zog sie näher an sich heran. Lindsey ließ ihren Blick über die endlos scheinende, zerklüftete Küstenlinie gleiten. In der Ferne erkannte sie eine Mole aus Felsblöcken, die wie eine Pfeilspitze ins Meer ragte.

Sie schaute zurück zu den Fußabdrücken, die sie im Sand hinterließen. Bald würde die Flut sie fortspülen und ihr kam der Gedanke, dass die Zeit, die ihr noch mit Campbell blieb, schon sehr bald genauso verschwunden wäre wie ihre Fußabdrücke im Sand. Immer wieder klangen ihr die Worte im Ohr: *Genieße die Zeit, die dir noch bleibt.* Das hatte sie vor. Sie würde jeden Augenblick dieses Spaziergangs in ihrer Erinnerung festhalten, um ihn später, wenn sie wieder zu Hause war, noch einmal durchleben zu können. Denn mehr als Erinnerungen würden ihr nicht bleiben. Sie waren ihr wertvollstes Gut. Nur durch ihre Erinnerungen könnte sie sich ihm dann noch nah fühlen.

„Ich weiß nicht, wie das gehen soll“, meinte sie, während sie einen Fuß vor den anderen setzten. „Ich meine, wie können wir in Kontakt bleiben, wenn wir so weit voneinander entfernt sind?“

Er strich sich mit der Hand durch seine Haare. „Es muss einfach gehen“, erwiderte er. Dabei ließ er scharf die Luft entweichen, wie um seine Worte zu unterstreichen.

„Aber wie?“, fragte sie und sie wünschte, ihre Stimme klänge nicht so verzweifelt.

Er lächelte sie an. „Wir werden uns schreiben. Und wir werden telefonieren. Ich übernehme die Rechnung für die Ferngespräche. Meine Eltern haben mir das erlaubt.“ Er hielt inne. „Und wir werden die Tage bis zum nächsten Sommer zählen. Deine Tante und dein Onkel haben dich ja schon eingeladen, nächstes Jahr wieder mit herzukommen und bei ihnen zu wohnen. Und deine Mutter wird dir das bestimmt auch erlauben.“

„Ja, sie wird sicher froh sein, mich los zu sein.“ Die Bilder von zu Hause, die in ihr aufstiegen, verdrängte sie schnell; den Mentholgeruch der Zigaretten ihrer Mutter, ihre beengte Wohnung mit den dünnen Wänden, durch die man alle Geräusche der Nachbarn hörte, die Unterwäsche ihrer Mutter, die in ihrem winzigen Bad an der Duschstange hing … das alles war so peinlich. Sie wünschte, ihre Verwandten müssten am Ende des Sommers ihr Strandhaus nicht verlassen und sie könnte für immer bei ihnen bleiben.

Das Strandhaus war ihr Lieblingsort auf der ganzen Welt geworden. Dort hatte sie das Gefühl, richtig zur Familie ihrer Tante und ihres Onkels dazuzugehören. Dieser Sommer hatte es ihr ermöglicht, eine Weile vor der Realität ihres Lebens zu Hause zu fliehen. Und hier, in diesem kleinen Küstenort, hatte sie in Campbell die Liebe ihres Lebens gefunden. Aber morgen wollten ihre Verwandten wieder nach Hause fahren und sie musste zu ihrer Mutter zurück.

„Ich will nicht fort von hier!“, brach es plötzlich aus ihr hervor. Ein paar Vögel ergriffen erschrocken die Flucht. Sie biss sich auf die Lippen und schloss die Augen, als Campbell sie an sich zog.

„Schsch“, beruhigte er sie. „Ich will auch nicht, dass du wegfährst.“ Er ergriff ihr Kinn und hob ihr Gesicht an. „Wenn ich die Zeit für dich zurückdrehen könnte, würde ich es tun. Und wir würden diesen ganzen Sommer noch einmal erleben."

Sie nickte und zum hundertsten Mal wünschte sie, sie könnte für immer mit Campbell hier am Strand stehen und dem hypnotisierenden Klang seiner Stimme lauschen, die so viel tiefer und reifer klang als die der Jungen in ihrer Schule. Sie dachte an die Fotos, die sie an diesem Tag bereits geknipst hatte – ihr verzweifelter Versuch, etwas von ihm mitnehmen zu können. Aber sie wären nur ein erbärmlicher Ersatz, ein Abklatsch des Originals.

Campbell deutete nach vorn. „Komm mit", sagte er und zerrte an ihrer Hand. „Ich glaube, ich sehe den Briefkasten schon." Wie ein kleiner Junge grinste er sie an.

Gemeinsam erklommen sie die Düne und dort stand er tatsächlich – ein ganz gewöhnlich aussehender Briefkasten, auf dem in goldenen Buchstaben nur ein Wort stand: „Seelenfreund". Es gab keine Hinweise, keine Erklärungen.

„Ich habe es dir doch gesagt. Da ist er!", rief Campbell, während sie sich durch den tiefen Sand vorkämpften. „Der Briefkasten steht schon seit einigen Jahren hier", erklärte er und in seinem Tonfall schwang etwas wie Ehrfurcht mit, als er seine Hand auf das Metall legte. „Niemand weiß, wer ihn aufgestellt hat oder aus welchem Grund, aber seine Existenz hat sich herumgesprochen und jetzt kommen die Menschen von überallher, um Briefe dort zu hinterlegen – an die geheimnisvolle Person, die sie abholt und liest, diesen *Seelenfreund* eben. Menschen aus aller Herren Länder kommen hierher."

„Und weiß jemand, wer die Briefe abholt?", fragte Lindsey. Sie ließ ihre Finger über die goldenen, abblätternden Buchstabenaufkleber gleiten. Die untere Hälfte des N und des E fehlten bereits.

„Das glaube ich nicht. Aber genau das ist es ja, was die Menschen hierher lockt – der Ort hat ein Geheimnis, einfach etwas ganz Besonderes.“ Er starrte auf seine nackten Füße und grub seine Zehen in den Sand. „Also ... ich wollte dir das zeigen, weil ... es soll auch unser ganz besonderer Ort sein.“ Aus den Augenwinkeln heraus schaute er sie an. „Ich hoffe, du findest das nicht irgendwie blöd.“

Sie legte die Arme um ihn und schaute ihm in die Augen. „Ganz und gar nicht“, erwiderte sie.

Als er sie küsste, zwang sie sich, diesen Kuss mit allen Sinnen zu genießen und jede Einzelheit ganz genau in sich aufzunehmen: das Rauschen der Wellen und das Geschrei der Möwen, den weichen trockenen Sand unter ihren Füßen, die salzige Meerluft und den Duft von Campbells sonnengetränkter Haut. Später, wenn sie wieder zu Hause in Raleigh war, würde sie sich diesen Augenblick in Erinnerung rufen. Wieder und wieder. Vor allem dann, wenn ihre Mutter sie wie so oft in ihr Zimmer mit den papierdünnen Wänden verbannte, während sie sich mit ihrem neusten Freund amüsierte.

Lindsey klappte den Briefkasten auf. Seine Angeln ächzten. Unsicher wanderte ihr Blick zu Campbell. „Schau nur hinein“, forderte er sie auf.

Drinnen lagen einige lose Blätter und außerdem Spiralblöcke, wie sie sie immer für die Schule kaufte. Die Seiten waren von der feuchten Seeluft gewellt. Im Briefkasten lagen auch Stifte. Bei einigen fehlten bereits die Kappen.

Campbell deutete auf den Inhalt. „Du könntest doch auch einen Brief schreiben“, meinte er. „Nimm einen Stift und ein

Blatt Papier, setz dich auf die Bank und schreib auf, was du empfindest." Er zuckte die Achseln. „Ich könnte mir vorstellen, dass das etwas für dich ist, oder?"

Wie gut er sie in so kurzer Zeit kennengelernt hatte! „Ja, das gefällt mir." Sie griff in den Briefkasten und nahm ein dunkelrotes Notizbuch heraus, klappte es wahllos auf und überflog eine Seite. Eine Frau hatte über einen wundervollen Familienurlaub in Sunset Beach geschrieben und die ganz besondere Zeit, die sie mit ihrer Tochter erlebt hatte. Lindsey klappte das Notizbuch schnell wieder zu. Vielleicht war das doch keine so gute Idee. Sie konnte sich nicht vorstellen, dass ihre Mutter je den Wunsch verspürte, Zeit mit ihr zu verbringen, und schon gar nicht, dass sie dankbar dafür wäre. Das deprimierte sie. Es erinnerte sie an das, was zu Hause eben nicht auf sie wartete und was sie so sehr vermisste.

Campbell trat näher an sie heran. „Was ist?", fragte er und sein Körper schmiegte sich perfekt an ihren an, als er sie an sich zog.

Sie legte das Notizbuch wieder in den Briefkasten zurück. „Mir graut davor, wieder nach Hause zu müssen", erwiderte sie. „Ich wünschte, mein Onkel bräuchte nicht mehr zu arbeiten und wir könnten für immer hierbleiben. Wie kann ich zurückkehren … zu ihr? Sie will mich doch gar nicht bei sich haben und ich will auch nicht bei ihr sein." Dieses Mal kämpfte sie nicht gegen die Tränen an, die schon den ganzen Tag in ihren Augen brannten.

Campbell zog sie neben sich in den Sand. Ganz sanft wiegte er sie in den Armen, während sie ihren Tränen freien Lauf ließ.

Den Kopf an seiner Schulter vergraben murmelte sie: „Du kannst so froh sein, dass du hier lebst."

Er nickte. „Ja, das ist wohl so." Nach einer langen Pause fuhr er fort: „Aber weißt du, ohne dich wird dieser Ort für mich nicht mehr derselbe sein."

Mit rot geweinten Augen schaute sie ihn an. „Du willst also sagen, dass ich ihn für dich ruiniert habe?"

Er lachte und auch den Klang seines Lachens hielt sie in ihrer Erinnerung ganz fest. „Na ja, wenn du es so ausdrücken willst, dann ja."

„Jetzt machst du mir auch noch Schuldgefühle!" Sie legte den Kopf an seine Schulter und konzentrierte sich auf seine Nähe, atmete tief den Duft seiner Haut ein, die nach Meer und Erde roch, ein Geruch, der ihm von der Arbeit mit seinem Vater an der frischen Luft noch anhaftete.

„Wo immer ich von jetzt an hingehe, die Erinnerung an dich wird mich begleiten. An uns beide. Der Inselmarkt, der Strand, die Arkaden, die Veranda meines Elternhauses, der Landungssteg …" Bei der Erinnerung an den Ort, an dem er sie das erste Mal geküsst hatte, lächelte er. „Und jetzt hier. Diese Stelle wird mich immer an dich erinnern."

„Und ich kehre heim an einen Ort, wo es keine Erinnerung an dich gibt, keine einzige Spur von dir. Ich weiß nicht, was schlimmer ist: eine ständige Erinnerung oder gar keine." Sie verschränkte ihre schmalen Finger mit seinen. „Bist du froh, dass wir uns kennengelernt haben?" Das klang so erbärmlich, aber sie musste seine Antwort hören.

„Ich kann mir nicht vorstellen, dich nicht kennengelernt zu haben", versicherte er ihr. „Auch wenn es mir das Herz brechen wird, von dir Abschied nehmen zu müssen. Doch das, was wir haben, ist den Schmerz wert."

Er küsste sie und streichelte ihr über die Haare. Seine Worte hallten in ihr nach: *ist es wert, ist es wert, ist es wert*. Sicher, sie waren noch jung, ihr ganzes Leben lag noch vor ihnen, darauf zumindest hatten ihre Tante und ihr Onkel sie hingewiesen. Aber sie wusste auch, dass das, was sie mit Campbell erlebte, nichts mit dem Alter zu tun hatte.

Campbell erhob sich und zog sie auf die Beine, wobei er versuchte, seine Lippen nicht von ihren zu lösen. Sie kicherte, als das Gesetz der Schwerkraft sie voneinander trennte. Er deutete auf den Briefkasten. „Also los, schreib einen Brief an den Seelenfreund. Erzähle ihm, was du in Bezug auf uns empfindest und wie unfair es ist, dass wir uns voneinander trennen müssen." Er blinzelte ihr zu. „Und ich verspreche, dir dabei nicht über die Schulter zu sehen."

Sie stupste ihn an. „Du kannst ruhig lesen, was ich schreibe, wenn du möchtest. Vor dir habe ich keine Geheimnisse."

Er schüttelte den Kopf. „Nein, nein. Das ist deine Sache. Deine ganz private Welt – etwas, das nur dich und diesen Seelenfreund etwas angeht. Und nächstes Jahr", sagte er lächelnd, „kommen wir wieder hierher und du kannst von dem wundervollen Sommer erzählen, den wir erleben werden. Das verspreche ich."

„Und was ist mit dem Sommer danach?", fragte sie neckend.

„Auch von dem." Er küsste sie. „Und dem nächsten." Er küsste sie erneut. „Und dem darauf folgenden." Er küsste sie noch einmal und lächelte sie während seiner Küsse an. „Verstehst du? Dies wird immer unser ganz besonderer Ort sein."

„Immer?", fragte sie.

„Immer", versicherte er ihr.

Sunset Beach
Sommer 1985

Lieber Seelenfreund, oder bist du eine Seelenfreundin?

Ich habe keine Ahnung, wer du bist, und doch hindert mich das nicht daran, dir zu schreiben. Eines Tages werde ich hoffentlich erfahren, wer du bist. Ich frage mich, ob du dich in der Nähe aufhältst, während ich dies zu Papier bringe. Der Gedanke, dir in diesem Sommer vielleicht auf der Straße begegnet zu sein, ohne zu wissen, dass ich dir meine tiefsten Gedanken und Gefühle anvertrauen werde, ist ein wenig seltsam. Nicht einmal Campbell wird das hier lesen, obwohl ich es ihm gestatten würde.

Während ich dies niederschreibe, steht Campbell unten am Wasser und wirft Muschelschalen in die Brandung. Er ist richtig gut darin, die Schalen über das Wasser hüpfen zu lassen – daran merkt man vermutlich, dass er hier zu Hause ist.

Ich möchte dir eine Frage stellen, liebe Seelenfreundin: Findest du es dumm, dass ich glaube, im Alter von 15 Jahren bereits den Mann meines Lebens gefunden zu haben? Meine Mutter würde mich auslachen. Sie würde mich darauf hinweisen, dass die Wahrscheinlichkeit, dass es überhaupt so etwas wie Seelenverwandte gibt, gleich null sei. Und sie würde mich warnen, ich solle nicht wie eine hoffnungslos dumme Romantikerin mein Herz verschenken. Sie lacht mich aus, wenn ich Liebesromane lese oder mir Schnulzen anschaue, die mich zum Weinen bringen. Eines

Tages würde ich die Wahrheit in Bezug auf die Liebe schon noch erkennen, sagt sie.

Aber ehrlich, ich habe das Gefühl, in diesem Sommer die Wahrheit über die Liebe erfahren zu haben. Was man landläufig so redet, stimmt: Es passiert, wenn man am wenigsten damit rechnet, und es kann dich umhauen. Ich bin nicht in der Erwartung hergekommen, hier meiner großen Liebe zu begegnen. Die Wahrheit ist, eigentlich wollte ich gar nicht herkommen. Als ich hier eintraf, fühlte ich mich abgeschoben. Ich weiß noch, wie meine Mutter mir mitteilte, sie hätte mit meiner Tante und meinem Onkel vereinbart, dass sie mich hierher mitnehmen, und wie sie mich angelächelt hat, als täte sie mir einen Gefallen, wo wir beide doch wussten, dass sie mich nur aus dem Weg haben wollte, damit sie tun und lassen konnte, was sie wollte, ohne dass ich sie kritisiere.

Ich habe mich mit Händen und Füßen gewehrt – ich wollte nicht mit hierher. Wer hat schon Lust, die Sommerferien mit seinen frechen Cousins und Cousinen zu verbringen? Ich war so wütend, dass ich tagelang kein Wort mit meiner Mutter gesprochen habe. Ich habe Himmel und Hölle in Bewegung gesetzt, sogar die Eltern meiner besten Freundin Holly überredet, mich für den Sommer zu sich einzuladen. Aber am Ende bekam meine Mutter wie immer ihren Willen, und ich packte meinen Koffer für den Sommer am Meer.

Auf der Autofahrt saß ich auf dem Rücksitz, eingequetscht zwischen Bobby und Stephanie. Bobby stieß mir die ganze Zeit den Ellbogen in die Seite und streckte mir die Zunge heraus.

Natürlich nur, wenn seine Eltern nicht hinsahen. Ich starrte zum Fenster hinaus und wünschte mich weit fort, nur nicht in dieses Auto.

Aber jetzt kann ich kaum fassen, wie wundervoll dieser Sommer war. Ich habe neue Freunde gefunden. Ich habe viele Bücher gelesen und ich lernte meine Cousine und meinen Cousin besser kennen. Sie wurden für mich die kleineren Geschwister, die ich nie hatte. Und vor allem habe ich Campbell gefunden.

Ich weiß, was Holly sagen wird. Sie wird sagen, dass das Gottes Plan war. Ich würde ja gern glauben, dass es einen Gott gibt und dass er, wie Holly behauptet, einen Plan für mein Leben hat. Aber die meiste Zeit habe ich das Gefühl, dass Gott keine Ahnung von meiner Existenz hat. Wenn ihm etwas an mir liegen würde, dann hätte er mir doch bestimmt eine Mutter geschenkt, die mich liebt und sich um mich kümmert.

Puh, ich kann kaum glauben, dass ich morgen abreisen muss. Jetzt, wo ich Campbell gefunden habe, weiß ich nicht, wie ich ohne ihn leben soll. Wir haben uns versprochen, uns viele Briefe zu schreiben, und dass wir uns gegenseitig treu bleiben.

Noch kurz etwas darüber, dass er mich gebeten hat, mich nicht mit einem anderen Jungen zu treffen: Das fand ich total lustig. Vor zwei Tagen gingen wir abends am Strand spazieren. Er blieb stehen, zog mich an sich und schaute mich ganz ernst an. „Bitte", sagte er, „ich fände es schön, wenn du nicht mit anderen Jungen ausgehen würdest. Ist es verrückt, dass ich dich darum bitte, wo wir so weit entfernt voneinander sein werden?"

Ich hätte am liebsten geantwortet: „Soll das ein Witz sein? Mit mir will doch keiner ausgehen. Niemand in meiner Schule gönnt mir auch nur einen zweiten Blick!“ In der Schule gelte ich als Mauerblümchen – eine Streberin, kein Mädchen, mit dem man sich amüsiert. Holly sagt, die Männer würden meine Schönheit eben erst auf den zweiten Blick entdecken. Aber bis zu diesem Sommer hatte ich ihr nicht geglaubt. Ich konnte Campbell gegenüber allerdings nicht eingestehen, dass in der Schule keiner von mir Notiz nimmt, denn offensichtlich denkt er, ich sei sehr beliebt. Darum antwortete ich nur verschämt: „Nur, wenn du mir auch dieses Versprechen gibst.“

Und er lächelte mich auf seine lässige Art an und sagte: „Wie könnte ich ein anderes Mädchen auch nur anschauen, wo ich mit der tollsten Frau auf der Welt zusammen bin?“

Jetzt verstehst du vielleicht, warum mir der Gedanke, ihn verlassen zu müssen, so unerträglich ist. Aber die Uhr tickt. Wenn ich nach Hause komme, werde ich mich bestimmt jeden Abend in den Schlaf weinen und Campbell jeden Tag schreiben. Das Einzige, worauf ich mich freue, ist, Holly wiederzusehen. Gott sei Dank für Holly, die einzige Konstante in meinem Leben. Im Mathematikunterricht haben wir gelernt, dass eine Konstante sich nie verändert. Das ist Holly für mich: meine beste Freundin, egal, was kommen mag.

Ich frage mich, ob Campbell auch eine Konstante in meinem Leben sein wird. Vermutlich kann man das noch nicht sagen, aber ich hoffe es sehr. Ich zähle bereits die Tage, bis ich wieder herkommen kann. Denn in diesem Sommer habe ich den Sinn meines Lebens gefunden – und mir ist egal, wie dumm das vielleicht klingt. Mein Lebenssinn ist, Campbell von ganzem Herzen zu lieben. Für immer.

Bis zum nächsten Sommer
Lindsey

das dauern würde. Sie wollte das Glücksgefühl wiederfinden, das sie in Sunset immer erlebt hatte. „Ich weiß es nicht genau, Grant", erwiderte sie. „Wir sind zeitlich nicht begrenzt. Mein Onkel sagte, wir könnten so lange bleiben, wie wir wollten."

Grant lächelte und sah wieder aus wie der nette Kerl, für den sie ihn früher einmal gehalten hatte. „Na gut, dann hoffe ich, du und die Kinder, ihr habt eine schöne Zeit. Es wird euch bestimmt guttun", sagte er.

Ihre Antwort konnte sie einfach nicht unterdrücken. „Es würde uns guttun, wenn wir als Familie dorthin fahren könnten", erwiderte sie. „Du kannst doch nicht im Ernst denken, den Kindern würde deine Abwesenheit nichts ausmachen. Wir sind jeden Sommer zusammen nach Sunset gefahren, seit sie auf der Welt sind, du und ich zusammen, nicht nur einer von uns. Beleidige mich nicht, indem du so tust, als wäre es dasselbe. Dass es *gut* wäre."

„Linds", sagte er und verwendete den Kosenamen, mit dem er sie immer angesprochen hatte. Aber dazu hatte er jetzt kein Recht mehr, wie sie fand. „Du weißt doch, dass ich nur zu gern mitfahren würde, aber das wäre nicht gut. Es würde die Kinder verwirren."

„Fang jetzt nicht damit an, Grant. Dir sind die Kinder doch vollkommen egal. Dich interessiert doch nicht, dass du ihnen das Herz gebrochen hast!" Sie hatte sich eine Million Mal vorgenommen, nicht in diese Richtung zu gehen, und jetzt hatte sie es doch getan und die Tränen kamen ihr auch. Grant stand einfach nur da und in seinem Gesicht war nicht ein Hauch von Mitgefühl zu entdecken. Seine absolute Emotionslosigkeit irritierte sie.

Annas und Jakes Blicke hingen an ihr. Sie würden die Nacht bei Grant in seiner Junggesellenwohnung verbringen. Was ihre Eltern sagten, konnten sie nicht verstehen, aber ein Blick zum Wagen bestätigte ihr, dass sie den Zorn in ihrem Gesicht sahen und auch, dass sie sich die Tränen aus den Augen wischte.

Von den Lippen der elfjährigen Anna meinte sie die Worte ablesen zu können: „Jetzt geht es wieder los, sie weint wieder." Jake, ihr süßer Achtjähriger, saß auf dem begehrten Beifahrersitz und drehte zornig an den Radioknöpfen, während er alle paar Sekunden nervöse Seitenblicke in ihre Richtung warf.

Sie wandte sich wieder Grant zu und schämte sich, dass sie einfach nicht in der Lage war, den Dingen ihren Lauf zu lassen. Sie wollte es, wirklich, aber die Jahre mit ihm und die tiefe Sehnsucht nach einer intakten Familie machten es ihr unmöglich. Anstatt die Coole zu spielen, zeigte sie Gefühle, und ihre Worte und ihr Verhalten straften ihre Entschlossenheit Lügen, sich ihm gegenüber ihren Schmerz nicht anmerken zu lassen. Insgeheim genoss er es, immer noch große Gefühle in ihr wecken zu können – und wenn es nur leidenschaftlicher Zorn war. Sie kannte ihn gut genug, um das zu wissen.

„Geh einfach", sagte sie. „Geh zu den Kindern." Sie zwang ein Lächeln auf ihr Gesicht. „Aber bring sie bitte morgen pünktlich wieder zurück, damit wir uns auf den Weg machen können."

„Linds", sagte er, „ich hoffe wirklich, dass ihr diesen Sommer in Sunset genießt. An diesem Ort schienst du immer so glücklich zu sein."

„Ein bisschen Glück könnte wirklich nicht schaden", erwiderte sie, bevor sie im Haus verschwand und die Tür hinter sich schloss. Sie gestattete es sich nicht, dem Wagen nachzublicken, sondern griff stattdessen zum Telefon.

„Was ist jetzt wieder los?", fragte Holly, ohne sie zu begrüßen.

„Ich bin ja so blöd", sprudelte es aus Lindsey hervor.

„Was hast du gemacht?" Hollys Baby quäkte im Hintergrund. „Moment mal", bat Holly. Sie hörte, wie Holly mit gedämpfter Stimme ihren Mann Rick bat, sich um das Baby zu kümmern. „Okay, ich bin wieder da. Josie bekommt Zähne. Du hast mich übrigens nicht vorgewarnt, wie anstrengend das sein kann."

Lindsey lachte. „Wenn ich dir gesagt hätte, wie anstrengend ein Kind sein kann, dann hättest du keins bekommen."

„Bei dir wirkte das immer so unproblematisch", erwiderte Holly.

„Pffff! Du warst nur nicht oft genug hier." Lindsey musste daran denken, wie oft Anna und Jake die ganze Nacht geschrien hatten und dass sie und Grant sich dann am nächsten Tag vor lauter Übermüdung nur angebrüllt hatten. Hatte ihre Beziehung dabei einen Knacks bekommen?

„Na ja, jetzt ist es zu spät." Holly lachte und wiederholte dabei unbewusst Lindseys Gedanken in Bezug auf sich und Grant. „Also, erzähl mir, was geschehen ist, und mach's kurz. Ich habe nicht so viel Zeit wegen Rick und Josie."

Lindsey lächelte und seufzte tief. „Na ja, vielleicht habe ich ihn gebeten, mit uns ans Meer zu kommen."

Holly schnalzte unwillig mit der Zunge. „Lass uns ein Spiel spielen", erwiderte sie. „Ich nenne dieses kleine Spiel: ‚Wie oft wird sich Lindsey noch vor Grant demütigen?‘ Du willst nicht einmal wissen, wie hoch der Punktestand ist.“

„Ich wusste, dass ich mit deiner Unterstützung rechnen könnte“, sagte Lindsey. Ihr Blick wanderte zur Uhr. Ganz kurz durchzuckte sie der Gedanke, was Grant und die Kinder jetzt wohl taten. Vermutlich saßen sie beim Abendessen. Ob ihr Platz am Tisch ihm wohl genauso leer vorkam wie ihr seiner?

„Also, was hat Mr Charmebolzen geantwortet, als du ihn gefragt hast?“ Hollys Stimme riss sie aus ihren Gedanken.

„Nun, er hat natürlich Nein gesagt, sonst würde ich dich nicht anrufen.“

„Also bitte ... wenn er Ja gesagt hätte, hättest du mich ganz bestimmt angerufen! Ich höre dich förmlich beteuern, dass es dieses Mal ganz bestimmt anders wäre. Dieses Mal würde er dich nicht betrügen. Dieses Mal wäre er bestimmt der Vater und Ehemann, für den du ihn immer gehalten hast.“

„Früher war er wirklich ein guter Vater und Ehemann“, warf Lindsey ein wenig zu hastig ein.

„Aber das ist schon lange her, Linds. Und er hat sich nicht geändert. Er wird sich auch nicht ändern. Er wird niemals so sein, wie du es dir erhoffst. Und nicht einmal, wenn du dich für ihn vor den Bus wirfst, wird dein Wunsch in Erfüllung gehen.“

„Wow. Ich bin wirklich froh, dass ich dich angerufen habe“, stöhnte Lindsey und verdrehte die Augen, auch wenn Holly das nicht sehen konnte. „Wie sprichst du bloß erst mit Menschen, die du *nicht* magst?“

Holly lachte. „Du weißt doch, dass ich dich liebe. Nur deshalb rede ich so. Ich möchte dir einfach klarmachen, dass du der Liebe eines reifen Menschen würdig bist.“

„Aber das weiß ich doch!“, erwiderte Lindsey mit wachsender Erregung.

„Wenn du das wüsstest, dann würdest du endlich damit aufhören, dich wieder und wieder von Grant verletzen zu lassen. Dann hättest du ihn bestimmt nicht gebeten, euch zum Meer zu begleiten, und ihm damit die Gelegenheit gegeben, dich erneut zu demütigen. Wir beide wissen doch, wie gut das im vergangenen Jahr funktioniert hat.“ Hollys Stimme wurde immer lauter. „Müssen wir wirklich die Definition von Irrsinn noch einmal neu durchkauen?“

Lindsey hielt den Hörer vom Ohr weg und verzog das Gesicht. Sie zählte bis drei, bevor sie ihn wieder ans Ohr drückte. „Ich tue immer wieder dasselbe in der Erwartung, andere Ergebnisse zu erzielen“, leierte sie die gut einstudierte Antwort herunter. „Ich wollte doch nur –“

„*Ich* möchte nur, dass du erkennst, was für ein Schatz du bist“, unterbrach Holly sie.

„Danke, Holly. Aber … ich wünsche mir eben, dass unsere Familie zusammenbleibt“, wandte sie ein. „Das war mein größter Wunsch, seit ich denken kann.“ Holly wusste das besser als jeder andere. Sie hatte miterlebt, wie Lindseys Mutter oft die ganze Nacht fortgeblieben war, wie sie ständig fremde Männer mit nach Hause gebracht hatte und Lindsey sich ihr Essen selbst kochen musste. Holly hatte auch mitbekommen, wie Lindsey sich geschworen hatte, dass ihre Kinder, falls sie jemals welche bekommen sollte, ein anderes Leben führen würden. So viel zu diesem Schwur.

„Ich weiß, Lindsey. Ich wünsche mir doch auch, dass deine Familie zusammenbleibt. Und es tut mir in der Seele weh, dass Grant sich als ein solcher Mistkerl entpuppt hat.“ Sie hielt inne. „Aber genau das ist er. Ein Mistkerl. Ein Mistkerl, der dich betrügt, wie ich noch hinzufügen darf. Und er ist ein Riesenidiot, weil er dich gehen lässt. Wenn ihm das klar wird, wird es zu spät sein, weil du dann weitergezogen bist."

Lindsey schaute zur Decke. Es gefiel ihr nicht, dass Holly Grants außereheliche Affären ansprach. Und dass sie das Ganze irgendwann überwinden könnte, erschien ihr absolut abwegig. Die Scheidung war endgültig, doch die Vorstellung, diese Trennung überwinden zu können, war für sie ungefähr so wahrscheinlich wie die Möglichkeit, dass sie auf einmal in der Lage wäre, eine Herztransplantation durchzuführen. Wenn sie es genau bedachte, wäre eine Herztransplantation eigentlich genau das, was sie jetzt brauchte.

„Hör zu, ich muss Schluss machen." Lindsey hörte im Hintergrund Ricks Stimme und Josies leises Weinen. „Vergiss nicht, wo du morgen hinfährst: zu dem Ort, der dir der liebste auf der ganzen Welt ist." Hollys Stimme klang gehetzt, da das Babygeschrei immer näher kam.

Lindsey lächelte. „Ich weiß. Und ich freue mich auch schon darauf."

„Auch ohne Grant wird das bestimmt die schönste Reise, die du je unternommen hast."

„An diesem Punkt geht es eigentlich nur ums Überleben."

Holly lachte. „Oh, ihr Kleingläubigen! Ich werde beten, dass diese Reise dein Leben verändert."

„Das hört sich nicht schlecht an. Ich werde auch dafür beten." Lindsey stimmte in das Lachen ihrer besten Freundin mit ein. „Wenn ich wieder da bin, werde ich dir auf jeden Fall erzählen, wie es war."

„Darauf verlasse ich mich!" Lindsey hörte Ricks Stimme.

„Ich muss jetzt wirklich Schluss machen. Eine schöne Reise! Ich liebe dich! Tschüss!“, und damit war das Gespräch beendet.

Lindsey legte den Hörer auf und dachte über Hollys Worte nach. So ungern sie es auch zugab, ihre Freundin hatte nicht ganz unrecht. Sie musste über Grant hinwegkommen. Und Sunset Beach war der Ort, wo ihr das am ehesten gelingen könnte.

Die Fahrt nach Sunset am nächsten Morgen war ihr länger erschienen, als Lindsey sie in Erinnerung hatte. Die Kinder, die sich normalerweise im Auto gut mit Musik und Filmen beschäftigen konnten, ärgerten sich gegenseitig, boxten sich und jammerten und nörgelten abwechselnd.

Kaum war das Auto ausgeräumt, nahmen die Kinder bereits wieder ihre üblichen Tätigkeiten auf: Jake spielte ein Videospiel und Anna sah sich zum hundertsten Mal *Fluch der Karibik* an. Nachdem die Kinder nun eine Beschäftigung hatten, stand Lindsey in der sonnendurchfluteten Küche des Strandhauses und kämpfte gegen eine einzige beharrliche Erinnerung an: Vor einem Jahr hatte Grant zu Hause seinen Schlüssel auf den Küchentisch gelegt. Als sie ihn angesehen hatte, hatte er den Blick abgewandt.

„Ich dachte, du willst vielleicht nicht, dass ich ihn behalte“, hatte er gesagt. Er stand so dicht neben ihr, dass sie seinen einzigartigen Duft einatmete – eine Mischung aus dem Waschmittel, mit dem sie seine Kleidung wusch, der Seife, die sie im Supermarkt kaufte, und dem Rasierwasser, das sie für ihn ausgewählt hatte. Er schaute sie einen Augenblick lang an und beugte sich vor, als wollte er noch etwas sagen. Sie wich zurück.

„Geh doch endlich“, murmelte sie.

Er blieb stehen, reglos und stumm für eine Weile. „Ich ...“, begann er.

Sie hob den Blick und verstieß damit gegen ihren Entschluss, auf keinen Fall Blickkontakt zu ihm aufzunehmen in dem Versuch, mehr Stärke vorzutäuschen, als sie empfand. „Ich möchte, dass du gehst“, sagte sie. Es war eine Lüge. „Warum bist du immer noch hier?“ Holly hatte sie sorgfältig für diesen Moment trainiert, hatte ihr das Versprechen abgenommen, nicht nachzugeben, bis er fort war.

Achselzuckend drehte er sich um und verschwand durch die Haustür. Sie starrte auf seinen Rücken. Sonnenschein fiel durch das Fenster über der Haustür auf sein T-Shirt, das sie nicht kannte, aus einem Geschäft, in dem sie nie zusammen gewesen waren. Sie dachte an seine T-Shirts, die früher oben in ihrem Schlafzimmer ordentlich gefaltet in seiner Schublade gelegen hatten und nun in einem Koffer lagen, den er im Kofferraum seines Wagens verstaut hatte, als sie so tat, als würde sie nicht hinsehen. Nur mit Mühe gelang es ihr, den Drang zu unterdrücken, ihm hinterherzurennen, ihn zu fragen, was er hatte sagen wollen, als wäre das noch von Bedeutung.

Während sie sich nun im Strandhaus umschaute, tröstete sie sich mit dem Gedanken, dass sie viele Kilometer von dem Ort entfernt war, wo ihre Ehe stillschweigend zu Ende gegangen war. Das Strandhaus versprach ihr einen neuen Anfang und neue Möglichkeiten. Sie stellte die Tüten mit den Lebensmitteln, die sie eingekauft hatte, in die kleine Vorratskammer und packte die Kühltasche aus. Die Wasserflaschen, der Käse und Saft wanderten in den Kühlschrank. Ganz ungewollt wanderten ihre Gedanken wieder zurück zu dem Tag, an dem Grant fortgegangen war. Sie dachte an die vielen ersten Male, die sie in ihrem Leben gemeinsam gefeiert hatten: der erste Kuss. Der erste Tanz bei ihrer Hochzeit. Ihre erste Nacht als Ehepaar.

Aber sie hatten keinen Weg gefunden, die letzten Male zu markieren, die es leider auch gab. Es war beinahe tragisch, dass die letzten Male einfach unbemerkt geschahen, unbeachtet. Das letzte Frühstück an ihrem Tisch. Das letzte Mal, als sie sich nackt sahen. Die letzte Freundlichkeit, die er ihr ohne besonderen Grund erwies. Der letzte Kuss, den er ihr gab. Sein Duft war ihr so vertraut wie ihr eigener, auch das Gefühl seiner Lippen, wenn er sie küsste. Traurig musste sie sich eingestehen, dass sie sich gar nicht mal mehr an ihren letzten Kuss erinnern konnte. Trotz ihrer Probleme hatte sie fälschlicherweise gehofft, dass seine Küsse ein erneuerbares Kapital waren mit einem Vorrat, der für ein Leben ausreichte. Wie eine Närrin hatte sie bis zum bitteren Ende noch gehofft.

„Reiß dich zusammen, Lindsey", ermahnte sie sich. „Du bist im Urlaub. Also verhalte dich entsprechend und hör auf mit dem Selbstmitleid."

Sie ließ die Kühlschranktür zufallen und überlegte, einen Spaziergang zum Briefkasten zu machen. Aber im Moment erschien es ihr dafür noch zu früh. Trotzdem, sie verspürte den Drang zu laufen. Vielleicht würde ein Spaziergang ihr helfen, einen klaren Kopf zu bekommen und ihre Gedanken in eine andere Richtung zu lenken. Normalerweise wartete sie bei ihren Aufenthalten hier am Meer immer eine Weile ab, bevor sie zum Briefkasten ging. Sie genoss die Vorfreude und entwarf in Gedanken ihre jährlichen Briefe. Aber eigentlich gab es kein besseres Jahr als dieses, um mit dieser Tradition zu brechen, fand sie.

Sie klappte den Deckel der Kühlbox zu und ging zu den Schlafzimmern im hinteren Teil des Hauses. Anna war in ihren Film vertieft und hörte ihre Mutter nicht kommen. Lindsey nutzte die Gelegenheit, ihre Tochter in aller Ruhe zu betrachten, ohne dass sie jammerte: „Mama, du guckst so komisch!"

Lindseys Blick ruhte lange auf ihr, auf ihren Wangen, die ganz langsam ihre kindliche Rundlichkeit verloren, ihren Augen, die allmählich die Unschuld und das Staunen einbüßten, das früher darin zu finden war. Sie konnte nicht sagen, ob Annas aufkeimender Reifeprozess einfach in ihrem Alter begründet war oder durch Grants Auszug in Gang gesetzt worden war.

Anna schaute auf und ertappte ihre Mutter dabei, wie sie sie anstarrte. Sie nahm ihre Kopfhörer ab und schaute sie mit einem fragenden Blick an. Lindsey fragte sich, wann Anna sich in diesen von Hormonen bestimmten, genervten Vorteenager verwandelt hatte und warum sie das nicht mitbekommen hatte.

„Ich gehe ein bisschen spazieren", sagte sie, und obwohl sie die Antwort kannte, fügte sie hinzu: „Möchtest du mitkommen?"

Reflexartig schüttelte Anna den Kopf. „Nein danke." Sie stopfte sich die Ohrstöpsel wieder in die Ohren.

Lindsey machte ihr ein Zeichen, sie noch einmal herauszunehmen. Anna gehorchte, verdrehte dabei aber die Augen. „Ja?“

„Und es macht dir auch wirklich nichts aus, eine Weile ohne mich hierzubleiben?“, fragte sie.

„Mama, ich bin schon fast zwölf. Meine Freundinnen bleiben ständig allein.“

„Ist gut, Schatz. Ich vertraue dir. Behalte deinen kleinen Bruder im Auge.“

„Klar“, erwiderte sie, während sie sich bereits wieder auf den Film konzentrierte.

Lindsey verließ das Zimmer, um mit Jake zu sprechen. Sie fand ihn in Wohnzimmer, wo er sich auf sein Video-Footballspiel konzentrierte, seine schmalen Schulterblätter wie kleine Vogelflügel unter seinem T-Shirt. Es stammte noch von einer Ferienbibelschule, die er vor zwei Jahren besucht hatte. Auf wundersame Weise passte es ihm noch immer.

„Ich mache einen Spaziergang“, rief sie von der Tür aus. Die Ausstattung des Hauses hatte sich seit 1985, als sie das erste Mal hier gewesen war, nicht verändert. Jake saß auf derselben Couch, auf der sie in jenem ersten Sommer gesessen hatte. „Wenn du etwas brauchst, frag deine Schwester.“

Aber Jake spielte sein Videospiel weiter, als hätte sie keinen Ton gesagt. Sie trat vor das Fernsehgerät und versperrte ihm die Sicht.

„Mama!“, brüllte er. Auf einmal konnte er reagieren.

„Ja?“, fragte sie mit einem Lächeln, während hinter ihr die Lichter zuckten und Pfiffe ertönten.

„Ich kann den Bildschirm nicht sehen!“, erklärte er und machte eine Handbewegung, um sie zu verscheuchen.

„Ich habe gesagt, ich mache einen Spaziergang“, wiederholte sie.

Als er merkte, dass sie nicht die Absicht hatte, sich vom Fernsehgerät wegzubewegen, bis er ihr geantwortet hatte, seufzte er und sagte: „Okay.“ Betonung auf „kay“.

Sie trat zur Seite und verließ das Wohnzimmer, und er spielte weiter, als wäre sie nie dort gewesen. Früher hatte sie sehr darauf geachtet, dass die Kinder ihr mit Respekt begegneten, doch nach Grants Auszug hatte sie das ein wenig vernachlässigt. Das spiegelte sich nun im Verhalten von beiden Kindern deutlich wider.

Wähle deine Schlachtfelder sorgfältig, ermahnte sie sich, als sie zur Tür hinausging. Sie stieg die Verandastufen hinab und trat auf die Straße, die zum Strand führte. Und der Strand würde sie, wie auch früher schon, zum Briefkasten führen.

KAPITEL 3

Sunset Beach
Sommer 2004

DER LAUTE TECHNO-KLINGELTON VON CAMPBELLS HANDY riss ihn aus seinen Gedankengängen. Er hatte gerade über seine Besorgungen und die drückende Hitze nachgedacht, der die Klimaanlage seines Trucks nicht gewachsen war. Seine Tochter Nicki hatte den Klingelton vor einem Jahr für ihn ausgesucht und er hatte es nicht übers Herz gebracht, ihn zu ändern, obwohl er ihn ganz verrückt machte. „Wann immer mein Telefon läutet", hatte er grinsend zu ihr gesagt, „werde ich an dich denken."

Mit ihrem Teenager-Sarkasmus hatte sie erwidert: „Na ja, das wird ja nicht so oft sein, wenn ich bedenke, dass dich außer Oma, Minerva und mir keiner anruft!"

Er tastete nach seinem Handy, ohne den Blick von der Straße zu nehmen. Kurz bevor die Mailbox ansprang, fand er es endlich und meldete sich schnell. In der Eile hatte er nicht auf die Rufnummerkennung geschaut und als er die Stimme am anderen Ende hörte, verfluchte er sich dafür.

Ellie.

Diese Stimme hatte das Potenzial, ihm einen wundervollen Sonnentag zu verderben.

„Ich bin so froh, dass ich dich erwischt habe", sagte seine Ex-Frau mit jener Mischung aus rauchiger Sinnlichkeit und Südstaatencharme, die schon viele Männer getäuscht hatte. Auf ihn hatte sie aber mittlerweile eine gegenteilige Wirkung.

Er zwang sich, höflich zu bleiben, was ganz und gar nicht seiner Gemütsverfassung entsprach. „Was kann ich für dich tun, Ellie?"

„Campbell, hör zu. Nicki ist während der Arbeit ohnmächtig geworden und wurde hier in Charlotte ins Krankenhaus gebracht. Mehr weiß ich auch noch nicht. Ich bin gerade auf dem Weg dorthin und ich dachte –"

„In welches Krankenhaus?", unterbrach er sie. Noch während sie ihm das Krankenhaus und das Stockwerk nannte, wendete er den Truck und fuhr nach Hause, um einen Koffer zu packen. Nicki lebte bei Ellie in Charlotte, dreieinhalb Stunden Autofahrt von Sunset entfernt. In Campbells Kopf wirbelten die Gedanken durcheinander. Es gab verschiedene Möglichkeiten, was mit seiner Tochter geschehen sein könnte. Sie war 17 und nach allem, was er wusste, kerngesund. Er schob den Gedanken beiseite, dass das, was er über seine Tochter wusste, allerdings verschwindend wenig war und ihn nicht weit bringen würde.

Er wählte die Nummer seiner Firma, einer Landvermessungsgesellschaft, die sein Vater gegründet hatte und die er nun leitete. Minerva, die älteste Freundin seiner Mutter und die Sekretärin, die er nach dem Tod seines Vaters „geerbt" hatte, meldete sich. Sie klang gelangweilt. „Campbell", seufzte sie. „Ich dachte, du wolltest nur schnell zum Supermarkt fahren und sofort wieder zurückkommen." Sie machte sich nicht einmal die Mühe, ihren Frust zu verbergen.

Er fand es schwierig, der Vorgesetzte einer Frau zu sein, die ihn als Baby in den Schlaf gewiegt und seine Windeln gewechselt hatte. Minerva war für ihn eine zweite Mutter gewesen und sie scheute sich nicht, fast alles, was Campbell tat, zu kommentieren, seien es nun Geschäftsentscheidungen, Gartenfragen, persönliche Einkäufe, seine Garderobe oder sein Liebesleben, was zugegebenermaßen gar nicht vorhanden war.

„Hör zu", begann er. „Ich möchte dich nicht beunruhigen, aber Nicki ist im Krankenhaus." Er sprach weiter, bevor sie einen Kommentar dazu abgeben konnte. „Ich weiß noch nicht genau, was passiert ist, aber ich fahre jetzt sofort nach Charlotte."

„Was ist geschehen?", fragte sie besorgt.

„Ellie rief an und sagte, sie sei bei der Arbeit ohnmächtig geworden. Mehr wissen wir im Augenblick noch nicht. Ich fahre jetzt nach Hause und packe ein paar Sachen zusammen. Sobald ich mehr weiß, rufe ich dich an."

„Vermutlich willst du dort übernachten. Ich suche dir ein Hotel in der Nähe des Krankenhauses und buche dir ein Zimmer." Sie hielt inne. „Wirst du es deiner Mutter sagen?" Er wusste, dass es für sie nichts Schöneres gäbe, als diejenige zu sein, die seiner Mutter die Nachricht überbrachte. Nicht einmal schlimme Situationen waren für Minerva tabu.

„Ja, Minerva. Ich werde es ihr sagen, sobald ich nach Hause komme. Okay?"

„Nun, dann gibt es für mich wohl abgesehen von der Buchung des Hotels nichts zu tun, als zu warten und zu beten.

Und natürlich ist das das Beste, was ich tun kann." Sie hielt inne. „Nicht?"

„Ja, Minerva", erwiderte er brav wie in der Sonntagsschule. Es passte ihm gar nicht, dass Minerva ihn erst an das Beten erinnern musste.

„Also gut, dann fahr jetzt mal schnell nach Hause und pack ein paar Sachen ein. Richte deiner Mama aus, dass ich sie anrufen werde, falls ich nichts höre. Sie sollte mich also besser auf dem Laufenden halten."

Campbell war klar gewesen, dass er in Schwierigkeiten steckte, als seine Mutter und Minerva sich Handys zulegten.

Während der Fahrt begann er zu beten, für seine Tochter und vor allem dafür, dass er ruhig blieb – er wollte nicht mit dem Schlimmsten rechnen, wo ihre Ohnmacht auch ganz andere, harmlose Gründe haben könnte. Er fuhr über den Highway und vermutlich ein wenig zu schnell auf die Brücke zu in Richtung Sunset. Alle Polizisten, die in dem Bezirk Streife fuhren, kannten ihn; er brauchte ihnen vermutlich nur von Nicki erzählen, dann würden sie ihm die Geschwindigkeitsübertretung durchgehen lassen. Er liebte die Sicherheit der Kleinstadt, die dadurch entstand, dass man alle und jeden kannte – die Guten, die Bösen und die Hässlichen. Die Wahrheit war, er war mit einem Großteil der Polizisten im Ort aufgewachsen und kannte fast alle ihre kleinen, schmutzigen Geheimnisse. Das konnte er zu seinem Vorteil nutzen, wenn er mal mit überhöhter Geschwindigkeit erwischt wurde.

Die Hundstage des Sommers waren vorbei und die Hitze wurde in flimmernden Wellen vom Asphalt zurückgeworfen. In der Stadt wimmelte es von Touristen und er sehnte sich nach der Ruhe der Nachsaison. Früher wurde Sunset

„der bestgehütete Geheimtipp der Küste Carolinas" genannt. Doch das war lange vorbei. Man hatte beinahe den Eindruck, dass auch der letzte Urlaubsreife diesen Ort entdeckt hatte. Die Touristen fielen in Scharen in den Ort ein, lächelten über den „niedlichen" Akzent der Einheimischen und redeten von „Südstaatencharme".

Nicki liebte die Touristen natürlich. Sie sagte, Besucher aus anderen Teilen des Landes seien aufregend. Das hatte sie von ihrer Mutter. Campbells größter Wunsch war es, seine kleine Welt für sich zu behalten. Er lenkte seinen Truck durch die Stadt, an der Buchhandlung und dem Supermarkt vorbei, am Planetarium, wo er und Nicki gern verregnete Nachmittage verbrachten, am Spirituosenladen mit dem daneben liegenden Minigolfplatz – eine Kombination, die er nie ganz verstanden hatte.

Zum Glück brauchte er nicht lange zu warten, bis die Brücke heruntergelassen wurde. Sunsets etwas verfallene Zugbrücke funktionierte manchmal und manchmal eben nicht. Jede Stunde wurde sie hochgezogen, um den Schiffsverkehr passieren zu lassen. Viele Leute ärgerten sich über die Brücke und vertraten die Meinung, Sunset bliebe dank ihr hinter der Zeit zurück und frustrierte Touristen würden die Stadt kein zweites Mal besuchen. Aus geschäftlicher Sicht verstand er das Anliegen, eine neue Brücke zu bauen, aber er persönlich liebte die Brücke so, wie sie war. Nur eine schmale Fahrspur, zumindest streckenweise. Ein Festhalten an der Vergangenheit.

Um sich von Nicki abzulenken, drehte er das Radio lauter. Ein Lied wurde gespielt, „Boys of Summer", das ihn in eine Zeit entführte, als es Nicki und Ellie noch nicht gegeben hatte.

In eine Zeit, in der ein Gesicht und nur dieses Gesicht ihn morgens aufstehen ließ und den ganzen Tag antrieb. Die Zeit damals war entschieden einfacher gewesen. Campbell ließ die Erinnerung zu, obwohl er sie sonst meistens verdrängte. Das Bild von Lindsey als Teenager stand ihm vor Augen und wie immer fragte er sich, wo sie in diesem Augenblick wohl war und was sie tat. Er wollte die Erinnerung festhalten – ihr Gesicht mit den strahlenden blauen Augen, ihr haselnussbraunes Haar, vom Sommerwind zerzaust. Ihr Lächeln.

Eine ungeplante Reise in die Vergangenheit passte gerade nicht in seinen Zeitplan, darum verbannte er die Bilder, die vor seinen inneren Augen vorüberzogen. Er musste zu seiner Tochter fahren. Alles andere musste warten.

Als seine Reifen über die gekieste Auffahrt knirschten, sah er seine Mutter auf der vorderen Veranda sitzen, einen gepackten Koffer zu ihren Füßen auf den verwitterten, grauen Bodenbrettern, ihre Tasche auf dem Schoß. Obwohl die Temperaturanzeige im Truck fast 36 Grad ansagte, hatte sie eine ihrer Strickjacken über die Schultern gelegt. Sie besaß eine Strickjackensammlung in allen Farben des Regenbogens und verließ das Haus niemals ohne eine davon.

„Man kann nie wissen, wann man vielleicht friert, Campbell", hatte sie geantwortet, als er sie deswegen geneckt hatte. „Manche Leute stellen ihre Klimaanlage viel zu kalt ein." Die heutige Strickjacke in Blassrosa erinnerte ihn an die Babydecken, die sie früher für Nicki gestrickt hatte. Dazu trug sie ein weißes T-Shirt mit der Aufschrift „Sunset Beach" in blassrosa Buchstaben. Das war ein Zeichen. Dieses T-Shirt trug sie nur, wenn sie die Insel verließ. Es sei doch eine gute Werbung, meinte sie.

„Du brauchst keine Werbung für den Ort zu machen“, betonte er immer wieder. „Behalten wir ihn doch für uns.“

Als er die Verandastufen hochstieg, verfluchte er Minerva im Stillen. Er nickte seiner Mutter zu und starrte bedeutungsvoll auf den Koffer. „Was soll das heißen?“, fragte er, Unverständnis heuchelnd.

Ihr Gesichtsausdruck machte ihm klar, dass sie nicht die Absicht hatte, dieses Spiel mitzuspielen. „Campbell“, erklärte sie nüchtern, „du brauchst deinen Charme gar nicht an mich zu verschwenden. Pack deine Sachen und lass uns losfahren.“

Er nickte und trottete gehorsam wie ein Neunjähriger ins Haus. Der vertraute Geruch des Hauses empfing ihn. Wie gern wäre er jetzt mit einem kalten Getränk in den Schaukelstuhl auf der Veranda gesunken und hätte sich ein wenig ausgeruht. Aber das war natürlich nicht möglich. In aller Eile warf er wahllos einige Kleidungsstücke in seine Tasche. Ob sie zueinander passten, war ihm egal. Auch achtete er nicht darauf, wie viele Garnituren Unterwäsche er einpackte. Wie lange er fort sein würde, konnte er nicht einschätzen.

Seine Mutter hatte sich nicht vom Fleck gerührt. Ihr Blick war auf die kleine Bucht gerichtet, vorbei an den anderen Häusern. Campbell fragte sich, ob sie wohl daran dachte, dass sein Vater in dieser Bucht so gern geangelt hatte.

Einmal war Campbell mit Nicki zum Angeln hinausgefahren, aber sie konnte sich für diesen Sport nicht begeistern. Als sie einen Fisch fingen, begann sie zu weinen und flehte ihn an, ihn doch ins Wasser zurückzuwerfen. Den Rest des Tages redete sie von nichts anderem als darüber, wie weh der Haken dem armen Fisch getan haben musste.

Seine Mutter stieg in den Truck und ließ sich auf dem Beifahrersitz nieder. Er versuchte nicht einmal, sie von ihrem Vorhaben, ihn zu begleiten, abzubringen – es hätte sowieso keinen Sinn, das wusste er. Als er den Motor anließ, blickte er sie an. „Also … wie geht es Minerva?", fragte er mit einem trockenen Lächeln. „Ich habe sie eigentlich gebeten, es mir zu überlassen, dir diese Nachricht mitzuteilen."

Ungerührt hielt sie seinem Blick stand. „Oh, es war nicht Minerva, die mich informiert hat, Campbell. Ellie hat mich angerufen."

„Ellie?", fragte er und trat aus einem Reflex heraus leicht auf die Bremse. Seine Ex-Frau und seine Mutter redeten niemals miteinander.

Sie nickte. „Sie meinte, ich sollte das wissen."

„Aha. Das stimmt ja auch – du solltest darüber Bescheid wissen", erwiderte er. Er schaute in den Rückspiegel und setzte langsam rückwärts aus der Einfahrt. „Es überrascht mich nur, dass Ellie auch mal an andere Menschen denkt …" Er hielt inne, wandte den Blick von der Straße und schaute sie mit einem verlegenen Lächeln an. „Ich wusste gar nicht, dass sie überhaupt fähig ist, wie anständige Menschen zu denken."

Seine Mutter lächelte zurück, ein wenig widerstrebend, das war zu spüren, aber sie konnte wohl nicht anders. Ellie hatte ihnen beiden manches Mal das Leben schwer gemacht. Seine Mutter erwartete Freundlichkeit von ihr genauso wenig wie er, das wusste Campbell.

Schweigend setzten sie ihre Fahrt fort. Seiner Mutter zuliebe schaltete Campbell das Radio aus. Ihm hätte es vielleicht

Spaß gemacht, auf der dreistündigen Fahrt die Songs seiner Jugend zu hören, doch seine Mutter empfand sicher nicht dieselbe Begeisterung dafür.

Nach etwa einer halben Stunde ergriff sie schließlich das Wort und riss ihn aus seinen Gedankengängen. „Ellie sagte, Nicki sei während der Arbeit ohnmächtig geworden. Du glaubst doch nicht, dass sie Drogen nimmt, oder?“

„Nein, nein, Mama. Ganz bestimmt nicht. Das ist sicher keine große Sache.“ Er wollte sich nicht eingestehen, dass er viel zu wenig über das Leben seiner Tochter wusste, um diese Frage angemessen beantworten zu können. Ein Bild stand ihm vor Augen: sein kleines Mädchen mit Zöpfen. Das hatte ihn zu dieser abwehrenden Antwort bewogen. Er wiederholte sie, um ihr mehr Gewicht zu verleihen. „Ganz bestimmt ist es nichts dergleichen.“

„Und was ist es dann, Campbell?“, antwortete sie. „Ein Gehirntumor? Ein Schlaganfall? Der Grund dafür, dass ein gesundes Mädchen wie Nicki zusammenbricht, kann nicht harmlos sein. Das glaube ich nicht.“

Er spürte, wie die Frustration in ihm wuchs – eine unangebrachte Frustration, die er keinesfalls gegen seine Mutter richten sollte. Ihre Fragen waren ja durchaus berechtigt. „Sie hat vermutlich nur zu viel gearbeitet. Bestimmt ist sie nach dem anstrengenden Schuljahr erschöpft und dann hat sie noch diesen Job. Ellie sagte, es sei gut für sie, in Aktion zu bleiben, aber vielleicht stimmt das nicht.“ Er schlug mit der Hand aufs Lenkrad. „Sie muss sich bestimmt nur ausruhen und dann ist alles wieder gut“, verkündete er.

Verstohlen warf er seiner Mutter einen Seitenblick zu, um zu sehen, ob sie seine Zuversicht teilte.

„Wir sollten ihr anbieten, die Ferien bei uns zu verbringen“, sagte sie. Campbell nickte. Seit sie ein Teenager war, kam Nicki immer seltener nach Sunset. In letzter Zeit fast gar nicht mehr.

„Sie ist einfach zu beschäftigt“, hatte Ellie Campbell erklärt, wann immer sie anrief, um mitzuteilen, dass ihre Tochter auch in diesen Ferien nicht käme. Nach einer solchen Mitteilung fühlte sich Campbell irgendwie immer wie ein Mauerblümchen beim Tanz.

„Ich hoffe, du hast recht“, erwiderte seine Mutter auf seine zuversichtliche Erklärung und wandte den Blick zum Fenster hinaus. Erneut wurde es still im Wagen. Er drehte das Radio wieder an, um seine Gedanken auszuschalten. Auch er hoffte, dass er recht hatte.

KAPITEL 4

Sunset Beach
Sommer 1986

IN LINDSEYS ZWEITEM SOMMER IN SUNSET BEACH SCHIEN zuerst alles in Ordnung zu sein. Sie war fast jeden Abend zum Essen bei Campbell gewesen und sie hatten in einen Rhythmus gefunden: eine herzliche Umarmung am Ende seines Arbeitstages mit seinem Vater, das Abendessen zusammen mit seinen Eltern und ein Spaziergang am Strand. Mit ihren Haaren spielend wartete sie bei Campbell zu Hause darauf, dass er von der Arbeit heimkam, wie an jedem anderen Abend.

Doch dieser Abend war kein gewöhnlicher Abend und das wussten sie beide. Als Campbell einen Spaziergang am Strand vorschlug, während seine Mutter das Abendessen vorbereitete, hatte sich ihre normale Unterhaltung verändert.

„Hältst du mich eigentlich für blöd, Campbell?“, schrie Lindsey ihn an. Außer ihnen war keine Menschenseele am Strand zu sehen, darum nahm sie sich die Freiheit, zu schreien und wild zu gestikulieren.

Campbell trug noch seine Arbeitskleidung: eine alte Khakihose und ein Poloshirt mit dem Namen der Firma seines

Vaters, *Forrester Surveying*. Lindsey trug eine abgeschnittene Jeans über ihrem Badeanzug. Sie hatte den Tag am Strand verbracht und darauf gewartet, dass er von der Arbeit nach Hause kam. Während der Wartezeit hatte seine Mutter ihr gezeigt, wie man die Zutaten für ihren speziellen Salat schnitt. Die beiden hatten nebeneinander am Spülbecken gestanden und Lindsey hatte sich irgendwie als zur Familie gehörend empfunden. Und jetzt lief der Abend so ganz schrecklich schief.

„Ich weiß, dass sie dich heute bei der Arbeit besucht hat. Gestern Abend hat sie bei euch angerufen, als ich da war. Ich habe bisher nichts gesagt, aber das mit diesem Mädchen – wie heißt sie noch gleich, Ellie? – geht mir allmählich auf die Nerven."

Campbell nickte ernst und ließ sich auf dem Sand nieder. „Lindsey, glaube mir, ich mag sie auch nicht besonders. Sie bringt mich auf die Palme. Immerzu taucht sie auf und sie will einfach nicht begreifen, dass ich nichts von ihr will." Er ergriff Lindseys Hand und zog sie neben sich auf den Sand. „Ich bin in *dich* verliebt", erinnerte er sie lächelnd.

„Und warum wirft sie sich dir dann an den Hals?" Lindsey ließ sich nicht beirren. „Hat sie denn keine Hemmungen?"

„Schatz, ich weiß es nicht. Sie ist irgendwie verrückt. Alle in der Schule wissen das."

„Ja, sicher", höhnte Lindsey. „Verrückt nach dir. Campbell, du vergisst, dass ich andere Leute kenne, die sie auch kennen. Dein Freund Billy hat mich vor ihr gewarnt. Und Scott sagte, sie sei …", Lindsey suchte nach dem richtigen Wort, „leicht zu haben."

Campbell lachte laut auf und vergaß, dass er eigentlich ernst sein sollte. Schnell legte er sich die Hand auf den Mund

und schaute sie entschuldigend an. „Verzeih, aber ich musste einfach lachen, als du sagtest, dass sie leicht zu haben sei. Ausgerechnet du, die nicht –“

„Die nicht was?“ Lindseys Augen blitzten und forderten ihn heraus, sich über ihre Entscheidung, mit dem Sex bis nach der Hochzeit zu warten, lustig zu machen.

Er war damit einverstanden gewesen.

„Äh, du, die ganz und gar nicht leicht zu haben ist.“ Er grinste.

„Ist es das, was du willst? Ein Mädchen, das leicht zu haben ist? Denn wie ich höre, steht schon eins bereit. Vermutlich lauert sie gerade in den Dünen. Irgendwie scheint sie immer da zu sein, wo du bist. Soll ich mal nachsehen?“ Lindsey schirmte mit der Hand ihre Augen ab und schaute sich suchend um.

Er lachte, ergriff ihre Hand und zog sie an sich, obwohl sie sich zuerst dagegen wehrte. „Nein“, flüsterte er. „Ich möchte, dass du hier bei mir bleibst. Ich will die Zeit genießen, die wir zusammen haben, bevor du wieder nach Hause fährst. Ich möchte morgen wieder mit dir zum Briefkasten gehen, damit du wie letztes Jahr über unsere gemeinsame Zeit schreiben kannst. Okay?“

Sie nickte. „Aber es macht mir Angst. Weil ich weiß, dass Ellie noch da ist, wenn ich schon wieder fort bin.“

„Aber du vergisst, dass es ein großes Minus gibt, das gegen sie steht“, sagte er, während er mit dem Finger die Konturen ihres Gesichts nachzeichnete.

Obwohl sie die Antwort kannte, wollte sie sie von ihm hören. „Und das wäre?“

„Sie ist nicht du“, erwiderte er. „Und du bist alles, was ich will. Immer.“

Sommer 1986

Liebe Seelenfreundin
(ich habe beschlossen, dass du eine „Sie" bist),

in diesem Sommer habe ich überall nach dir Ausschau gehalten. Ich fragte mich, ob du mich erkennen würdest. Warst du vielleicht die Dame, die mich am Strand angelächelt hat, als wir aneinander vorbeigingen? Die Anglerin auf dem Landungssteg, die mich ansprach, als ich an jenem Tag allein dorthin ging? Ich konnte es kaum erwarten, dieses Jahr herzukommen und dir zu erzählen, was sich in meinem Leben ereignet hat. Ich hoffe, du hast dich ebenfalls darauf gefreut, von mir zu hören. Irgendetwas sagt mir, dass das so ist.

Gestern Abend ist Campbell mit mir zum Tanzen gegangen. Aber nicht in einen Club oder zu einer Veranstaltung, wo man tanzen kann. Wir haben auf dem Landungssteg getanzt. Wir waren dort ganz allein. Und er hatte eine Überraschung für mich. Er zog seinen Walkman heraus, hielt einen Kopfhörer an mein Ohr und einen an seins und spielte Don Henleys Lied „Boys of Summer". Wir tanzten Wange an Wange und ich weinte, weil ich wusste, dass unsere gemeinsame Zeit zu Ende ging und weil ich nichts tun konnte, um die Zeit aufzuhalten.

Don Henley sang: „Ich kann dir versichern, meine Liebe zu dir wird stark sein, nachdem die Jungen des Sommers schon fort sind." Im Licht des Landungsstegs lächelte ich Campbell an. Ich dachte: Wir werden noch zusammen sein, nachdem alle anderen Menschen aus unserem Leben verschwunden sind. *Richtig.*

Er nickte und beantwortete meine unausgesprochene Frage. „Ja", sagte er. Dann zog er mich fester an sich und flüsterte: „Ich liebe dich und werde dich immer lieben."

Wir ließen das Lied immer wieder laufen und standen eng umschlungen auf dem Landungssteg, während wir es uns mindestens ein Dutzend Mal anhörten. Das Lied ist zu fetzig, um langsam dazu zu tanzen und ich neckte ihn, dass wir langsam tanzten zu einem schnellen Lied. Er sagte, mit mir könnte er zu jedem Lied tanzen und es wäre unsere Bestimmung, gemeinsam durch das Leben zu tanzen.

Als wir dort auf jenem Landungssteg standen, liebe Seelenfreundin, versuchte ich, nicht an die Streitereien der vergangenen Tage wegen Ellie zu denken. Ich glaube, ich bin ziemlich gestresst, weil ich weiß, dass unsere gemeinsame Zeit zu Ende geht und dass bald die Realität wieder zuschlägt. Ich muss nach Raleigh zurückkehren und er bleibt hier. Wo Ellie ist. Ich versuche nicht darüber nachzudenken, was passieren könnte. Dass das Leben uns auseinanderreißen könnte, obwohl Campbell der Mann meines Lebens ist. Ich weiß das und ich vermute, er weiß es auch.

Wirst du ihn für mich im Auge behalten, liebe Seelenfreundin? Wenn du merkst, dass etwas schiefläuft, könntest du es mich irgendwie wissen lassen? Ich denke, das wäre okay. Zwar kenne ich die Regeln des Briefkastens nicht, aber ich nehme an, dass es zu deinen Aufgaben gehört, mir zu helfen. Irgendwie habe ich das Gefühl, dass du dir wünschst, dass wir es schaffen. Holly sagt, ich solle für unsere Beziehung beten. Ich solle Gott bitten, uns zu führen. Wie gern möchte ich glauben, dass es einen Gott gibt, der uns führt, aber ich bin nicht sicher, ob ich das kann. Für den Augenblick glaube ich an dich, liebe Seelenfreundin.

Wenn wir heute Nachmittag vom Briefkasten zurückkommen, reise ich ab. Mein Onkel und meine Tante werden dann den Wagen bereits gepackt haben und mein Cousin und meine Cousine werden mir auf dem Heimweg das Leben schwer machen. Sie werden ihre Mutter fragen, warum ich weine, und mich in Verlegenheit bringen, weil sie es allen im Wagen verraten. Meine Tante wird sich eine Ausrede einfallen lassen. „Sie ist traurig, weil sie ihre neuen Freunde verlassen muss", wird sie sagen. Ihren Freund, *werde ich denken.* Ich bin traurig, weil ich von meinem Freund fortmuss – dem einzigen Menschen, dem ich mehr als allen anderen vertraue. Dem einzigen Menschen, mit dem zusammen zu sein meine Bestimmung ist. *Wenn ich eines in meinem Leben ändern könnte, ich wüsste schon, was es wäre: Ich würde nach Sunset ziehen, damit ich immer mit ihm zusammen sein könnte.*

Bis zum nächsten Sommer!
Lindsey

KAPITEL 5

Sunset Beach
Sommer 2004

LINDSEY WAR AUF DEM RÜCKWEG VOM STRAND ZUM HAUS und sie schämte sich, dass sie nicht einmal in der Lage war, die paar Kilometer zu dem dummen Briefkasten zu gehen, bei dem sie früher schon so oft gewesen war. Sie hatte erst die Hälfte der Strecke zurückgelegt gehabt, als sie umdrehte und sich auf den Heimweg machte. Unterwegs hatte sie sich Ausreden dafür zurechtgelegt: Es war fast Zeit zum Abendessen und die Kinder hatten bestimmt Hunger. Sie musste weiter auspacken.

Warum sollte sie den Besuch beim Briefkasten übereilen? Es lagen doch noch so viele Tage vor ihr. Sie hatte alle Zeit der Welt, redete sie sich ein.

Aber die Wahrheit war: Sie war einfach noch nicht bereit für diesen Ausflug. Sie schob den Gedanken beiseite, dass zum ersten Mal seit vielen Jahren niemand da wäre, wenn sie von ihrem Besuch beim Briefkasten heimkäme, kein Grant, der sie fragte, wie es war.

Als sie sich ihrem Strandhaus näherte, suchte sie nach

Anzeichen von Leben. Obwohl sie wusste, dass sich in dem Haus zwei Kinder aufhielten, wirkte es verlassen. Sie sehnte sich die Unordnung der früheren Familienferien herbei – herumliegende Sandeimer und einzelne Flip-Flops im Garten, tropfnasse Badesachen auf dem Verandageländer, kleine Menschlein, die auf ihre Rückkehr warteten, während ihr Papa auf der Verandaschaukel saß und Cola schlürfte.

Sie war noch nicht bereit, sich der Leere zu stellen und lief einfach am Haus vorbei. Den Kindern ging es gut, das wusste sie.

Zielstrebig marschierte sie in Richtung „Innenstadt" mit den Strandläden, einer Eisdiele, wo man an warmen Sommerabenden leckeres Eis bekam, und dem Landungssteg von Sunset Beach. Die Erinnerung an jenen Landungssteg schlich sich in ihre Gedanken ein und sie lächelte – und zum ersten Mal seit langer Zeit ließ sie die Erinnerung zu. Schließlich war sie nicht mehr verheiratet. Sie durfte sich an eine alte Beziehung erinnern, das lang vergessene Gefühl einer Sommerliebe heraufbeschwören und die süße Erinnerung an den Kuss eines gut aussehenden Jungen genießen. Sie erinnerte sich, wie sie langsam zu einem schnellen Lied getanzt hatten, wie sie sich aneinandergeklammert hatten, als drohten sie zu ertrinken, obwohl die Wellen, die sich unter ihnen brachen, ihnen eigentlich nichts anhaben konnten. Sie erinnerte sich, wie seine Lippen an ihrem Ohr gekitzelt hatten, als er das Lied wie ein Versprechen für sie gesungen hatte.

Na, was sagst du nun, Grant?, dachte sie und lächelte, ohne es zu wollen. Neue Hoffnung strömte durch ihren Körper. Ein Gedanke durchzuckte sie: *Fühlt sich so Heilung an? Sieht so das Weitergehen aus?*

In der Stadt tummelten sich Familien mit ihren Kindern, die nach einem langen Mittagsschlaf nun unternehmungslustig waren, und Teenager genossen die Abendbrise nach einem langen Tag am Strand. Bald war es an der Zeit, zu ihren Ferienhäusern zurückzukehren, zu Abend zu essen und nach einem Tag, an dem sie viel zu lange der Sonne ausgesetzt gewesen waren, den Abend zu genießen. Das Tempo in Sunset war langsam – es gab keine Vergnügungsparks, keine Wasserrutschen, keine Touristenfallen. Es gab nichts anderes zu tun, als das Meer zu genießen und die Tage zu verbummeln.

Die Tür zum Supermarkt stand weit offen, sodass der stetige Strom der Kunden ungehindert hinein- und hinausgehen konnte. Leider hatte sie kein Geld eingesteckt, sonst hätte sie ein paar Dinge einkaufen und selbst etwas kochen können, anstatt Pizza zu bestellen.

Obwohl ihre Kinder vermutlich jammern würden, wenn sie etwas anderes vorschlug. „Aber es ist doch Tradition, am ersten Abend Pizza zu bestellen!“, würden sie einwenden. Im vergangenen Jahr hatte sie gelernt, an Traditionen festzuhalten. Ihre Kinder liebten feste Rituale, obwohl sie sich jetzt ohne Grant eigentlich alle falsch anfühlten. Manchmal tat es körperlich weh, sie dennoch einzuhalten, aber sie hatte festgestellt, dass es ihr tatsächlich besser ging, wenn sie es tat. Und den Kindern natürlich auch. Also würden sie an ihrem ersten Abend am Meer Pizza essen, wie sie es immer getan hatten. Und sie würde sich hüten, den leeren Platz am Tisch anzustarren und ihr gezwungenes Lachen ignorieren, das ihr natürliches Lachen ersetzt hatte, das ihr früher so selbstverständlich über die Lippen gekommen war.

Obwohl sie kein Geld dabei hatte, betrat sie den Lebensmittelmarkt. Er hatte sich in den Jahren, seit sie den Urlaub hier verbrachte, kaum verändert. In diesem Laden kauften die Menschen, die die Insel nicht verlassen wollten, Eier, Milch und Brot. Nach wie vor war es unerlässlich, größere Einkäufe auf dem Festland zu besorgen, weil das Warenangebot in dem kleinen Laden begrenzt war. Aber gerade das machte seinen Charme aus. Lindsey liebte es, Sommer für Sommer frühmorgens herzuradeln und eine Tüte kleiner, mit Puderzucker bestreuter Donuts für ihre Familie zum Frühstück zu besorgen.

Sie stand vor der Theke mit den Donuts und starrte in Gedanken versunken auf die süßen Gebäckstücke, als eine Stimme hinter ihr ertönte.

„Entschuldigen Sie, aber Sie sind nicht zufällig Lindsey Porter, oder?"

Der Klang ihres Mädchennamens verblüffte sie und sie hatte beinahe das Gefühl, als hätte der Mann nach einer ganz anderen Person gefragt, einer Person, die schon lange tot war. Als sie sich umdrehte, schaute sie in das ältere, faltigere Gesicht eines jungen Mannes, den sie vor vielen Jahren gekannt hatte. Er trug ein Namensschild mit der Aufschrift „Bill".

Sie deutete lächelnd auf das Namensschild. „Ich weiß noch, wie auf diesem Namensschild ‚Billy' stand."

Ein altbekanntes Lächeln stahl sich auf das vertraute Gesicht. „Wow, ist das schön, dich zu sehen!", dröhnte er ein wenig zu laut. Mehrere Kunden starrten zu ihnen herüber, als Billy beziehungsweise Bill sie in die Arme schloss.

„Das finde ich auch, Billy! Was um alles in der Welt machst du hier?", fragte sie, als sie sich, plötzlich verlegen, von ihm löste. Sie strich über ihren Rock und fragte sich, wie sie wohl aussah nach ihrem Spaziergang am Strand. Obwohl sie keine Ambitionen hatte, Billy zu beeindrucken, wollte sie nicht, dass er den Leuten, die sie früher einmal gekannt hatte, erzählte, sie hätte sich gehen lassen.

„Ich schätze, das könnte ich dich auch fragen“, erwiderte er. „Bist du im Urlaub hier? Mit deiner Familie? Ich wusste gar nicht, dass du immer noch herkommst.“

Sie nickte lächelnd. Billy zu sehen, eine lebende, atmende Erinnerung daran, wie lange sie schon mit diesem Ort verbunden war, freute sie wirklich sehr. „Ja, ich bin mit meinen Kindern hier.“ Sie hielt inne, um ihre Worte wirken zu lassen. *Mit meinen Kindern, nicht mit meinem Mann,* das war die Information, die sie ihm übermitteln wollte. „Wie steht's mit dir? Du arbeitest also wieder hier? Hast dich entschlossen, mit deiner Vergangenheit in Kontakt zu treten?“

Er nickte. „Ja, ich denke, so könnte man es ausdrücken. Mein Onkel, dem der Laden hier gehört hat, hat mir ein Angebot gemacht, das ich einfach nicht ausschlagen konnte.“

„Die Sunset Beach-Mafia?“, neckte sie. Flirtete sie? Was immer es war, sie konnte es ruhig an Billy ausprobieren.

Er lachte. „Ja, so etwas Ähnliches. Ich bin vor Jahren von hier fortgegangen, in die Heimatstadt meiner Frau. Wir waren glücklich dort. Arbeiteten hart, der amerikanische Traum und so weiter. Und dann bot sich uns diese Gelegenheit und wir beide dachten: Warum nicht? Lass uns hier leben, hier unsere Kinder großziehen. Wir sind eben doch Strandratten, verstehst du?“ Er machte eine ausladende Handbewegung. „Und jetzt führe ich den Laden und es ist wirklich ein angenehmes Leben.“ Er lächelte sie an und sie erkannte ganz deutlich in ihm den sechzehnjährigen Jungen von früher; ein scharfer Schmerz durchzuckte sie, als sie daran dachte, wie viel Zeit vergangen war.

„Wow, Billy verheiratet mit Kindern. Ich schätze, wir sind beide erwachsen geworden."

„Pah! Was immer das bedeutet. Ich sehe die Kids hier herumhängen und es ist, als wären es gestern noch wir gewesen. Scott, Campbell und ich, immer bestrebt, uns Ärger einzuhandeln – und meistens ist uns das ja auch gelungen." Er lachte. „Hast du noch mal was von den anderen gehört?" Sie spürte, dass er die Frage ganz bewusst beiläufig äußerte.

Sie schüttelte verneinend den Kopf, senkte den Blick, als sich ihr Gesicht vor Verlegenheit rötete – oder Sehnsucht, sie konnte es nicht genau sagen.

„Na ja", fuhr Billy gnädig fort, „sie leben beide noch hier. Wenn du lange genug hierbleibst, läuft dir bestimmt der eine oder andere von ihnen über den Weg." Beide wussten, wen er meinte. Er legte den Arm um ihre Schulter und zog sie so dicht an sich heran, dass sie seine leisen Worte verstehen konnte. „Ich werde ihm auf jeden Fall raten, nach dir Ausschau zu halten." Er ließ sie los, ignorierte ihr vor Verlegenheit gerötetes Gesicht und hob die Hand zur Delikatessentheke, wo eine Verkäuferin seine Hilfe brauchte. „Es war toll, dich zu treffen, Lindsey. Wirklich toll. Schau mal wieder rein, okay? Wie lange wirst du hierbleiben?", fragte er.

Sie schaute ihn noch einmal an, bevor sie sich zum Gehen wandte. „So lange, wie ich brauche", erwiderte sie.

KAPITEL 6

Sunset Beach
Frühherbst 1986

CAMPBELL SASS IM WAGEN, ELLIE WEINEND AUF DEM BEIFAHrersitz neben ihm. Die Tränen, das wusste er genau, waren nur Show. Er hatte nicht das Gefühl, dass sie so furchtbar traurig war.

Durch die Windschutzscheibe starrte er auf das Haus seiner Eltern und stellte sich vor, wie er durch die Haustür trat und ihnen die Neuigkeit verkündete. „Bist du sicher?", fragte er sie erneut. „Ich meine, solltest du nicht zum Arzt gehen oder so?"

„Warum? Damit du mich los bist? Damit du dieses schmutzige kleine Geheimnis mit deiner kostbaren Freundin teilen kannst?" Sie drehte sich zu ihm um. Ihre Wimperntusche war zerlaufen und hatte sich als Ring um ihre grauen Augen gelegt wie bei einem Waschbären. Sie war trotzdem noch schön. „Das ist real, Campbell. Es passiert tatsächlich. Du hast mit mir geschlafen und jetzt bin ich schwanger. Du kannst nicht einfach ein kurzes Abenteuer haben und dann, wenn sie im nächsten Jahr wiederkommt, so tun, als wäre nichts passiert."

Sie schniefte. „Im nächsten Sommer wird das Baby übrigens schon da sein."

Er nickte, den Mund zu einem grimmigen Strich verzogen. Seine Sünden hatten ihn eingeholt, wie seine Mutter immer sagte. Lindsey hatte ja schon lange gespürt, dass etwas nicht stimmte. Seit er Ellie an jenem Abend schließlich erlegen war, hatte er ihr nur wenige Briefe geschrieben und sie nur zweimal kurz angerufen.

Er fühlte sich elend. Flüchtig schaute er zu Ellie hinüber. Er empfand gar nichts für sie. Und doch bekam sie ein Kind von ihm. Wie war es nur dazu gekommen? Obwohl dieser Gedanke ihm Übelkeit bereitete, wusste er doch, was jetzt von ihm erwartet wurde.

„Also, willst du, äh, heiraten?" Die Worte waren über seine Lippen gekommen, bevor er sie unterdrücken oder zurücknehmen konnte. Er betete, sie möge Nein sagen und hätte den Wunsch, eine moderne Frau zu sein, die dies ganz allein schaffen wollte. Aber für Gebete war es zu spät.

Ellie zuckte die Achseln und betupfte sich die Augen mit einer Papierserviette. „Campbell, solltest du die Frau, die du heiratest, nicht lieben?", fragte sie.

Der hoffnungsvolle Tonfall ihrer Stimme war nicht zu überhören. „Na ja, man kann ja auch lernen, jemanden zu lieben", sagte er. „Und", fügte er hinzu, „wir werden das Baby lieben. Das haben wir ja als gemeinsame Grundlage."

Sie schaute ihn lächelnd an. Er freute sich, dass er sie zum Lächeln gebracht hatte, und er hoffte, dass dies ein gutes Zeichen war. „Denkst du, dass du das Baby wirklich lieben wirst?"

„Es ist doch mein Baby, oder?", fragte er. Sobald er die Frage ausgesprochen hatte, wusste er, dass er die falsche Formulierung gewählt hatte. Er wappnete sich innerlich gegen ihre Antwort.

„Natürlich ist es das, Campbell!", schrie sie. „Wie kannst du nur fragen?"

Er dachte an das, was man ihm über sie erzählt hatte, doch er legte ihr trotzdem die Hand auf die Schulter. „Ich werde mein Baby ganz bestimmt lieben. Und wir werden das hinbekommen."

Bewundernd blickte sie zu ihm auf, als wäre er ihr Held. Lindseys Gesicht stahl sich in seine Gedanken, aber er schob das Bild beiseite. „Also", hörte er sie fragen, „soll das heißen, dass wir heiraten werden?" Sie kicherte wie ein kleines Mädchen, aber sie war kein kleines Mädchen mehr. Sie würde Mutter werden. „Ich meine, wie soll das alles gehen?"

Er erinnerte sich, dass Lindsey in jenem ersten Sommer dieselbe Frage gestellt hatte. Als er Ellie versprach, dass sie es hinbekommen würden, standen ihm seine gebrochenen Versprechen an Lindsey vor Augen. Die Erkenntnis, dass er seinen größten Schatz gerade wegwarf, zuckte wie ein scharfer Schmerz durch sein Herz.

Sunset Beach
Spätherbst 1986

Campbell saß allein im Sand neben dem Briefkasten. Es war Ende Oktober und die meisten Touristen waren schon lange abgereist. Er war gern hier allein. Es war ein guter Ort zum Nachdenken.

Er versuchte, die Tatsache zu verarbeiten, dass er niemals mehr mit Lindsey zum Briefkasten gehen würde. Ein loses Blatt aus dem Briefkasten zitterte ein wenig in seiner Hand. Vom Meer wehte eine kalte Brise herüber. Der Stift lag schreibbereit in seiner Hand und wartete darauf, dass die Worte kamen. Ein Notizblock aus dem Briefkasten diente ihm als Unterlage. Dies sollte der Brief werden, den er Lindsey schicken würde, ein Brief, in dem er ihr gestand, was mit Ellie geschehen war. Es war an der Zeit zu beichten, auch wenn es ihm zutiefst widerstrebte. Er musste jetzt zu seinen Taten stehen.

Wie gebannt starrte er auf den Ring, den er jetzt an seiner linken Hand trug. Seit Wochen hatte er nicht mehr mit Lindsey gesprochen, aber sie spürte, dass etwas nicht stimmte, das wusste er. Erst gestern hatte er einen Brief von ihr bekommen, in dem nur die Worte gestanden hatten: *Sag es mir. Ist es vorbei mit uns?*

Wie soll ich erklären, begann er zu schreiben, *was ich selbst nicht begreifen kann?* Er schrieb so schnell es ging. *Ich sitze hier am Briefkasten*, fuhr er fort, *einem Ort, der für immer uns gehören sollte. So habe ich es dir versprochen.*

Er schrieb alles nieder, was er getan hatte und zutiefst bereute, alles, was er jetzt anders machen würde, wenn er es könnte, und erklärte ihr, warum er Ellie geheiratet hatte, warum er der Meinung war, dass es richtig war, auch wenn sich ihm dabei der Magen umdrehte. Sein Baby sollte in einer Familie aufwachsen, einen Vater haben. Das war auch etwas, das Lindsey sich immer gewünscht hatte.

Schließlich stand er auf, faltete den Brief zusammen und steckte ihn in die Tasche. Den Notizblock legte er in den Briefkasten zurück, auch den Stift, und er hoffte nur, dass wer immer als Nächster hierher kommen würde, etwas Fröhlicheres zu berichten hätte. Er stellte sich vor, wie Lindsey später herkommen würde, und hoffte dabei, dass sie überhaupt noch zum Briefkasten ging.

Als er die Klappe zufallen ließ, kam ihm eine Idee, die ein Lächeln auf sein Gesicht zauberte. „Boys of Summer" pfeifend ging er davon und er fühlte sich Lindsey jetzt näher als in den vergangenen Wochen.

KAPITEL 7

Sunset Beach
Sommer 1987

„HEY, HOLLY, WARTE DOCH!", RIEF LINDSEY IHRER FREUNDIN zu, die vor ihr radelte. Sie hatten sich angewöhnt, in diesem Sommer jeden Abend nach dem Abendessen Fahrrad zu fahren. Holly liebte es, schnell zu fahren, während Lindsey gern ihren Gedanken nachhing. Ihre Erinnerungen bremsten sie ab, wenn sie ziellos durch die Straßen von Sunset Beach fuhren.

Holly drehte sich um und bedeutete ihr, schneller zu fahren und sie einzuholen. Sie kamen in die Nähe des Lebensmittelladens. Die beiden Mädchen waren tief gebräunt, denn sie hatten das Sonnenbaden während ihres Aufenthalts in Sunset zu einer Art Wissenschaft erhoben – mit großer Wirkung. Lindsey genoss die bewundernden Blicke, die ihr und Holly zugeworfen wurden, wann immer sie zusammen unterwegs waren. Aber von einem würde sie in diesem Sommer keinen bewundernden Blick bekommen, und das war die eine Person, die am meisten zählte.

Holly hatte den Laden bereits betreten, als Lindsey eintraf. Ihr Fahrrad lehnte an der Mauer. Sie stellte ihres daneben und atmete tief durch, bevor sie Holly folgte. Wie immer hoffte sie, Campbell dort zu treffen und hatte doch gleichzeitig große Angst davor. Einerseits wünschte sie sich die Genugtuung, ihm eine Ohrfeige verpassen zu können, aber andererseits sehnte sie sich auch danach, ihn einfach nur zu sehen, ihm nahe zu sein, dieselbe Luft zu atmen wie er. Doch vor einer Begegnung graute ihr.

„Mädchen, das ist übel", hatte Holly sie ausgeschimpft, als Lindsey ihr ihre Gefühle gestanden hatte.

Lindsey suchte den Laden nach Holly ab und entdeckte sie vor der Kühltruhe, wo sie Eiscreme auswählte. Sie beobachtete, wie ein junger Mann Holly ansprach. Es dauerte eine Weile, bis sie in diesem Jungen Billy erkannte, Campbells besten Freund. Entschlossen trat sie zu den beiden. Auf keinen Fall wollte sie sich anmerken lassen, dass Campbell ihr das Herz gebrochen hatte.

„Billy, du Schlange, willst du dich etwa an meine Freundin heranmachen?", neckte sie ihn. Ihr Blick wanderte durch den Laden in der Erwartung, Campbell irgendwo zu entdecken. Wo man Billy antraf, da war eigentlich auch Campbell nicht weit. So war es früher immer gewesen.

Billys Augen weiteten sich. Sie spürte, wie unangenehm es ihm war, sie hier zu treffen. Mehrmals blinzelte er. „Äh, hallo, Lindsey. Es ist, äh, toll, dich zu sehen", stammelte er. Sehr halbherzig schloss er sie in die Arme.

„Ja, finde ich auch, Billy", erwiderte sie. *Verhalte dich ganz normal. Gib ihm nichts, das er Campbell erzählen kann. Tu so, als sei alles in Ordnung und als wäre dein Herz nicht in tausend Stücke zerbrochen.* „Wie ich sehe, hast du dich bereits mit meiner Freundin Holly bekannt gemacht."

Billy streckte Holly die Hand hin. „Schön, dich kennenzulernen, Holly“, sagte er.

Holly spürte die Spannung, die in der Luft hing, nahm eine Eistüte aus der Kühltruhe und hielt sie in die Höhe. Holly hasste diese Eissorte. „Ja, gleichfalls, Billy. Ich habe, was ich wollte!“, verkündete sie. Die beiden Mädchen wandten sich zur Kasse, um das Eis zu bezahlen.

„Wartet“, rief Billy.

Bevor sie sich zu ihm umdrehten, verzog Lindsey das Gesicht. „Beinahe ein glatter Abgang“, murmelte sie verhalten.

Holly stieß sie in die Seite und zog die Augenbrauen hoch, bevor sie sich zu Billy umdrehte. „Lass gut sein“, sagte sie.

Mit wenigen Schritten war Billy bei ihnen. Er beugte sich vor, als wollte er eine Information weitergeben, die streng geheim war. „Passt auf, das habt ihr jetzt nicht von mir, aber ich wollte euch nur sagen, was für ein Knallkopf mein Freund Campbell ist“, flüsterte er. „Was er getan hat, war unglaublich dumm, und was sie getan hat –“, sein Gesicht rötete sich, „einfach widerlich.“

Billy wusste also über alles Bescheid. Vermutlich könnte er einige Fragen beantworten, die sie nachts nicht schlafen ließen, seit sie Campbells Brief bekommen hatte. „Das Baby ist doch bestimmt schon da?“

„Die Kleine ist ein paar Wochen alt“, erwiderte er.

„Ein Mädchen also“, sagte Lindsey und ihre Stimme klang fester, als sie erwartet hatte.

„Ja. Sie heißt Nicole. Aber Campbell nennt sie Nicki. Sie ist ein niedliches kleines Ding.“ Er schaute Lindsey an. „Ich meine, wenn man Babys mag, was ich nicht wirklich tue.“ Sein Blick wanderte zu Holly, die lachte.

Holly schlug Lindsey auf den Rücken. „Also gut", sagte sie und hielt ihr Eis in die Höhe, „wir sollten besser los, bevor das Eis schmilzt!"

Billy nahm es ihr ab, legte es in die Kühltruhe zurück und holte zwei neue heraus. „Die gehen auf mich." Er lächelte die beiden Mädchen an. „Ich wünsche euch einen schönen Abend."

Lindsey wartete, bis Holly eingeschlafen war, bevor sie aus dem Bett stieg, das sie miteinander teilten, und zur Dachterrasse des Strandhauses schlich. In der Hand hielt sie Campbells letzten Brief an sie. Das Papier war zerknittert und die Tinte verblasst.

Sie freute sich, dass Holly sie in diesem Sommer ans Meer begleitet hatte. Das war eine gute Ablenkung und kompensierte ein wenig die Tatsache, dass Campbell nicht mehr da war. Eigentlich hatte Lindsey nicht mehr nach Sunset zurückkehren wollen, aber Holly hatte sie schließlich überredet, doch zu fahren.

„Du musst dich dem stellen. Du liebst Sunset doch – und nicht nur, weil Campbell dort lebt. Ich sage dir was." Holly grinste. „Wie wäre es, wenn ich mitkomme? Dann bin ich wenigstens da, wenn du ihm begegnest oder wenn du jemanden zum Reden brauchst."

Lindsey nickte und atmete tief durch. „Abgemacht."

Aber da Holly ständig um sie herum war, fand sie keine Zeit für ihre Erinnerungen an Campbell, keine Gelegenheit für ihre Trauer über ihren Verlust und um den Betrug zu verarbeiten, den er an ihr begangen hatte. So hatte sie es sich angewöhnt, spätabends hier heraufzukommen, um den Mond anzuschauen und dem Rauschen der Wellen zu lauschen, um sich zu fragen, ob Campbell vielleicht in just diesem Augenblick ebenfalls auf der Dachterrasse seines Hauses saß und sie genauso vermisste wie sie ihn. Das schuf eine Verbindung zu ihm, wie dünn sie auch war. Sie verdrängte das Bild, das sich in ihre Gedanken stahl – das Bild von Ellie, die Campbells Baby in den Armen hielt. Ein Baby, das, wie sie jetzt wusste, ein kleines Mädchen war. „Campbell nennt sie Nicki“, hatte Billy am Abend gesagt. Bei diesem Gedanken hätte sie sich am liebsten übergeben.

Sie faltete den Brief auf.

Liebe Lindsey,

wie soll ich erklären, was ich selbst nicht begreife? Ich sitze hier am Briefkasten, einem Ort, der für immer uns gehören sollte. So habe ich es dir versprochen. So wie der Landungssteg, auf dem wir tanzten. Zwei Orte, beide ganz besonders, wegen dir.

Ich kam her, um dir diesen Brief zu schreiben, den schwierigsten Brief, den ich je zu Papier bringen musste. Aber hier fühle ich mich dir näher. Und ich muss mich dir jetzt nahe fühlen, weil so vieles geschehen ist, das uns voneinander forttreibt, und das ist allein meine Schuld.

Vor deiner Abreise hatten wir uns wegen Ellie gestritten. Vermutlich wusstest du mehr darüber, wie die Dinge liefen, als ich dir oder mir eingestehen wollte. An dem Abend, nachdem du abgereist bist, besuchten Ellie und ich eine Party. Ich war so traurig über deine Abreise und sie hörte mir zu. Immer wieder drückte sie mir ein neues Bier in die Hand und ich schätze, ich war ziemlich betrunken. Ich erinnere mich nicht mehr an alles, was an diesem Abend geschah, aber ich weiß noch, dass ich mit Ellie geschlafen habe.

Das war dumm. Und schlimmer noch, ich traf mich auch danach noch mit ihr. Ich weiß, du hast gespürt, dass irgendetwas nicht stimmt, weil ich dich nicht mehr angerufen und dir nicht mehr geschrieben habe. Ich fühlte mich so schuldig wegen dem, was ich getan hatte, und dass ich dich betrogen hatte. Ich konnte dir nicht gegenübertreten.

Das Schlimmste an all dem ist, dass ich dich gern um Vergebung bitten und unsere Beziehung fortsetzen würde, aber das ist nicht möglich. Weil Ellie schwanger ist. So verrückt das klingt, ich habe sie geheiratet. Ich hoffe, dass es das Richtige war. Ich werde dir nicht in allen Einzelheiten die Gründe für diese Entscheidung erklären. Aber du sollst wissen, dass das absolut nicht das war, was ich mir gewünscht habe. Doch ich hatte das Gefühl, dass ich es tun müsste.

Ich finde nicht die richtigen Worte, um auszudrücken, wie leid es mir tut, dass ich dich verletzt habe. Ich bin ein Narr, weil ich das Beste, das ich je hatte, weggeworfen habe und ich weiß, dass ich es nie zurückbekommen kann. Ich wünsche mir, dass du dein Leben fortsetzt und einen Mann findest, der dich so liebt, wie du es verdienst. Es tut mir unendlich leid, dass ich die Gelegenheit verpasst habe, dieser Mann zu sein.

Und ein Letztes noch – nicht dass ich in der Position wäre, etwas von dir zu erbitten, aber ich möchte dich ermutigen, auch weiter hierher zum Briefkasten zu kommen. Ich fände es schade, wenn du den Briefkasten meiden würdest, weil er dich an mich erinnert. Mir gefällt die Vorstellung, dass du nach wie vor hier sitzt und der Seelenfreundin dein Herz ausschüttest. Ich fühle mich dir nahe, wenn ich denke, dass du deine Gewohnheit beibehältst, auf demselben Sand sitzt und dabei vielleicht von Zeit zu Zeit an mich denkst.

Ich werde die Zeit, die wir hier gemeinsam verbracht haben, nie vergessen oder wie es sich anfühlte, dich in meinen Armen zu halten, als wir auf dem Landungssteg tanzten. Ich werde dich für immer in meinem Herzen behalten und ich weiß, es ist schwer zu glauben nach dem, was ich dir angetan habe, aber ich liebe dich. Immer.

Campbell

Lindsey wischte sich die Tränen aus den Augen. Sie faltete den Brief zusammen, steckte ihn wieder in die Tasche ihrer Schlafanzughose und starrte hinaus auf das Meer. Und sie fragte sich, wann der Schmerz wohl nachlassen würde und ob es ihr wohl irgendwann möglich wäre, Campbell Forrester nicht mehr zu lieben.

Sunset Beach
Sommer 1987

Campbell saß mit dem Baby, das sich unruhig in seinen Armen bewegte und zu schreien begann, draußen auf der Veranda. Seine Mutter meinte, das sei eine Kolik und niemand könnte sagen, wie lange das dauern oder was man dagegen unternehmen könnte. Ellie war im Haus und schlief schon wieder. Er hätte nie gedacht, dass so ein winziges Menschlein so viele Erwachsene auf Trab halten könnte. Er, seine Eltern und Ellie bewegten sich durchs Haus wie Roboter, erschöpft vom Schlafmangel und dem Stress, den ein Baby verursachte, das von Koliken gequält wurde. Er wiegte Nicki in den Armen und gab sich dem Selbstmitleid hin, doch sofort setzten die Schuldgefühle ein, weil er Selbstmitleid empfand.

Er war doch selbst schuld an seiner Misere. Wenn er Ellie in jener Nacht abgewiesen und ihr gesagt hätte, sie solle verschwinden, wie er es hätte tun sollen, dann wäre dies alles nicht passiert. Er wäre nicht verheiratet. Sie würden nicht bei seinen Eltern wohnen und ihnen Stress verursachen. Vermutlich würde er Ellie nicht einmal näher kennen.

Er starrte zur Straße hinüber und wünschte sich, dass Lindsey daherkäme. Unwillkürlich fragte er sich, ob sie sich im Augenblick wohl auf der Insel aufhielt, ob sie ihn überwunden hatte oder ob sie immer noch traurig war über das Ende ihrer Beziehung.

Er schaute auf Nicki herab, in ihr kleines, zerknittertes Gesicht. Wo immer sie mit ihr hingingen, sagten die Leute, was für ein hübsches Baby sie doch sei. Er liebte sie, ehrlich, aber manchmal wünschte er, sie wäre nicht da. Was für ein Mistkerl er doch war! Was für ein Vater war er, dass er wünschte, seine Tochter würde nicht existieren? Vielleicht ein Vater, der sein altes Leben zurückhaben wollte. Ein Vater, der noch nicht bereit war, Vater zu sein.

Er gab dem Baby einen Kuss auf die samtweiche Wange. „Ich liebe dich wirklich, Kleine", seufzte er.

Als er aufblickte, sah er Billys Truck in die Einfahrt einbiegen. Seit Nickis Geburt war Billy immer seltener vorbeigekommen. Campbell winkte, legte Nicki an seine Schulter und klopfte ihr vorsichtig auf den Rücken. Billy sprang zwei Stufen auf einmal nehmend die Verandatreppe hoch, wie es seine Angewohnheit war. Unwillkürlich durchzuckte Campbell der Gedanke, wie sorglos er wirkte. Neiderfüllt wandte er den Blick ab.

„Hey, Kumpel", begrüßte ihn Billy und schlug ihm auf den Rücken. Dann sah er Nicki an. „Was machst du hier draußen?"

Er deutete mit dem Daumen auf die Tür. „Ellie schläft ein wenig und ich versuche, das Baby ruhig zu halten."

Billy schüttelte den Kopf. „Als ich das letzte Mal hier war, schlief sie auch."

Campbell zuckte die Achseln. „Na ja, sie muss nachts so oft wegen Nicki aufstehen, darum versucht sie, tagsüber ihren Schlaf nachzuholen." Er fragte sich, warum er Ellie verteidigte. Die Wahrheit war, sie wechselten sich nachts ab, um Nicki zu versorgen. Ellie jammerte nur mehr darüber als alle anderen.

Billy nickte nur. „Na, ich wollte nur mal nach dir sehen. Mich davon überzeugen, dass du immer noch am Leben bist." Er lachte. „Ich schätze, das bist du, aber nur so gerade eben."

Campbell lächelte ihn an. „Ja, so gerade eben stimmt."

Einige Minuten lang saßen sie in unbehaglichem Schweigen nebeneinander auf der Veranda. Nicki war eingeschlafen und nuckelte heftig an ihrem Schnuller. Campbell starrte auf sie hinab und fragte sich, wie er sie gleichzeitig lieben und sich wünschen konnte, sie würde nicht existieren.

Billy räusperte sich. „Ich wollte dir eigentlich nur sagen, dass ich Lindsey getroffen habe. Gestern."

„Wirklich? Sie ist hier?" Campbell gab sich Mühe, keine allzu große Begeisterung zu zeigen.

„Ja, sie war mit einer Freundin da. Holly?"

Campbell nickte. „Ihre beste Freundin."

„Ja, Mann, die ist heiß. Ich wünschte, Lindsey hätte sie letzten Sommer schon mitgebracht, dann hätten wir zu viert ausgehen können. Natürlich bin ich jetzt komplett raus aus der Nummer, weil ich das Pech habe, dein bester Freund zu sein." Er grinste. „Aber ich vergebe dir."

„Dann hat sie also nach mir gefragt?"

„Nicht direkt, aber ich habe gemerkt, dass sie wissen wollte, wie es dir geht." Er deutete auf das schlafende Baby. „Ich habe ihr von Nicki erzählt."

Campbell nickte und fragte sich, wie sie es wohl aufgenommen hatte. „Wie wirkte sie?", fragte er.

„Traurig", erwiderte Billy. „Ich würde sagen, sie hängt noch ziemlich an dir. Aber sie hat sich zusammengerissen."

Er fühlte sich ganz elend, weil er sich über Billys Antwort freute. Es war unfair von ihm, sich zu wünschen, dass sie ihm nachtrauerte, das wusste er. Billy sprang auf und spielte mit seinen Autoschlüsseln eine Angewohnheit von ihm, die anzeigte, dass er gehen wollte.

„Gehst du schon?“ Enttäuschung schwang in Campbells Stimme mit. Es tat so gut, mit einem Freund aus seinem früheren Leben zusammen zu sein.

Billy nickte und zuckte die Achseln. „Ja, ich treffe mich mit Scott und ein paar der Jungs bei der Arkade. Mal sehen, in welche Schwierigkeiten wir uns heute wieder bringen können.“

„Okay“, erwiderte Campbell. Für sein Leben gern wäre er jetzt mit seinen Freunden losgezogen. „Danke, dass du vorbeigekommen bist“, fügte er noch hinzu, während Billy die Treppe hinabsprang.

„Gern geschehen!“, rief Billy, sprang in seinen Truck und setzte so schwungvoll rückwärts aus der Einfahrt, dass der Kies hochspritzte. Campbell nahm seine Position im Schaukelstuhl auf der Veranda wieder ein, wiegte Nicki, beobachtete den Sonnenuntergang und fragte sich, ob Lindsey, wo immer sie sein mochte, wohl denselben Sonnenuntergang bewunderte.

KAPITEL 8

Sunset Beach
Sommer 1988

„LOLA! LO-LO-LO-LO-LOLA!“

Die Jungen, mit denen Lindsey und Holly an diesem Abend ausgegangen waren, schrien den Text zu dem Song der Kinks, als ihre kleine Gruppe im Dunkeln zum Strand zog. Obwohl sie schworen, sie hätten keinen Tropfen Alkohol getrunken, hatte Lindsey den Eindruck, dass sie doch schon einiges intus hatten. Sie waren ein wenig zu fröhlich.

Jeff kam herüber und legte den Arm um Holly. *„... just like Cherry Cola!“*, sang er, laut und schief. Holly lachte, aber Lindsey fand das gar nicht lustig. Was Holly an ihm fand, war ihr ein Rätsel. Sie vermutete allerdings, dass Holly sich nur mit ihm abgab, um Lindsey mit seinem Freund Joel zu verkuppeln.

Sie versuchte, Hollys Blick einzufangen, aber es war zu dunkel, um ihre Gesichtszüge zu erkennen. Holly wäre enttäuscht, wenn sie so früh nach Hause gehen wollte. Sie beobachtete, wie Jeff Hollys Hand ergriff und sich zu Joel umdrehte. „Was hältst du davon, wenn wir uns für eine Weile trennen?“, fragte er.

Joel schaute Lindsey an und zuckte die Achseln. „Warum nicht", erwiderte er, aber seine Stimme klang nicht so optimistisch wie Jeffs. Jeff und Holly gingen voraus, während Joel stehen blieb.

„Wollen wir uns kurz setzen?", fragte er Lindsey. Sie zuckte die Achseln. Aber eigentlich hätte sie gern Nein gesagt.

„Jeff hat, glaube ich, eine falsche Vorstellung von meiner Freundin", erklärte sie, als sie sich neben Joel im feuchten Sand niederließ.

„Was meinst du?", fragte Joel und grinste dabei, sodass seine regelmäßigen weißen Zähne in der Dunkelheit aufleuchteten.

„Ich meine, sie mag ihn, aber sie wird sich nicht mit ihm einlassen."

„Ich glaube nicht, dass Jeff das erwartet", erwiderte Joel ruhig. „Jeff gehört zu den Guten und er mag Holly wirklich. Und ich mag dich", fügte er hinzu.

Sie lächelte. „Danke", erwiderte sie. Ihr fiel sonst nichts dazu ein.

„Also kommt jetzt kein: ‚Ich mag dich auch, Joel'?"

„Ich mag dich auch, aber ...", sie schüttelte den Kopf.

„... nicht *so*", beendete er für sie den Satz. Er lächelte sie an. Er war wirklich nett.

„Es ist nur ... es gibt da jemanden. Die Beziehung zu ihm ist vor einer Weile in die Brüche gegangen und ich bin noch nicht bereit –"

„Campbell?", fragte Joel und sein Name bohrte sich in ihr Herz wie ein Messer.

Sie nickte. „Kennst du ihn?"

„Nein, aber Holly hat mir von dir und ihm erzählt. Sie hat

mich gewarnt, dass du vielleicht immer noch an ihm hängst. Aber sie sagte, es sei schon eine Weile vorbei?“

Das war keine richtige Frage. Joel wusste genau, dass sie sich bereits den zweiten Sommer nach einem Jungen verzehrte, der sie sicher längst vergessen hatte. Sie war froh, dass es dunkel war und er nicht bemerkte, dass sie rot wurde. „Ich schätze, ich bin ein ziemlich trauriger Fall“, räumte sie ein.

Er tätschelte ihr Knie. „Nein, ich verstehe schon. Ich habe auch gerade erst jemanden überwunden, der mir das Herz gebrochen hat. Aber weißt du, was mir geholfen hat?“ Er beugte sich vor und sie nahm den Pfefferminzgeruch seines Kaugummis wahr. Ganz behutsam küsste er sie.

Einen Augenblick lang wünschte sie, die Berührung seiner Lippen würde den Bann, in den Campbell sie gezogen hatte, brechen, ihr Körper würde auf die Berührung eines anderen Jungen reagieren und sie würde sich nicht mehr nach Campbell verzehren. Doch sie empfand Widerwillen und etwas wie Zorn wallte in ihr auf. Schnell zog sie sich zurück.

„Sorry, ich konnte nicht widerstehen“, entschuldigte er sich. „Ich hatte gehofft …“

Sie lächelte über seine Ernsthaftigkeit. „Anscheinend bin ich nicht die Richtige“, meinte sie.

„Aber du bist für jemanden die Richtige. Und auch wenn er es noch nicht weiß, er kann sich glücklich schätzen.“ Er erhob sich und klopfte den Sand von seinen Shorts. Dann streckte er ihr die Hand hin und zog sie hoch. „Komm, ich bringe dich nach Hause. Jeff wird Holly nach Hause begleiten.“

Sie lächelte in der Dunkelheit. Holly und sie hatten vorher über dieses Szenario gesprochen und sie machte sich keine

Sorgen um ihre Freundin. Holly konnte definitiv auf sich selbst aufpassen.

„Danke, Joel“, erwiderte Lindsey. „Es wäre schön, wenn du mich nach Hause bringen würdest.“

Sie fragte sich, ob es dumm von ihr war, einen so netten Jungen abzuweisen, der offensichtlich an ihr interessiert war, und der Gedanke überraschte sie. Vielleicht war das ein Zeichen, ein Hoffnungsschimmer, dass sie ihre Gefühle für Campbell eines Tages überwinden würde. Dass ein wundervoller anderer Mann schon irgendwo auf sie wartete. Während sie unter dem Sternenhimmel den Heimweg antraten, wagte sie die Bitte nach oben zu schicken, dass dies geschehen möge. Holly hatte ihr Mut gemacht, Gott darum zu bitten, ihr einen anderen Mann zu schicken, den sie lieben konnte, und dass sie Heilung fand. Sie blickte zum Himmel hoch, staunte über die unzähligen Sterne und versuchte daran zu glauben, dass Gott tatsächlich ihre Gebete erhörte.

Sommer 1988

Liebe Seelenfreundin,

Holly hat Regeln für unsere diesjährige Reise ans Meer aufgestellt: Kein Schmachten. Kein Schwelgen in sentimentalen Liedern, die mich an Campbell erinnern. Kein Fortschleichen auf die Dachterrasse, um zu weinen. Sie sagt, das hätte ich nun oft genug getan; das würde für den Rest meines Lebens ausreichen.

Sie brachte mich auch dazu, mit einem Jungen auszugehen, den wir am Strand kennengelernt haben. Sein Name ist Joel und er sieht sehr gut aus, war sehr nett und charmant zu mir. Aber es hat nicht gefunkt. Ich habe diese eine Verabredung über mich ergehen lassen, damit Holly mich in Ruhe lässt. Damit ich sagen konnte, dass ich mein Leben wieder in Angriff nehme. Die Wahrheit ist, ich möchte es gern und ich spüre auch, dass ich mir Mühe gebe, mich aus Campbells Griff zu lösen.

Holly redet ständig davon. Sie sagt, ich müsse wieder das Steuer übernehmen, es gäbe noch andere Fische im Meer, auch andere Mütter hätten hübsche Söhne. Sie hat einen ganzen Vorrat solcher dummen Sprüche. Ständig weist sie mich darauf hin, dass Gott einen Plan für mein Leben hat und dass Campbells Entscheidungen gezeigt hätten, dass er eben nicht zu diesem Plan gehört. Ich bin nicht sicher, ob ich an einen Gott glauben möchte, der einen Plan entwirft, der dem, was mich glücklich macht, so offensichtlich zuwiderläuft. Mir gefällt Gottes Plan nicht, so könnte man es wohl sagen.

Ich habe eigene Regeln aufgestellt. Regel Nr. 1: Auf keinen Fall an Campbells Haus vorbeigehen. Seit dem Ende unserer Beziehung bin ich nicht mehr in Campbells Straße gewesen. Ich würde sein Haus gern wiedersehen, seinen Truck in der Einfahrt und wissen, dass er zu Hause ist. Aber ich habe gleichzeitig Angst, Ellie mit ihrem Baby, das jetzt wohl ein gutes Jahr alt ist, auf der Veranda zu entdecken. Ellie würde mir sicher zu gern zuwinken und mir unter die Nase reiben, dass sie Campbell erobert hat und ich die große Verliererin bin, die nicht loslassen kann.

Regel Nr. 2: Kein Besuch auf dem Landungssteg. Ich kann nicht an der Stelle stehen, an der wir an dem letzten Abend miteinander getanzt haben. Darum meide ich den Landungssteg wie die Pest. Wenn wir abends mit anderen Jugendlichen unterwegs sind und die dorthin wollen, verziehe ich mich einfach nach Hause.

Zuerst stellte ich noch Regel Nr. 3 auf, dass ich nicht mehr hier zum Briefkasten kommen und an dich schreiben würde. Aber nachdem ich darüber nachgedacht hatte, kam ich zu dem Schluss, dass das dumm wäre. Ich komme gern hierher und ich schreibe jedes Jahr diese Briefe. Ich habe dann das Gefühl, dass jemand da ist, der sich wirklich interessiert für das, was ich denke und fühle, der mit mir trauert über das, was mit Campbell geschehen ist und der mich anfeuert und glaubt, dass ich eines Tages wieder glücklich sein werde und dass diese Zeit in meinem Leben dann nur noch eine ferne Erinnerung sein wird. Ich schätze, ich brauche es, an dich zu glauben, liebe Seelenfreundin, wer immer du bist.

Und vor allem – und das gestehe ich niemandem sonst ein, aber ... ich muss herkommen, damit ich mich Campbell nahe fühlen kann. Trotz allem, was er getan hat und wie sehr er mich verletzt hat, ich sehne mich immer noch nach seiner Nähe. Egal, was aus mir wird, ob ich irgendwann einmal heirate oder wohin mich das Leben treibt – dieser Ort wird immer untrennbar mit ihm verbunden sein. Er hat mir den Briefkasten gezeigt und er hat mich ermutigt, dir zu schreiben. In seinem letzten Brief bat er mich, auch weiterhin hierher zu kommen, damit wir in Verbindung bleiben. Und so werde ich weiter herkommen und schreiben. So dumm das auch sein mag, aber es ist alles, was mir von ihm geblieben ist, von einer Zeit in meinem Leben, in der ich noch an die Liebe glaubte. Ich bin froh, dass es diesen Briefkasten hier gibt. Ich weiß nicht, was ich ohne ihn, ohne dich tun würde. Danke, dass du jedes Jahr meine Briefe liest. Es ist schön zu wissen, dass du da bist.

Bis zum nächsten Sommer
Lindsey

KAPITEL 9

Charlotte
Sommer 2004

„CAMPBELL." ER HÖRTE ELLIES STIMME, BEVOR ER SIE SAH, und er zuckte reflexartig zusammen.

Sie kam durch den Krankenhausflur auf ihn zu, ganz geschäftsmäßig, die Lippen zu einem grimmigen roten Strich zusammengepresst. Sie trug einen Trainingsanzug. Ihre langen blonden Haare waren zu einem strengen Pferdeschwanz zurückgebunden, aus dem nicht eine einzige lose Strähne heraushing, und ihr Schmuck, obwohl schlicht, wirkte teuer. Zwar trug sie ein Outfit, das man gemeinhin als Sportkleidung bezeichnen würde, doch er hatte das Gefühl, dass sie in dieser Aufmachung niemals tatsächlich Sport treiben würde. Sie entsprach genau dem Bild der Ehefrau eines wohlhabenden Arztes aus einem Vorortviertel. Das stand ihr viel besser als die „Teenager-Mutter, die in einer kleinen Küstenstadt im Haus der Eltern ihres Teenager-Ehemannes lebt". Diese Rolle hatte sie sowieso ziemlich schnell aufgegeben.

In einer dramatischen Geste umarmte Ellie Campbells Mutter. „Vielen Dank, dass du gekommen bist, Rita", sagte sie. Campbell tätschelte sie den Arm. „Und du natürlich auch, Campbell“, fügte sie hinzu.

Er gab sich gar nicht erst mit Höflichkeiten ab. „Was ist mit Nicki?“

Ellies Sohn Garrett legte sein Videospiel aus der Hand und spitzte die Ohren. Ellie hatte das vermutlich auch bemerkt, denn sie forderte Campbell und seine Mutter auf, mit ihr ein Stück auf den Flur zu gehen, außer Hörweite des Jungen. Sie folgten pflichtschuldigst und Garrett wandte sich mit einem leisen Seufzen wieder seinem Videospiel zu.

„Ich habe gerade mit dem behandelnden Arzt gesprochen“, erklärte Ellie. „Die gute Nachricht ist, dass sie nur für wenige Sekunden ohnmächtig war. Sie ist wach und ansprechbar. Der Arzt hat ihr eine Infusion gelegt und Blut abgenommen. Sie überprüfen jetzt die Leberwerte, Elektrolyte und so weiter. Sobald die Ergebnisse da sind, bekommen wir Bescheid.“

Ellie hielt inne und warf einen Blick zu Garrett hinüber, um sich davon zu überzeugen, dass er sie nicht hören konnte. „Der Arzt meint, dass Nicki vermutlich eine Essstörung hat. Sie ist ohnmächtig geworden ... weil sie nichts gegessen hat.“ Ellie zögerte erneut, länger dieses Mal, starrte an ihnen vorbei zum Warteraum. Tränen hatten sich in ihren Augen gesammelt. „Ich meine, ja, sie ist zwar ziemlich dünn geworden, aber sie hat immer wieder betont, dass sie es unter Kontrolle hat“, erklärte sie und ihre Stimme klang so schwach, wie Campbell sich fühlte.

Ganz unvermittelt stieg Zorn in ihm hoch. „Also, lass mich noch mal zusammenfassen, damit ich das richtig verstehe: Sie hat sich vor deinen Augen krank gehungert und du hast das einfach so zugelassen?“

Seine Mutter legte ihm die Hand auf den Arm. Das war ein Signal: *Nicht hier.* Die Schwestern auf der Station schauten nervös in ihre Richtung. Er bemerkte, dass einige von ihnen die Köpfe zusammensteckten und miteinander tuschelten.

Er senkte seine Stimme. Doch auch in seinem Flüstern klang sein Zorn durch. „Und wegen dieser … Essstörung ist sie zusammengebrochen?"

„Na ja, sie hat wohl seit vierundzwanzig Stunden nichts mehr zu sich genommen." Ellie hielt inne. „Das hat mir ihre Freundin bei der Arbeit erzählt. Sie wollte wohl so etwas wie ihren persönlichen Rekord aufstellen." Ellie schaute Campbell an und er bemerkte das herausfordernde Funkeln ihrer Augen. Damit warnte sie ihn davor, ihr die Schuld an allem zu geben, wo sie doch beide wussten, dass auch er seinen Anteil trug. „Natürlich wissen wir Genaueres erst, wenn wir mit ihr sprechen können."

So gern er Ellie die ganze Schuld zugeschoben hätte, er musste zugeben, dass er seine Tochter schon sehr lange nicht mehr gesehen hatte. Er wusste nicht, wie viel sie wog, wie ihr Leben aussah, was ihr zu schaffen machte oder wie es um ihr Selbstbild bestellt war. Sicher, sie war diejenige gewesen, die sich immer wieder vor den Besuchen bei ihm gedrückt hatte, aber er hatte es zugelassen. Und auch er hatte sie nicht besucht.

Du hast nicht um sie gekämpft, mahnte eine leise Stimme in seinem Kopf. Anstatt weiter mit Ellie zu streiten, drehte er sich um und ließ Ellie und seine Mutter einfach stehen. Er brauchte einen Augenblick für sich, um die Fassung wiederzugewinnen. Ellie durfte seinen Zorn sehen, aber nicht seine Tränen.

Er ging hinüber zu den Fenstern im hinteren Bereich des Warteraums. Von dort hatte man einen guten Ausblick über Charlotte. Der Rettungshubschrauber stand auf dem Hubschrauberlandeplatz; zum Glück wurde er gerade nicht gebraucht. Der Anblick dieses Hubschraubers erinnerte ihn an die furchtbaren Dinge, die Menschen Tag für Tag zustießen. Er dachte an diejenigen, die zusehen mussten, wie ein geliebter Mensch in diesem Hubschrauber abtransportiert wurde. Wie froh war er, dass er nicht in dieser Situation war. Ihm kam der Gedanke, dass Gott ihm vielleicht eine zweite Chance gab, ein guter Vater zu sein, auch wenn er nicht sicher war, ob er die verdient hatte.

Eine Krankenschwester betrat den Wartebereich. „Die Tests sind jetzt abgeschlossen. Der Doktor sagt, Sie dürfen jetzt zu ihr“, verkündete sie den Wartenden. Nur ihre Familie saß in dem Raum. „Sie können jeweils zu zweit ins Krankenzimmer.“

Ellie erhob sich sofort, strich die Krümel der Bretzel von ihrer Hose, an der sie geknabbert hatte, und ergriff die Hand ihres Mannes Ed.

Zwei Minuten später kam sie niedergeschlagen in den Warteraum zurück. Sie deutete auf Campbell und in die Richtung von Nickis Krankenzimmer. „Sie will *dich* sprechen“, erklärte sie mit beißendem Tonfall und ließ sich auf einen Stuhl sinken.

„Offensichtlich will sie mich nicht sehen“, schluchzte sie, die Hände vors Gesicht geschlagen.

Rita trat zu ihr und streichelte ihr über den Rücken, während Campbell das Wartezimmer verließ. Gern überließ er es seiner freundlichen, immer zur Vergebung bereiten Mutter, seine Ex-Frau zu beruhigen und zu trösten. Sie hatte sehr viel mehr Geduld mit Ellie als er.

Leise trat er in Nickis Krankenzimmer ein, obwohl er wusste, dass sie nicht schlief. Nicki lag auf der Seite, mit dem Rücken zur Tür. In dem Bett wirkte sie so winzig, ihre Silhouette kaum größer als die eines Kindes. Es war krass, wie dünn seine Tochter seit ihrer letzten Begegnung geworden war. Wenn sie sein Gesicht gesehen hätte, hätte sie seinen Schrecken bemerkt, seine Unsicherheit, wie er vorgehen sollte. Er nahm sich einen Augenblick Zeit, um sich zu sammeln, bevor er ihren Namen aussprach und ganz bewusst die Sorgenfalten auf seiner Stirn glättete. Er wollte ihr Sicherheit geben, den Eindruck vermitteln, dass er in der Lage sei, mit dieser Situation umzugehen – was er nicht war. Eigentlich ging es ihm schon seit 17 Jahren so, seit er unverhofft Vater geworden war. Er gab sich Mühe, seine Rolle zu spielen.

„Nicki?“, fragte er in die Stille hinein. Seine Stimme klang rau und niedergeschlagen, genau so, wie er sich fühlte.

Sie antwortete nicht. Er trat an ihr Bett und legte seine Hand auf ihre Schulter. „Nicki?“, fragte er erneut, ein wenig lauter dieses Mal, aber trotzdem war es kaum mehr als ein Flüstern. Sie wand sich unmerklich unter seiner Hand, als wäre sie ihr auf ihrer knochigen Schulter unangenehm. Doch sie drehte sich nicht um und vermied es, ihn anzusehen.

„Ich heiße Nicole“, erwiderte sie flach. „Niemand nennt mich mehr Nicki.“

Er ließ seine Hand auf ihrer Schulter liegen, beugte sich hinunter und gab ihr einen Kuss auf die Wange. Ihre Haut roch nach Krankenhaus. „Ach, weißt du", erklärte er in der Hoffnung, dass sie es richtig aufnehmen würde, „ich schon."

Sie schwiegen eine ganze Weile. Campbell trat unbehaglich von einem Fuß auf den anderen. Er fühlte sich wie ein nervöser Verehrer, der nach den richtigen Worten suchte. Sie wischte sich ihre stummen Tränen aus den Augen. Wie lange würden sie wohl schweigend verharren?

„Brauchst du irgendetwas?", fragte er schließlich und hoffte, sie würde um einen doppelten Cheeseburger mit Pommes bitten. Die Situation überforderte ihn; er brauchte Zeit, um eine innere Haltung dazu zu finden. Doch dann durchzuckte ihn ein Gedanke: Eigentlich hatte er sein ganzes Leben lang einen Fluchtweg gesucht.

Sie hielt ihren Arm mit dem Infusionsschlauch in die Höhe. „Ich werde hier sozusagen zwangsernährt", erklärte sie und drehte sich endlich zu ihm um.

Mit Entsetzen sah er ihre hervorstechenden Wangenknochen, nur von einer dünnen Hautschicht überzogen; ihre Augen waren tief eingesunken und von dunklen Ringen umrahmt. Seltsamerweise war sie trotzdem wunderschön; eine hilflose Gestrandete, die Rettung suchte.

Ihre Stimme zitterte, als sie weitersprach. „Sorry, dass du den weiten Weg herkommen musstest." Beschämt wandte sie den Blick ab und murmelte ein Wort, das wie „dumm" klang. Er wagte nicht zu fragen, ob sie ihn meinte oder sich selbst.

In diesem Augenblick hatte er die Wahl, das war ihm klar. Er konnte zurückweichen, alles zunichtemachen, was sie früher gehabt hatten und ihr gestatten, sich noch weiter von ihm zu entfernen. Oder er konnte sie in die Arme schließen und ihr sagen, dass er genau hier und nirgendwo sonst sein wollte. Seine Reaktion würde die Richtung bestimmen, in die sich die Beziehung zwischen ihm und seiner Tochter von nun an entwickelte.

Er dankte Gott für diese Erkenntnis, als er die Distanz zwischen ihnen überwand. Es war ein Gefühl, als würde er von einer Klippe springen. Da sie wie ein winziger Ball zusammengerollt in ihrem Bett lag, konnte er nur den Kopf an ihre Schulter drücken. Fast erwartete er, dass sie ihn zurückstieß und sich von ihm wegdrehte, aber das tat sie nicht. Vorsichtig, um sich die Infusion nicht aus der Armbeuge zu reißen, hob sie die Arme und legte sie um ihn. Verlegen lachte sie auf.

Er bog den Kopf zurück, um ihr in die Augen zu schauen. „Ich weiß zwar nicht, wie das hier passiert ist", sagte er und deutete auf das Bett und das Zimmer. „Aber ich werde alles tun, was nötig ist, um dir zu helfen, dass du da wieder rauskommst."

Sie nickte ernst. Ihre Augen füllten sich erneut mit Tränen und dieses Mal machte sie sich nicht die Mühe, sie wegzuwischen. „Holst du mich hier raus?", fragte sie mit einer Kleinmädchenstimme, die Musik in seinen Ohren war und die er so lange nicht mehr gehört hatte. In ihren Augen las er, dass er jetzt die Gelegenheit hatte, ihr Held zu werden. Das Problem war, dass er sich durchaus nicht als Helden sah, sondern eher als jämmerlichen Versager. Bei allem, was wirklich wichtig war, hatte er versagt: in seiner Beziehung zu Lindsey, als Ellies Ehemann und als Nickis Vater.

Doch er fand die Kraft, ihr die Antwort zu geben, die sie hören wollte. „Ja", versicherte er ihr. „Ja, ich werde dich hier herausholen. Und ich werde dir helfen, wieder gesund zu werden." Er lächelte sie an und zwang sich, ihr zu versichern, dass alles gut werden würde, dass sie die Zeit, die sie verloren hatten, nachholen würden, dass alles wieder in Ordnung kommen könnte, wenn sie beide es wollten.

„Campbell?“ Ellies Stimme kratzte in seinen Ohren wie Schmirgelpapier und Stahlwolle. Er drehte sich kurz zu ihr um, bevor er sich wieder Nicki zuwandte. Dieses Mal würde er Nicki nicht Ellie überlassen.

„Entschuldigt, dass ich diesen herzergreifenden Vater-Tochter-Augenblick störe, aber der Arzt will mit uns sprechen“, sagte sie und verließ das Zimmer wieder. Er hörte das Zischen der Tür, die zurückschwang, und war intuitiv froh, dass es in diesem Krankenhaus nur Schwingtüren gab, die man nicht zuknallen konnte.

Er schaute auf Nicki herab, die wegen des Auftritts ihrer Mutter die Augen verdrehte. „Tja, ich muss jetzt wohl mal kurz mit dem Arzt sprechen. Ich werde dafür sorgen, dass du hier rauskommst, okay?“ Er bemühte sich, mit ihr nicht wie mit einem kleinen Kind zu reden, sondern wie mit einer Erwachsenen, als die sie sich fühlte. „Ich bin gleich wieder da“, versicherte er ihr, als er rückwärts das Zimmer verließ. Sein Blick klebte förmlich an ihrer schmalen Gestalt.

Ellie wartete im Flur auf ihn, ungeduldig mit dem Fuß wippend. Er eilte an ihr vorbei und ignorierte ihre theatralische Haltung einfach. Sie folgte ihm. Eine fast spürbare nervöse Energie ging von ihr aus, als sie gemeinsam durch den Flur zum Warteraum eilten.

„Hat sie was gesagt?“, fragte Ellie.

Er wurde langsamer und schaute sie an. Einige Haarsträhnen hatten sich aus ihrem Pferdeschwanz gelöst und ihre Augen waren gerötet. Ihr am Morgen so sorgfältig aufgetragenes Make-up schien dahingeschmolzen zu sein. Irgendwie wirkte sie … menschlicher als sonst. Unwillkürlich empfand er Mitleid mit ihr – dem einzigen anderen Menschen, der in derselben Situation steckte wie er. Sie war die Mutter einer jungen Frau, die aus Gründen, die sie nicht ganz verstand und für die sie sich trotzdem verantwortlich fühlte, ins Krankenhaus gekommen war.

„Nein“, erwiderte er und zwang sich, seine Stimme freundlich klingen zu lassen. „Nicht wirklich.“

Sie schüttelte den Kopf, glaubte ihm nicht. Campbell spürte, dass Ellie befürchtete, er und Nicki hätten Geheimnisse ausgetauscht, sich über sie lustig gemacht. Eine Beziehung zueinander aufgebaut, die sie ausschloss.

Kurz bevor sie den Arzt und Ed erreichten, legte er die Hand auf Ellies Schulter. „Ich denke, sie wollte sich überzeugen, dass wir beide im Ernstfall tatsächlich da sind“, erklärte er. „Dass du da sein würdest, wusste sie. Aber ob ich kommen würde, da war sie nicht sicher.“

Ellie starrte ihn einen Augenblick lang an, dann wanderte ihr Blick zu Ed hinüber, der sie mit zusammengezogenen Augenbrauen beobachtete.

„Okay, Campbell“, sagte sie schließlich. Sie schaute ihn an und ein Schimmer von etwas Altem und lange Vergessenem blühte auf. „Danke, dass du mich beruhigt hast.“ Sie hielt inne. „Ich gebe nur ungern zu, dass ich das tatsächlich brauchte. Von dir.“ Damit trat sie an die Seite ihres Mannes, der besitzergreifend den Arm um ihre Taille legte und selbstgefällig in Campbells Richtung nickte.

Der Arzt teilte ihnen mit, dass Nicki am nächsten Tag nach Hause dürfte. Mit ernster Stimme erklärte er, dass sie erhebliches Untergewicht hatte, was auf eine Essstörung schließen lasse. Bei ihrer Einlieferung seien ihre Leberwerte erhöht und ihre Elektrolyte aus dem Gleichgewicht gewesen, ein Anzeichen dafür, dass sie schon eine ganze Weile gehungert haben müsse.

Er gab Therapieempfehlungen und riet ihnen, Nicki in ihre Überlegungen mit einzubeziehen, denn es sei immer besser, wenn der Patient aktiv in diesen Prozess involviert sei. Es gebe eine Reihe von Therapien, die sie in Betracht ziehen sollten, sowohl stationär als auch ambulant. An der Art, wie Ellie den Kopf schüttelte, merkte Campbell, dass für sie eine stationäre Behandlung nicht infrage kam. Ausnahmsweise war er in diesem Punkt mit ihr einer Meinung. Die Vorstellung, seine Tochter in ein Krankenhaus einzuweisen, widerstrebte ihm. Ed nickte nur und tat so, als sei er der größte Experte in allen medizinischen Angelegenheiten. Campbell unterdrückte den Drang, ihn anzufahren.

Der Arzt eilte davon; er musste sich um seine anderen Patienten kümmern. Campbells Mutter trat hinter ihn und flüsterte: „Komm, lass uns zu unserem Mädchen gehen", bevor sie sich auf den Weg zu Nickis Zimmer machte. Er folgte ihr, ohne Ellie oder Ed anzusehen.

Seine Mutter klopfte leise und er hörte Nickis schwache Stimme, die „Herein" rief. Sie saß im dunklen Zimmer, das nur vom Fernsehgerät erleuchtet wurde. Der Ton war abgeschaltet, sie starrte blicklos auf den Bildschirm. Die Farben zuckten über ihr Gesicht, blau, grün und dann rosa. Als sie ihre Großmutter erblickte, verzogen sich ihre Lippen zu einem Lächeln, das das Herz seiner Mutter zum Schmelzen brachte, das wusste er.

Er blieb zurück, während die beiden sich umarmten. „Ach, mein süßer, kleiner Sonnenschein“, sagte seine Mutter, ein Kosename, den sie Nicki gegeben hatte, als sie noch ein Kleinkind mit Pausbacken gewesen war.

Jetzt sahen die beiden Campbell an. „Kannst du mich ganz schnell hier rausholen?“, fragte Nicki.

„Der Arzt hat gesagt, dass du morgen entlassen werden kannst“, teilte er ihr mit.

Sie schien sich über diese Nachricht zu freuen. „Ich habe heute viel Zeit zum Nachdenken gehabt“, sagte sie dann und fuhr das Bett zu einer sitzenden Position hoch. Jetzt ähnelte sie schon eher wieder der Nicki, die in seinem Kopf lebte – nett, ruhig, positiv. „Ich möchte nicht mit Mama nach Hause gehen.“ Sie hielt inne und suchte in ihren Gesichtern nach einer Reaktion. Campbell zwang sich, keine Gefühle zu zeigen. „Ich habe überlegt, wie lange ich schon nicht mehr in Sunset gewesen bin“, fuhr sie fort, „und mir ist klar geworden, dass dort mein eigentliches Zuhause ist, wisst ihr. Dort wurde ich geboren.“

Sie nickten beide wie zwei Marionetten.

„Darum würde ich gern mit euch kommen und mir dort die, äh, Hilfe suchen, die ich brauche. Denkst du, dass es in Sunset jemanden gibt, der mir helfen kann?“, fragte sie Campbell und ihr Gesichtsausdruck strafte ihre zur Schau getragene Zuversicht Lügen. Sie war eben doch nur ein kleines Mädchen, das in eine Situation geraten war, die ihr Angst machte. Sie war nicht annähernd so überlegen und beherrscht, wie sie anderen vormachen wollte.

An der Situation konnte Campbell nichts ändern. Er konnte nicht ändern, dass seine Tochter an einer Essstörung litt, er konnte nicht in der Zeit zurückgehen und ihr ein besserer Vater sein. Aber er konnte jetzt etwas unternehmen. Gott schenkte ihm noch einmal eine zweite Chance, ob er sie verdient hatte oder nicht. Sein Blick wanderte zu seiner Mutter hinüber und während sie sich ansahen, nahm ein Plan in ihm Gestalt an. *Wir stehen das gemeinsam durch*, versicherte sie ihm ganz ohne Worte.

Mit drei großen Schritten war er am Bett seiner Tochter. Er ergriff ihre Hand. „Ich denke, ich kenne genau die richtige Person", sagte er.

KAPITEL 10

Sunset Beach
Sommer 2004

AM ZWEITEN TAG IHRES URLAUBS REGNETE ES. ANNA UND Jake, die bereits ihre Badesachen angezogen hatten, als der Himmel auf einmal trüb wurde, waren schrecklich enttäuscht. Sehnsüchtig wanderte Lindseys Blick zu dem Roman, den sie mitgebracht hatte. Sie hatte sich auf ein paar Stunden Sonne gefreut, um dem Grau des Alltags zu entfliehen, aber so viel Glück war ihr wohl heute nicht vergönnt.

Anna warf sich grummelnd auf die Couch. Jake schnappte sich seinen vierten Donut. Lindsey war froh, dass sie schon früh am Morgen, als die Sonne noch geschienen hatte, mit dem Fahrrad losgefahren war, um die Leckereien als Überraschung für die Kinder zu besorgen. Zum Glück war sie Bill nicht begegnet.

Lindsey kramte in Gedanken tief in der Kiste mit den „B-Plänen" und überlegte, wie sie diesen verregneten Tag sinnvoll verbringen könnten. In die Stadt ins Kino gehen? Ein Ausflug zum Supermarkt auf dem Festland, um sich mit den Lebensmitteln einzudecken, die sie noch benötigten? Sie stellte sich vor, wie sie im strömenden Regen zum Wagen flitzen, die Arme mit den Einkäufen beladen, während die Kinder darüber jammerten, dass sie nass wurden. Das schien ihr wenig verlockend.

Vielleicht hörte der Regen ja bald auf, sodass sie wenigstens ab Mittag zum Strand könnten. Sie hatte einige Brettspiele eingepackt in der Hoffnung, dass sie und die Kinder mal wieder miteinander spielen könnten, anstatt sich von Elektronik unterhalten zu lassen.

„Wie wäre es mit einer Runde *Kniffel?*“, fragte sie. Sie gab sich bewusst fröhlich und tat so, als hätte sie riesige Lust dazu.

Anna und Jake schüttelten beide den Kopf. „Du spielst doch nie *Kniffel* mit uns, Mama“, erklärte Jake. „Das ist Papas Spiel.“

Lindsey ärgerte sich ein wenig. Es stimmte, Grant hatte das Spiel häufiger mit den Kindern gespielt als sie, aber sie hatte es auch schon getan.

„Ach, kommt schon, das macht bestimmt Spaß“, sagte sie mit erzwungener Fröhlichkeit. „Außerdem, was sollen wir sonst machen?“

Sie schaute von Jake zu Anna. Jake zuckte erneut die Achseln und schien fieberhaft nachzudenken und nach einer besseren Idee zu suchen. Er schaute Anna an, um ihr wie immer den Vortritt zu lassen. *Bitte,* flehte Lindsey sie innerlich an. Aber statt einer Antwort sprang Anna auf, verließ den Raum und knallte ihre Zimmertür hinter sich zu. Mit hochgezogenen Augenbrauen blickte Jake Lindsey an.

Sie lachte ihn an, obwohl ihr eigentlich zum Heulen zumute war. „Dann spielen eben wir beide, okay?“

Lindsey gewann ein Spiel, aber Jake entschied die nächsten beiden für sich.

„Ich habe mich gerade erst warm gespielt", erklärte er und rieb sich schadenfroh grinsend die Hände.

„Hey, hab ein wenig Erbarmen mit deiner alten Mutter, ja?", neckte sie.

„Kommt nicht infrage, *Mamacita!*", erwiderte er und strahlte sie an. Dabei sah er seinem Vater so ähnlich, dass der Riss in ihrem Herzen noch ein wenig größer wurde.

Als sie ihr letztes Spiel zu Ende gebracht hatten, war es Zeit für das Mittagessen. Jake setzte sich ans Fenster und starrte traurig in den Regen hinaus. „Ich wünschte, du könntest machen, dass der Regen aufhört", sagte er zu Lindsey. Seine Lippen waren zu einem Schmollmund zusammengezogen.

Es hatte viele Augenblicke in ihrem Leben gegeben, wo sie sich der Erkenntnis stellen musste, dass es nicht in ihrer Macht stand, die Welt für ihre Kinder besser zu machen. Und es gab vieles im Leben, vor dem sie sie gern bewahrt hätte. Zum Beispiel vor schlechtem Wetter im Urlaub. Oder vor den Raufbolden, die sie auf dem Spielplatz ärgerten. Und sie hätte ihnen gern ihre Sommersprossen oder Locken weggezaubert oder was immer ihnen an sich selbst nicht gefiel. Oder den Vater zurückbringen, der beschlossen hatte, „andere Möglichkeiten" zu verfolgen.

Aber darüber sprach Lindsey nicht mit ihrem Sohn. Sie nickte nur und sagte, dass sie das auch gern können würde.

Zum Mittagessen bereitete sie überbackene Käsesandwichs für alle zu und schickte ein stummes Gebet zum Himmel, es möge doch endlich aufhören zu regnen, nur für den Fall, dass Gott gerade Lust hatte, für eine alleinerziehende Mutter ein kleines Wunder geschehen zu lassen. Sicher, sie wusste, dass er ständig Kriege beenden und kranke Menschen heilen musste, aber manchmal hatte er auch Zeit für ihre dummen Bitten. Tiefe Dankbarkeit erfüllte ihr Herz, wenn er sie erhörte. Sie ging zu Annas Zimmer, um sie zum Essen zu holen. Verblüfft blieb sie davor stehen, als sie Schluchzen auf der anderen Seite der Tür vernahm.

„Geh weg!“, hörte Lindsey ihre gedämpfte Antwort auf ihr Klopfen, aber Anna wusste, dass Lindsey sich nicht so leicht abweisen ließ.

Erstaunlicherweise war Annas Schlafzimmertür nicht verschlossen. Als Lindsey eintrat, fand sie ihre Tochter auf dem Bett liegend vor, die Arme und Beine von sich gestreckt. Sie hasste ihre Beine und beklagte sich oft darüber, dass sie viel zu lang und dünn seien.

„Ich wünschte, ich wäre so klein wie Emily“, hatte Anna mehr als einmal gejammert. Sie verglich sich mit ihren Freundinnen, genau wie Lindsey das früher getan hatte. Emily war klein und kompakt und begann bereits weibliche Formen zu entwickeln. Ihre Verehrer wechselten so schnell, dass Lindsey den Versuch aufgegeben hatte, auf dem neusten Stand bleiben zu wollen. Anna dagegen beachtete niemand. Sie war noch nie von einem Jungen gefragt worden, ob sie mit ihm gehen wollte. Darum wünschte sie sich, was Emily hatte, wollte lieber Emily sein als sie selbst. Lindsey wusste nicht, wie sie ihrer Tochter helfen konnte, ihre eigene Schönheit zu erkennen. Das war ihr selbst ja auch schon schwergefallen, als ihr Vater noch zu Hause wohnte – aber nachdem er sie verlassen hatte, wurde es noch viel schlimmer. Gute Eltern zu sein war schon unter normalen Umständen schwer. Aber unter erschwerten Bedingungen erschien es fast unmöglich zu sein.

Lindsey legte sich neben ihre Tochter aufs Bett und sagte kein Wort, obwohl sie ihr gern eine Million Fragen gestellt hätte. Sie hatte gelernt, dass es meist besser war, abzuwarten und ihrer Tochter die Führung im Gespräch zu überlassen; das war ein Eiertanz, bei dem sie noch die Schritte lernte. Manchmal trat sie Anna auf die Zehen, manchmal trat Anna auf ihre. Lindsey wickelte das Ende von Annas langem Pferdeschwanz um ihren Finger, wie sie es früher immer getan hatte, als Anna noch klein gewesen war.

In der Stille zählte Lindsey die Punkte an der Decke, lauschte auf die Geräusche aus der Küche – am Spülbecken lief das Wasser, eine Tüte wurde aufgerissen, das Fernsehgerät eingeschaltet und gleich darauf ertönte Jakes Lachen. Als sie nur wenig älter gewesen war als Anna, hatte sie in diesem Zimmer geschlafen, an dieselbe Decke gestarrt, auf die Stimmen ihrer Tante und ihres Onkels aus der Küche gelauscht und sich gewünscht, sie wären ihre richtige Familie. Kaum zu glauben, dass ihre Tochter jetzt schon fast so alt war wie sie, als sie das erste Mal nach Sunset Beach gekommen war! Als sie ihre erste große Liebe erlebt hatte. Gerade als ihre Gedanken sie wieder in die Vergangenheit entführen wollten, drehte sich Anna zu ihr um.

„Ich hasse es, ohne Papa hier zu sein", sagte sie und wischte sich zornig über die Augen.

Da war es.

In den Monaten, seit Grant sie verlassen hatte, hatte Lindsey tausend Ratgeber für alleinerziehende Eltern gelesen, hatte auf den Rat von Experten gehört und auch Tipps von anderen Müttern entgegengenommen, die in derselben Situation steckten wie sie. Einige rieten, alles haarklein mit den

Kindern zu besprechen, während andere empfahlen, ihnen lieber gar nichts zu sagen. Aber in letzter Zeit hatte sie gelernt, auf ihr Bauchgefühl zu hören. Sie antwortete, was ihr Herz ihr sagte.

„Ich auch, Schatz“, erwiderte sie.

Anna schaute sie erstaunt an. „Und warum lädst du ihn dann nicht ein? Wenn er wüsste, dass wir ihn vermissen, dann würde er vielleicht ...“ Ihre Stimme verklang. Sie kannte die Antwort bereits, weigerte sich aber, die Hoffnung loszulassen, dass ihr Vater zurückkam und dass dieser andere Mann nur ein Betrüger war. Lindsey konnte nur zu gut nachempfinden, was sie fühlte.

„Schätzchen, dein Vater weiß, dass wir hier sind und er jederzeit willkommen ist. Ich wünschte, es wäre anders, und ich verstehe das, was passiert ist, selbst nicht. Aber eines kann ich dir sagen. Dein Vater liebt dich sehr –“

Anna unterbrach Lindsey, indem sie wie ein Polizist die Hand hob. „Mama, bitte hör auf damit. Denn es stimmt ja gar nicht. Wenn Papa mich lieben würde, wie du sagst, dann würde er mir nicht so wehtun. Ich glaube nicht, dass er überhaupt einen von uns liebt. Ich glaube, er liebt nur sich selbst und will im Augenblick nur das tun, was er will. Aber das ist keine echte Liebe. Denn wenn du jemanden liebst, dann ist dir wichtig, wie es ihm geht.“

Kindermund tut Wahrheit kund ...

Grant erlebte die hässlichen Seiten ihrer Scheidung nicht so wie Lindsey. Er hielt seine Tochter nicht in den Armen, wenn sie weinte oder versuchte, ihren Zorn unter Kontrolle zu bekommen, der in der Regel gegen Lindsey gerichtet war. Anna fühlte sich Grants nicht so sicher und unterdrückte ihren Zorn in seiner Gegenwart. Lindsey war diejenige, die alles abbekam, und er lebte weiter, als sei nichts gewesen. Das war wohl kaum ein fairer Handel und so hatte sie sich das alles nicht vorgestellt. Nun ja, sie hatte sich so manches anders vorgestellt ...

Sie zog ihre Tochter an sich und küsste sie auf den Scheitel. Ihr ältestes Kind. Ihre einzige Tochter. Sie hatte sich geschworen, dass das Leben ihrer Kinder anders verlaufen würde als ihr eigenes. Sie hatte getan, was sie konnte, war mit ihnen zur Kirche gegangen, hatte Erziehungsseminare besucht, sich für jeden Aspekt ihres Lebens interessiert und nicht einen einzigen wichtigen Augenblick versäumt. Aber vor diesem Herzeleid konnte sie sie nicht bewahren. Kräfte von außen wirkten auf ihr Leben ein und warfen sie aus der Bahn. Lindsey schauderte, als ihr erneut klar wurde, wie hilflos sie und ihre Kinder diesen Dingen ausgeliefert waren.

„Schätzchen, ich werde für dich – für uns – beten, okay?“

Anna blickte sie an und ihr Gesichtsausdruck spiegelte eine Mischung aus Zögern und Erwartung wider. „Okay.“

Lindsey legte die Arme um ihre Tochter und sprach ein Gebet. Sie sagte Gott, dass sie traurig waren, weil Grant fortgegangen war, und betete um bessere Zeiten in der Zukunft, sogar für eine schöne Zeit am Strand. Auch wenn Anna vielleicht nicht mitbetete, für Lindsey war das Gebet wichtig. Sie fühlte sich in diesem Augenblick ihrer Tochter – und Gott – so nah wie seit Langem nicht mehr.

Gerade hatte sie ihr Gebet beendet, als es an Annas Zimmertür klopfte. „Hey Leute“, rief Jake, als er ins Zimmer platzte. „Der Regen hat aufgehört! Die Sonne scheint! Lasst uns an den Strand gehen!“ Dabei hüpfte er von einem Bein aufs andere, ganz typisch für ihn.

Verblüfft schaute Lindsey Anna an. Dankbarkeit für dieses einfache Geschenk durchflutete sie. Als sie erneut ihre Strandsachen zusammenpackte, fügte sie ihrem Gebet noch einen Nachsatz hinzu. „Danke“, flüsterte sie.

Für einen Tag Ende Juli war es am Strand erstaunlich angenehm. Der Regen des Vormittags hatte ein wenig Abkühlung gebracht und die Sonne blinzelte durch die Wolken, als Lindsey es sich in ihrem Liegestuhl bequem machte und sich mit Sonnencreme Faktor 15 eincremte. Dabei wanderten ihre Gedanken zurück zu anderen Zeiten am Strand, als sie sich mit Babyöl eingeschmiert, ihre Haare mit Zitronensaft eingesprüht und den ganzen Tag in der Sonne gebraten hatte, um den Effekt zu erhöhen. Ihre Haut hatte sich nussbraun gefärbt und ihre Haare hatten helle Spitzen bekommen. Aber das war natürlich, bevor bekannt wurde, wie schädlich zu viel Sonneneinstrahlung ist. Seither verhielt sie sich vernünftiger.

Sie schirmte die Augen gegen die Sonne ab und schaute hinaus aufs Wasser, als Anna auf ihrem Surfbrett gerade eine Welle erwischte. Sie ritt auf ihr bis fast zum Strand, bis sie von einer nachfolgenden Welle vom Brett geworfen wurde. Vor dieser Welle konnte Lindsey sie genauso wenig bewahren wie vor anderen Widrigkeiten in ihrem Leben. Aber sie konnte sie auf die Wellen vorbereiten. Und sie konnte da sein, wenn sie stürzte. Sie konnte ihr Kinn anheben und ihr sagen, dass sie trotzdem wichtig und schön und geliebt war. Von Lindsey und von Gott. Sie fragte sich, wie sich ihr Leben wohl entwickelt hätte, wenn ihre Mutter das nur einmal für sie getan hätte.

Anna kam zu ihrem kleinen Reich aus Handtüchern, Proviant und Liegestühlen am Strand gerannt, tropfnass, mit laufender Nase und tränenden Augen. Halb blind tastete sie nach einem Handtuch in der Erwartung, dass ihre Mutter ihr eins reichen würde, was sie auch tat. Nachdem sie sich das Gesicht abgetrocknet hatte, nickte Anna entschlossen mit dem Kopf, warf das Handtuch zur Seite und rannte zurück zum Wasser. Unterwegs drehte sie sich um und rief über die Schulter zurück: „Das probiere ich gleich noch mal! Pass nur auf, Mama!"

Jake winkte Lindsey zu, während er auf sein Brett kletterte und auf die nächste Welle wartete. Sie winkte zurück und nahm ihr Buch zur Hand in der Hoffnung, ein wenig lesen zu können. Doch ihre Kinder forderten immer wieder ihre Aufmerksamkeit und irgendwann stellte Lindsey fest, dass sie ungefähr eine Seite in einer Stunde geschafft hatte. Entschlossen legte sie das Buch zur Seite. Sie würde eben später lesen, wenn die Kinder sich zu Hause vor den Fernseher setzten.

Um 16:00 Uhr winkte sie Jake und Anna zu sich. Sie hatten genug Sonne, Wind und Wellen genossen. Selbst die Kinder schienen zu wissen, dass es an der Zeit war, ins Haus zurückzukehren, denn sie kamen ohne Widerrede angerannt. In ihre Handtücher eingewickelt machten sie sich auf den Weg zum Strandhaus. Lindsey zog den Bollerwagen mit ihren Sachen; die Kinder prahlten voreinander, wer am längsten auf dem Brett geblieben und wer die höchste Welle erwischt hatte.

„Mama, was gibt es zum Abendessen?", fragte Jake, eine Frage, die treu jeden Abend kam, ungeachtet aller Veränderungen in ihrem Leben.

„Ich wollte eigentlich Hotdogs machen“, erwiderte sie, während sie die Hand ausstreckte, um das oberste Schwimmbrett festzuhalten, das vom Bollerwagen zu rutschen drohte.

Darüber dachte er einen Augenblick nach. „Können wir auch Makkaroni mit Käse kriegen?“, fragte er hoffnungsvoll.

„Sicher, warum nicht?“, antwortete sie.

„Jaaa!“, rief er und schwenkte triumphierend sein Handtuch in der Luft.

Nachdem sie sich umgezogen hatten, setzten sich die Kinder vor den Fernseher und schauten einen Film, während sie Hotdogs und Makkaroni mit Käse vorbereitete. Ihr wurde plötzlich klar, dass sie den ganzen Tag nicht ein einziges Mal an Grant gedacht hatte. Am Strand hatte sie sich keine Sorgen gemacht über die Zukunft oder sich gefragt, ob alles wieder in Ordnung kommen würde. Sie hatte Gott nicht gebeten, ihre Ehe zu retten oder Grants Herz zu verändern. Sie hatte sich nicht gewünscht, Grant wäre da, und sie hatte sich auch nicht ihrer Traurigkeit hingegeben. Die Wetteränderung hatte auch eine Veränderung in ihrer und der Einstellung der Kinder gebracht. Mit der Sonne war ihre Hoffnung zurückgekehrt. Ihr Gebet war erhört worden, das wusste sie.

Während sie im Makkaronitopf rührte, durchzuckte sie der Gedanke, dass sie, wenn Grant bei ihnen gewesen wäre, niemals ein solches Essen auf den Tisch gebracht hätte. Wenn er da gewesen wäre, hätte sie sich viel mehr Mühe gegeben, etwas Gesundes zu kochen, das auch hübsch aussah. Aber den Kindern war das egal. Sie liebten Hotdogs mit viel Ketchup und Makkaroni mit Käse. Einen kurzen Augenblick lang – es war wirklich nur ein kurzes Aufflackern – war sie sogar froh, ohne Grant hier zu sein, an dem Ort, der ihr der liebste auf der Welt war, und zusammen mit ihren Kindern einen ruhigen Abend zu genießen, ohne sich irgendwie anstrengen zu müssen. Ein Lächeln stahl sich auf ihr Gesicht.

Und als sie an diesem Abend allein zu Bett ging, kam sie zu der Erkenntnis, dass dieser Ort seinen Zauber für sie immer noch nicht verloren hatte.

KAPITEL 11

Chapel Hill, North Carolina,
Herbst 1989

DAS COLLEGE WAR NICHT ANNÄHERND SO, WIE LINDSEY ES sich erhofft hatte, aber es war auf jeden Fall besser, als zu Hause zu leben. Nachdem sie nun nicht mehr im selben Haus wohnten, konnte sie es sogar ertragen, gelegentlich mit ihrer Mutter zu telefonieren. Ihre Mutter schien sich tatsächlich für das Collegeleben ihrer Tochter zu begeistern. Lindsey hörte die Sehnsucht in ihrer Stimme, wenn sie sie aufforderte, vom Unterricht, dem Campus, den Partys zu erzählen.

Lindsey schaute sich in ihrer Umgebung um und fragte sich, wie sie dies alles beschreiben sollte, damit es aufregend klang. Der dunkle Keller des Wohnheims war wohl kaum die rechte Umgebung für eine romantische Begegnung. Und trotzdem wanderte Lindseys Blick über die Menge hinweg. Obwohl sie auch im College einige Verabredungen gehabt hatte, hatte es doch keiner der Jungen, mit denen sie ausgegangen war, vermocht, ihr Herz so in Aufruhr zu versetzen wie Campbell ... immer noch. Doch bei jeder Party, bei jedem Treffen ihrer Studentenvereinigung, bei jedem Kurs, den sie besuchte, regte sich in ihr die Hoffnung, dass irgendwo ein Mann auf sie wartete, der ihr das Glück bringen würde, das sie früher einmal empfunden hatte.

Ihre Mitbewohnerin Heather kam auf sie zu und tippte ihr auf die Schulter. „Hey", sagte sie. „Diese Party ist langweilig. Die Studentenvereinigung noch langweiliger. Wollen wir gehen?" Heather gähnte demonstrativ, um ihre Worten zu unterstreichen.

Lindsey ließ ihren Blick noch einmal durch den Raum wandern und entdeckte einen Jungen, der neben dem Bierfass stand und Bier zapfte. Er lächelte sie an. Es war ein Lächeln, in dem eine gewisse Verheißung mitschwang. „Du kannst ja schon mal gehen", erklärte sie Heather. „Ich bleibe noch ein wenig."

Heather zuckte die Achseln. „Okay. Wir sehen uns dann im Zimmer."

„Ich komme auch bald", sagte Lindsey über die Schulter. Sie war schon auf den Weg zum Bierfass und dem Jungen, der ihren Blick gefangen hielt. Während sie ihm zögernd zulächelte, fügte sie noch hinzu: „Irgendwann", obwohl Heather bereits fort war.

Sie reichte ihm ihr leeres Glas. „Noch eins, bitte", sagte sie.

„Wow. Auch noch höflich!", erwiderte er, nahm ihr das Glas aus der Hand und füllte es mit einem strahlenden Lächeln nach. „Das mag ich an einem Mädchen."

Sie nahm das gefüllte Glas entgegen und ihre Finger berührten sich dabei. Ein elektrischer Schlag, sie konnte es nicht anders beschreiben, durchzuckte sie.

„Danke", murmelte sie. Eigentlich mochte sie Bier nicht besonders, aber bei Collegepartys bekam man kaum etwas anderes. Holly, die ein christliches College besuchte, schimpfte immer mit ihr, dass sie überhaupt Alkohol trank. In Hollys heiler Welt gab es Missionsreisen, Kartenspiele und christliche Konzerte. In Lindseys gab es Partys wie diese, die alle sehr ähnlich verliefen. Sie vermisste Holly und überlegte bereits, was sie ihr über diese Begegnung erzählen würde. Dass Lindsey überhaupt mit einem Jungen redete, war schon ein Fortschritt. Er hatte etwas an sich. Etwas … das anders war und das sie nicht benennen konnte – noch nicht.

„Ich bin Grant Adams", sagte er mitten in ihre Gedankengänge hinein. „Und wie heißt du?"

„Oh, Entschuldigung." Sie reichte ihm verlegen die Hand. „Ich bin Lindsey Porter." Er umschloss ihre Hand mit seiner warmen Hand, und sie durchzuckte erneut ein Stromschlag. „Gehörst du dieser Verbindung an?", fragte sie.

Er nickte und blickte sich um. „Es ist nicht toll, aber es ist mein Zuhause." Seine Stimme klang aufrichtig. Ein paar Stühle an den Wänden und ein alter Billardtisch waren in die Ecke geschoben worden, wo ein paar Jungs Billard spielten. Einer von ihnen stieß einen anderen mit dem Ende seines Queues an und winkte dann in ihre Richtung.

Sie lächelte Grant an und dabei fiel ihr auf, wie gut er aussah und wie vertraut er ihr erschien. „Haben wir schon ein Seminar zusammen besucht? Ich habe das Gefühl, dass wir uns kennen", gestand sie vorsichtig.

Er schüttelte den Kopf. „Ich glaube nicht." Er trank einen Schluck Bier und reichte das Auslaufventil an einen Verbindungsbruder weiter. Ihren Ellbogen umfassend führte er sie von dem Bierfass fort. „Aber ich muss sagen, ich hatte dasselbe Gefühl, als ich dich eben in den Raum kommen sah.

Dass ich dich irgendwie kenne.“ Lächelnd schüttelte er den Kopf. „Das klingt vermutlich verrückt.“

„Nein“, erwiderte sie und lächelte zurück. „Ich verstehe, was du meinst. Du wirkst irgendwie so vertraut, als wären wir uns schon begegnet …“

„In einem anderen Leben?“, fragte er lächelnd.

„Nein“, erwiderte sie. Er schaute sie mit einer Intensität an, wie sie es lange nicht mehr erlebt hatte. „Definitiv in diesem.“

Ein neues Lied wurde angespielt, „The Sultans of Swing“ von den Dire Straits, ein Lied, das sie von nun an mit dem Augenblick in Verbindung bringen würde, in dem ihr klar wurde, dass sie Grant Adams heiraten würde.

„Ich hoffe, ich darf dich noch in diesem Leben kennenlernen, Lindsey Porter“, sagte er. Dann ergriff er ihre Hand und führte sie zu dem provisorischen Tanzboden in dem Keller, der auf einmal nicht mehr dunkel und schmuddelig wirkte, sondern so hell wie ein junger Tag.

Sunset Beach
Sommer 1990

Liebe Seelenfreundin,

ich glaube, ich habe „den Einen" gefunden. Wusstest du das bereits? Hast du es geahnt? Ich möchte gern glauben, dass du das kannst. Du bist mir eine vertrauenswürdige Freundin geworden, liebe Seelenfreundin, obwohl wir uns gar nicht kennen. Mir gefällt es immer noch zu rätseln, wer du wohl bist. Auf diese Weise kann ich mir dich vorstellen, wie ich dich gern sehen möchte. Die Fantasie ist frei, sie kann nicht enttäuscht werden.

Manchmal stelle ich mir vor, dass du alles beobachtest, irgendwie dafür sorgst, dass ich das Richtige tue und keine Gelegenheiten verpasse, die sich mir bieten. Holly sagt, ich würde dir zu viel zutrauen ... Gott sei der Eine, der unser Leben führt. Ein Teil von mir glaubt das auch – ich erlebe Hollys Glauben und er ist so ... wahr und aufrichtig. Aber ich glaube, ich habe den Bogen noch nicht raus. Doch du bist mir vertraut – viel vertrauter als Gott. Meistens erscheint mir Gott ziemlich weit entfernt zu sein.

Wie auch immer, der Name meines Freundes ist Grant. Wir sind jetzt seit neun Monaten zusammen. Gleich bei unserer ersten Begegnung wusste ich, dass wir heiraten würden. Es ist nur noch eine Frage des Zeitpunkts. Grant sagt, auch er hätte es gleich gewusst. Er ist so nett und aufmerksam. Ich entdecke, dass Liebe einen nicht total umhauen muss. Sie kann eine behutsame, schöne Erfahrung sein. Sich der Liebe zu öffnen muss sich nicht anfühlen, als würde man von einer Klippe springen. Es kann sich anfühlen wie eine Verandaschaukel: sanft und leicht. Grant macht es mir so leicht, ihm zu vertrauen. Ich kann neben ihm sitzen und über unsere Zukunft nachdenken, die verlässlich und beständig sein wird: Kinder, Haus, Rechnungen, das ganze Paket. Wir können uns so glücklich schätzen, einander gefunden zu haben.

Eines Tages werde ich hierher zurückkommen und dir erzählen, dass ich verlobt bin. Und dann werde ich kommen und dir von meiner Hochzeit erzählen. Und dann von meinem ersten Kind. Du nimmst an meinem ganzen Leben Anteil und ich bin dankbar, dass du daran teilhast. Es scheint alles erst Wirklichkeit zu werden, wenn ich es dir erzähle.

Bis zum nächsten Jahr
Lindsey

KAPITEL 12

Charlotte
Sommer 2004

LANGE NACHDEM SEINE MUTTER AN DIESEM ABEND IM GROßen Bett in der Hotelsuite eingeschlafen war und Campbell es sich auf dem Sofa bequem gemacht hatte, war er noch wach und surfte durch die TV-Programme. Den Ton hatte er ausgeschaltet. Im Nebenzimmer konnte er seine Mutter durch die geschlossene Tür leise schnarchen hören – etwas, das sie natürlich leugnete, aber sein Vater hatte sie häufig deswegen geneckt. Campbell wünschte, sein Vater wäre jetzt hier und er könnte ihn fragen, was er tun sollte, wie sich in dieser Situation ein guter Vater verhalten würde.

Während er durch das Fenster auf die Skyline von Charlotte starrte, fühlte er sich viel weiter von zu Hause entfernt, als er tatsächlich war. Als sei Charlotte ein anderes Land und nicht nur dreieinhalb Autostunden entfernt. Und doch war er genau am richtigen Ort, da, wo er sein sollte, wo sein Vater ihm geraten hätte zu sein: Er war für seine Tochter da und versuchte, seine Versäumnisse an ihr wiedergutzumachen, soweit er konnte. Während er über Nicki nachdachte, die Telefonate, die er am nächsten Tag führen würde, und an die Auseinandersetzung mit Ellie, die unweigerlich folgen würde, wenn er erklärte, dass er Nicki nach Sunset mitnehmen würde, landeten seine Gedanken irgendwie wieder einmal bei Lindsey.

Seine Gefühle für sie waren immer eingebettet in seine Geschichte, in die Geschichte von Ellie und Nicki und die Entscheidungen, die er getroffen hatte – ein großes Durcheinander, dem er nicht entfliehen konnte. Welche Ironie, dass er ausgerechnet in der Woche, in der sie sich in Sunset aufhielt, nicht dort war. Irgendwie gehörte ihr jährlicher Urlaub in Sunset auch zu seiner Geschichte – er wusste immer, wann sie da war, aber sie hielten Abstand voneinander. Noch nie waren sie sich zufällig am Strand begegnet. Das war Absicht, nicht nur von seiner Seite, sondern auch von ihr aus.

Er schaltete das Fernsehgerät aus und erhob sich. Schnell streifte er sich ein T-Shirt über und schlich auf Zehenspitzen aus dem Zimmer. Die Schlüsselkarte steckte er ein.

Die Hotellobby lag verlassen da. Nur ein junges Pärchen saß eng umschlungen auf dem Sofa. Sie hatte ihr Bein über seinen Schoß gelegt und seine Arme hielten sie eng umschlungen. Kurz überlegte er, einen Witz zu reißen: „Nehmt euch doch lieber ein Zimmer." Aber er bezweifelte, dass das gut ankam.

Der Hotelangestellte, ein junger Mann mit pickeligem Gesicht, der beim Einchecken jeden Blickkontakt vermieden hatte, schaute von seiner Computerzeitschrift auf, als Campbell durch die Lobby zum „Business Center" ging, einem kleinen Verschlag, ausgestattet mit einem Computer und einem Drucker. Auf dem Drucker klebte ein handgeschriebener Zettel mit der Information: „Jeder Ausdruck 5 Cent." Die Handschrift hätte zu einem Grundschüler gehören können, aber er vermutete, dass der junge Mann, der gerade am Empfangstresen saß, diese Worte geschrieben hatte.

Er loggte sich in den Computer ein, rief sein E-Mail-Account auf und las die E-Mails durch, die er bekommen hatte. Es waren geschäftliche Mails, bis auf eine Nachricht von einer Frau aus seiner Bibelgruppe in der Kirche, die, wie er vermutete, an ihm interessiert war. Sie fragte ihn, ob sie mal einen Kaffee miteinander trinken wollten, was in der Erwachsenenwelt so viel bedeutete wie: „Lass uns irgendwo hingehen, damit wir uns besser kennenlernen und sehen können, ob wir zueinander passen. Ein Abendessen ist noch ein bisschen zu viel."

Er hatte keine Lust, eine Antwort zu formulieren, deren Inhalt besagte: „Ich habe dich durchschaut", aber gleichzeitig auch: „Ich bin nicht interessiert, doch bitte nimm es nicht persönlich, denn du bist eine tolle Frau."

Kurz überlegte er, ihr einfach die Wahrheit zu schreiben: *„Liebe Veronica, du bist wirklich sehr nett und hübsch und hast einen tollen Mann verdient. Und deswegen solltest du dich lieber nicht mit mir einlassen. Charakterbeurteilungen meiner Person, die dies bestätigen, kannst du von Ellie Kessler und Lindsey Adams bekommen. Sie werden dir gern Einzelheiten berichten, dass ich deinen Erwartungen nicht entsprechen werde. Mit freundlichen Grüßen, Campbell Forrester."*

Er schob den Gedanken beiseite, suchte stattdessen Michelle Parrishs Adresse heraus und begann eine E-Mail an sie. Michelle war eine Frau, bei der er kurz überlegt hatte, ob er eine Beziehung mit ihr eingehen wollte. Sie war Psychotherapeutin und hatte früher zu seiner Gemeinde gehört. Ein paar Mal waren sie miteinander ausgegangen, bevor sie in einer größeren Stadt ein Beratungszentrum eröffnet hatte. Auch wenn aus ihnen letztlich nichts geworden war, waren sie in Kontakt geblieben. In die Betreffzeile schrieb er „Hilfe".

„Hey", schrieb er, *„es ist zu spät, um noch anzurufen, aber ich brauche dringend Hilfe – professionelle Hilfe – für meine Tochter. Bitte rufe mich auf meinem Handy an, sobald du dies liest."*

Er schickte die Mail ab und lehnte sich auf dem Stuhl zurück. Wenigstens hatte er den Ball jetzt ins Rollen gebracht. Michelle konnte ihm sicher gute Tipps geben, wie er Ellie und Ed und sogar seiner Mutter klarmachen konnte, dass es richtig war, Nicki mit nach Hause zu nehmen und dass es ihn nicht überfordern würde. Obwohl er sich da gar nicht sicher war.

Als er sich erhob, um in sein Zimmer zurückzukehren, läutete sein Handy und der Techno-Klang zerriss die Stille der Lobby. Das knutschende Pärchen schaute erschrocken in seine Richtung. Entschuldigend hob er die Hand, bevor er das Telefon aufklappte. *Michelle, gesegnet seist du.*

„Hey, das ging aber schnell", meldete er sich.

„Was? Bist du das, Campbell?" Zum zweiten Mal an diesem Tag hatte er einen Anruf von Ellie entgegengenommen, ohne zuerst die Nummer zu überprüfen. Eine tolle Art, den Tag zu beginnen und zu beenden.

„Oh, hallo, Ellie. Ja, ich bin es", erwiderte er. Er ließ scharf die Luft entweichen. Doch dann riss er sich zusammen und bemühte sich um eine Freundlichkeit, die er nicht empfand. „Was ist los? Mit Nicki alles okay?"

Sie senkte ihre Stimme. „Entschuldige, dass ich so spät anrufe. Gut, dass ich dich nicht geweckt habe. Hast du auf einen Anruf von deiner Freundin gewartet oder so was?"

Ein Anflug von Eifersucht lag in ihrer Stimme. Das sah Ellie ähnlich. Sie wollte ihn nicht mehr, doch eine andere sollte ihn auch nicht bekommen.

„Nein, nichts dergleichen. Ich hatte einige Nachforschungen angestellt … wegen Nicki, um ehrlich zu sein", erklärte er und noch während er die Worte aussprach, fragte er sich, ob es ein Fehler gewesen war, das einzugestehen. Ob sie jetzt wohl auf ihm herumhacken und ihm vorwerfen würde, dass er seine Nase in Dinge steckte, die ihn nichts angingen? Vielleicht würde sie auch seine Bemühungen ins Lächerliche ziehen und ihm sagen, dass sie zu spät kamen. Und alle diese Anklagen hätte er vermutlich auch verdient.

„Oh, gut, das ist ja auch der Grund meines Anrufs. Ich wollte warten, bis Ed schläft. Er sollte das nicht mitbekommen, weil ich weiß, dass er mit dem, was ich sagen möchte, nicht einverstanden wäre. Darum wollte ich das nicht morgen im Krankenhaus besprechen, wenn er dabei ist."

Er stellte fest, dass er zu ihren Worten nickte, obwohl sie ihn nicht sehen konnte.

„Ich habe gestern Abend noch mit Nicki gesprochen und sie hat mir erzählt, dass sie dich gebeten hat, sie mit nach Sunset zu nehmen."

Er stellte sich auf einen Wutausbruch ein, auf ihre Vorwürfe, wie er so etwas zusagen könne, ohne es vorher mit ihr zu besprechen. „Und ich wollte nur sagen, dass ich das für eine hervorragende Idee halte. Ich glaube, sie braucht jetzt etwas Zeit mit dir und deiner Mutter, sie braucht die Ruhe dieses kleinen Ortes am Meer. Sie könnte den August über bei euch bleiben und je nachdem, wie sie sich erholt, dann am Ende des Sommers zum College gehen."

Campbell war perplex. Mit offenem Mund hörte er ihr zu. Dann ließ er scharf die Luft entweichen, dieses Mal vor lauter Erleichterung. Nie hätte er damit gerechnet, dass es so leicht werden würde.

„Ich muss sagen, Ellie“, antwortete er, „ich bin überrascht. Und ich bin wirklich davon überzeugt, dass es das Beste für sie ist, zu uns zu kommen. Und das sage ich nicht nur, weil ich sie bei mir haben will.“ Er hielt kurz inne und überlegte, ob er seine Angst eingestehen sollte. „Offen gestanden, das Ganze jagt mir eine Heidenangst ein.“

„Mir auch, Campbell, mir auch. Nicki braucht Hilfe. Sie braucht therapeutische Beratung.“

Er blieb in der Lobby stehen, da die Verbindung im Aufzug vermutlich abreißen würde. Mit dem Rücken zum Nachtportier dankte er Ellie für ihre Bereitschaft, ihre Tochter mit ihm fahren zu lassen. „Ich werde dich und Nicki nicht enttäuschen“, versprach er.

„Ach, Campbell“, erwiderte sie mit einem Anflug von Wehmut in der Stimme, „du hast mich doch nie enttäuscht. Das habe ich schon für uns beide erledigt. Pass nur gut auf sie auf“, fügte sie hastig hinzu und beendete das Gespräch.

Als Campbell am folgenden Morgen im Krankenhaus eintraf, hatte er alles in die Wege geleitet. Nickis Therapie würde am nächsten Tag beginnen. Michelle hatte ein wenig herumtelefoniert und schließlich eine Therapeutin gefunden, die viel Erfahrung in der Therapie von Teenagern mit Essstörungen hatte – und sie war eine Frau, der Campbell einmal bei einer Veranstaltung geholfen hatte, damals natürlich ohne zu wissen, dass sie einmal seine Rettung werden würde. Obwohl er sich im Laufe der Jahre beinahe an Gottes kleine Zufälle gewöhnt hatte, fragte er sich, ob Gott wohl Vergnügen empfand, wenn er solche Dinge einfädelte.

Ellie umarmte Campbells Mutter, dankte ihr erneut für ihr Kommen und schaute dann ihn an. Ihre Augen wirkten müde und es fehlte das Feuer, das normalerweise darin loderte.

Zusammen mit Ellie trat er in Nickis Zimmer. Während er zusah, wie Ellie Nicki umarmte und sich tränenreich von ihr verabschiedete, empfand er beinahe so etwas wie Zuneigung für seine Ex-Frau. Er schnappte sich den Koffer mit Nickis Sachen und folgte Ellie, Nicki und seiner Mutter hinaus auf den Parkplatz – drei Frauen, mit denen er für immer verbunden war. Seine Mutter vergoss einige Tränen, als sie losfuhren, Nicki und Campbell eingezwängt in das Führerhaus seines Trucks – seine Mutter in der Mitte. Als Puffer. Nicki zeigte keine Regung und starrte wortlos zum Fenster hinaus. Sie nippte an einer Cola light, die er an der Tankstelle für sie gekauft hatte.

Er konnte sich an eine Begebenheit erinnern, als er einmal nach Charlotte gefahren war, um Nicki bei Ellie abzuholen. Nach Ellies Aussage litt Garrett, damals ein Baby, gerade unter schrecklichen Koliken und sie konnte Campbell nicht einmal die halbe Strecke entgegenkommen. Über Garretts Gebrüll im Hintergrund hinweg hatte Ellie geschrien: „Ich verstehe ja, dass du mit Nicki Zeit verbringen willst, Campbell. Aber wenn du sie bei dir haben willst, musst du herkommen und sie abholen."

Er hatte wegen der langen Fahrt schlechte Laune gehabt. Außerdem verließ er Sunset wirklich nur ungern. Aber er konnte sich einer gewissen Schadenfreude darüber nicht erwehren, dass Ellies und Eds Baby ein Schreihals war. Das geschah ihnen recht. Als er mit seiner siebenjährigen Tochter auf dem Rücksitz wieder nach Hause fuhr, fragte er Nicki, ob Garrett oft schreien würde, obwohl er die Antwort ja bereits kannte. Zugegebenermaßen empfand er ein sadistisches Vergnügen dabei, mehr über das Leben in Erfahrung zu bringen, das Ellie für sich gewählt hatte.

Nicki redete ohne Punkt und Komma darüber, wie sehr sie das Baby hasste und dass es alles kaputtgemacht hätte. Auf dem Weg nach Sunset stand ihr Mund kaum einmal still. Als sie zu Hause ankamen, reichte er sie an seine Mutter weiter und ging erst mal ans Meer, um sich zu erholen.

An diesem Abend aßen sie mit Campbells Eltern in Calabash zu Abend, einer Stadt, die für ihre auf Meeresfrüchte spezialisierten Lokale bekannt war. Auf dem Heimweg kauften sie noch Eiscreme, eine Tradition, auf deren Einhaltung Nicki genauestens achtete. Er und Nicki saßen auf dem Rücksitz, wie die Kinder, die sie waren, während seine Mutter und sein Vater vorne saßen. Sie freuten sich über ihre fröhliche Enkelin und wurden ihres Geplappers nie überdrüssig. Alles, was sie tat, erfüllte sie mit Stolz, und mit unendlicher Geduld spielten sie ihre Lieblingslieder, die er schon lange nicht mehr hören konnte, immer und immer wieder. Klaglos räumten sie hinter ihr her, während er sich über die Unordnung die Haare raufte, die sie überall hinterließ. Sie blieben völlig ruhig, wenn sie Forderungen stellte oder einen Zornesausbruch bekam. Er fragte sich, wie sie das machten, woher sie die Ruhe und Gelassenheit nahmen, die ihm im Umgang mit seiner Tochter vollkommen zu fehlen schien. Er fühlte sich als Versager.

Später an diesem Abend setzte sich sein Vater neben ihn auf die Couch, auf der er sich, erschöpft von der Anstrengung, Nicki ins Bett zu bringen, niedergelassen hatte. Noch eine Geschichte, noch ein Lied, noch einen Schluck Wasser. Sie hatte ihn fix und fertig gemacht.

Campbells Vater tätschelte ihm den Arm. „Ich weiß, du kannst dir das jetzt noch nicht vorstellen“, sagte er, „aber es geht so schnell! Du bist jetzt erst Anfang zwanzig, aber ehe du dich versiehst, bist du vierzig. Du schaust dich um und auf einmal ist dein Kind erwachsen. Und dann wünschtest du, du könntest zurückgehen und alles noch einmal erleben. Und es dieses Mal richtig machen.“

Campbell deutete zu Nickis Schlafzimmer, wo sie jetzt hoffentlich schlief. „Ist das der Grund für deine Geduld? Der Vorteil der späten Einsicht? Eine Gelegenheit, es noch einmal zu machen?“

Sein Vater lachte. „So könnte man sagen, ja.“ Etwas ernster fügte er hinzu: „Eines Tages wirst du dir diese Zeit zurückwünschen. Du wirst denken, dass es eine einfache Zeit war, eine Zeit, wo es noch keine Sorgen gab.“

Campbell hatte damals nur den Kopf geschüttelt und ihm nicht geglaubt. Aber jetzt, als er mit seiner Mutter und Tochter im Wagen saß, wusste er, dass das, was sein Vater gesagt hatte, stimmte. Wie sehnte er sich dieses kleine Mädchen zurück, diesen kleinen, lebensfrohen Wildfang, dessen Mund niemals stillstand und der immer lächelte und niemals seine Gefühle versteckte. Dass Nicki sich jetzt an einen Ort zurückgezogen hatte, an dem er sie nicht erreichen konnte, machte ihn traurig. Tatsächlich wünschte er, er könnte in der Zeit zurückgehen und die Jahre mit ihr dieses Mal mehr genießen. Er wünschte, er hätte seine Vaterschaft als einen Segen betrachten und bewusst angehen können, anstatt ungewollt in diese Situation hineinzuschlittern.

Als sie in Sunset ankamen, schob er die Gedanken an das, was gewesen war oder was hätte sein können, beiseite und konzentrierte sich auf das, was war. Das war etwas, das er hatte lernen müssen: *Sei hier*, ermahnte er sich. *Sei anwesend. Verpasse es nicht.*

Er drehte sich zur Seite und betrachtete den Hinterkopf seiner Tochter und das Spiegelbild ihres traurigen Gesichts im Fenster. *Verpasse es nicht*, ermahnte er sich, die wichtigste Ermahnung überhaupt. Ihm war schmerzlich bewusst, dass dies vielleicht seine letzte Chance war – aber auch eine hervorragende Gelegenheit.

KAPITEL 13

Sunset Beach
Sommer 2004

FRÜH AM MORGEN, BEVOR DIE KINDER AUFGEWACHT WAREN, läutete Lindseys Handy. Sie griff nach ihrer Tasche auf dem Nachttisch und wühlte darin nach ihrem Telefon. Während sie in ihrer vollgestopften Tasche kramte, schrie ihr Herz nur ein Wort: *Grant*. Doch ihr Gehirn korrigierte sofort: *Das ist er nicht*. Er rief sie nicht mehr an und mit den Kindern telefonierte er nur über das Handy, das er Anna gekauft hatte, obwohl *er* es damals gewesen war, der die Regel aufgestellt hatte, dass sie erst mit 15 ein Handy bekommen sollte. Er hatte sich angewöhnt, Nachrichten für Lindsey durch Anna zu übermitteln, ein Verhalten, das sie unreif fand und das ihr auch wehtat. Sie erinnerte sich noch gut an die Zeiten, in denen sie und Grant stundenlang miteinander telefonierten und von einer Zukunft träumten, die ganz anders ausgesehen hatte als die, die sie jetzt erlebten.

Gerade als das Klingeln aufhörte, bekam sie ihr Handy zu fassen. Es war Jane, Grants Mutter. Lindsey hielt das Telefon in der Hand und starrte es an, als könnte es sie beißen. Sollte sie zurückrufen? Oder einen Kontakt lieber meiden? Immerhin hatte Janes Sohn sie verlassen; die „Gute-Schwiegertochter-Regeln“ galten für sie nicht mehr. Aber andererseits war ihre Beziehung zu Jane sehr ungewöhnlich. Ungewöhnlich insofern, als sie nicht von Bitterkeit und Besitzansprüchen belastet war, die häufig zwischen Schwiegermutter und Schwiegertochter existierten. Jane sprach immer von „gegenseitiger Bewunderung“, und daran hatte sich durch die Scheidung nichts geändert.

Mit Grant hatte Lindsey nicht nur ihren Ehemann verloren – sein Verlust bedeutete auch den Verlust der einzigen anderen Familie, die sie je gehabt hatte. Nur während des Sommers war sie Teil der Familie ihrer Tante und ihres Onkels gewesen; zu Grants Familie dagegen hatte sie jeden Tag gehört. Nachdem Grant sie verlassen hatte, hatte Jane den telefonischen Kontakt aufrechterhalten. Das rechnete sie ihr hoch an. Sie hatte Lindsey erklärt, sie könne Grants Entscheidung nicht verstehen und sie sei sehr wütend auf ihren Sohn, weil er seine Familie verlassen habe. Aber er sei nun mal ihr Sohn und es falle ihr schwer, das Schlimmste von ihm anzunehmen. „Ich kann kaum glauben, dass er dich betrogen hat, Lindsey“, sagte sie. „Ich habe ihm doch etwas anderes beigebracht.“

„Das weiß ich“, hatte Lindsey geantwortet und Janes Schulter gestreichelt. Es war irgendwie seltsam, dass sie Grants Mutter tröstete, obwohl sie doch diejenige war, die den Schmerz zu ertragen hatte. Aber Jane hatte recht. Eigentlich gehörte Grant tatsächlich zu den „Guten“. Er war verlässlich, berechenbar, ehrlich. Er kam aus einer guten, stabilen Familie und hatte vorgehabt, mit ihr eine ebenso gute, stabile Familie zu gründen. Niemand hatte damit gerechnet, dass er sich so verändern könnte, dass er schließlich nicht mehr zu erkennen war.

Im Laufe der Zeit hatten sie und Jane immer seltener über Grant gesprochen. Sie konzentrierten sich stattdessen auf „sichere“ Themen: die Kinder, Janes unendliche Projekte, das Wetter. Grant trug die Schuld daran, dass sie nicht mehr liebevolle Familienmitglieder waren, sondern gute Bekannte, die eigentlich nicht mehr so recht wussten, was sie miteinander reden sollten.

Mit einem tiefen Seufzer rief sie Jane zurück. Während sie auf das Läuten am anderen Ende lauschte, überlegte sie, ob es Pflichtgefühl war oder Zuneigung, die sie dazu trieben, Jane anzurufen. Vermutlich eine seltsame Mischung aus beidem; vielleicht wollte sie aber auch nur das jeweils andere überspielen. Sie hatte erleben müssen, wie ihre Familie auseinanderbrach und nach diesem Schock die Puzzleteilchen ohne eine Vorlage wieder zusammensetzen müssen. So viele Formen, so viele Farben und alle gehörten irgendwie zusammen und bildeten ein Ganzes. Aber was dieses Ganze war, das blieb ihr ein Rätsel.

Jane meldete sich, wie sie es immer getan hatte. „Hallo, Liebes!“ Der Klang ihrer Stimme trieb Lindsey die Tränen in die Augen, doch sie blinzelte sie fort. Die Woche in Sunset sollte ihr Fortschritte bringen, keine Rückschritte.

„Hallo, Jane“, antwortete sie. „Wie schön, dass du dich meldest!“ War es möglich, Grant zu verlieren, aber Jane zu behalten?

„Ich wollte nur hören, ob du mit den Kindern gut am Meer angekommen bist. Habt ihr Spaß?“

„Ja", erwiderte sie. „Wir haben eine wundervolle Zeit." Sie redete anders als sonst. Normalerweise benutzte sie nie Wörter wie *wundervoll.*

Sie unterhielten sich eine Weile und Jane fragte, wie es den Kindern ging. Lindsey antwortete betont fröhlich und versuchte, Janes Sorgen zu zerstreuen. Jane war nicht diejenige, die die Familie zerstört hatte, darum fiel es Lindsey auch leicht, sie zu schonen. Doch nach einer Weile beschloss sie, das Gespräch zu beenden, bevor es um ihre Fassung geschehen war.

„Danke, dass du dich nach uns erkundigt hast, Jane", erklärte Lindsey schließlich mit bemüht fester Stimme. „Es ist schön zu wissen, dass es Menschen gibt, die sich Gedanken um uns machen."

„Schatz, das werde ich immer tun. Die Entscheidungen meines Sohnes haben keinen Einfluss auf meine Liebe zu dir oder den Kindern."

„Danke", erwiderte Lindsey und ihre Stimme geriet gefährlich ins Wanken. „Falls du mit ihm sprichst", fügte sie noch hinzu, „sag ihm bitte, dass es uns gut geht. Ich meine, falls er fragt."

„Das werde ich tun." Sie hörte das Mitgefühl in Janes Stimme. „Wenn ich dir noch einen Rat geben darf..." Jane sprach einfach weiter, ohne auf ihre Erlaubnis zu warten. „Mach weiter mit deinem Leben. Such dir jemanden, der dich wirklich liebt. Hör auf darauf zu warten, dass Grant erkennt, was für einen Schatz er verloren hat. Eins weiß ich genau: Wenn er das herausfindet, wird es zu spät sein. Das macht mich traurig für ihn, aber glücklich für dich. Denn ich weiß, dass noch etwas Großartiges auf dich wartet. Gib dir selbst die

Erlaubnis, offen dafür zu sein, wann immer es dir begegnet. Willst du mir das versprechen?"

„Ja", stieß Lindsey schwach hervor. „Ich werde es versuchen." Holly hatte ihr denselben Rat gegeben, nachdem Campbell Ellie geheiratet hatte. Ein tiefer Schmerz durchzuckte sie. Schon wieder musste sie einen Menschen loslassen, den sie sehr geliebt hatte. Wie sollte sie je wieder offen sein für die Liebe?

Nach dem Gespräch mit Jane ging Lindsey in die Küche, um Kaffee zu kochen und während er durch die Maschine lief, starrte sie wie ein Zombie zum Fenster hinaus. Sie überlegte, was es für sie zu erledigen gab. Zu Hause warteten kilometerlange Aufgabenlisten auf sie – Anrufe, Besorgungen, die Kinder zu ihren Aktivitäten chauffieren, Putzen. Hier war ihr Terminkalender leer. Keine Routine: nur das nackte Leben, vom Fett befreit und auf ein Skelett reduziert. Ihr kam der Gedanke, dass sie das abgespeckte Leben viel lieber mochte als das fette.

Während sie ihren Kaffee trank, beschloss sie, eine Runde laufen zu gehen, solange die Kinder noch schliefen. Sie riss ein Stück Papier von dem Block ab, den ihre Tante vor langer Zeit an den Kühlschrank gehängt hatte. Darauf stand in einem eleganten Schriftzug: „Aufgabenliste". Die Tatsache, dass der Block in zehn Jahren kaum benutzt worden war, außer vielleicht für eine schnelle Einkaufsliste, war ein weiterer Hinweis darauf, dass es hier in Sunset nicht viel zu tun gab. Eilig durchsuchte sie die Kramschublade nach einem

Stift und fand einen kleinen Bleistiftstummel. Die Spitze war ziemlich stumpf, aber es reichte, um ihre Nachricht zu kritzeln. „*Bin joggen gegangen*“, schrieb sie. „*Bin bald zurück. Ich liebe euch, Mama.*“ Den Zettel legte sie auf die Küchentheke neben eine Schachtel Cornflakes, eine sanfte Aufforderung, etwas zu essen, während sie auf ihre Rückkehr warteten.

Sie holte ihre Laufschuhe, Socken, Shorts und T-Shirt und einen Sport-BH aus ihrem Koffer und fragte sich, wie lange sie wohl durchhalten würde. Erst vor Kurzem hatte sie wieder mit dem Joggen angefangen und ganz neu die Kraft und Energie entdeckt, die ihren Körper belebten, wenn sie sich regelmäßig dazu aufraffte. Zwei Tage, nachdem Grant sie verlassen hatte, hatte sie beschlossen, zu laufen statt zu weinen. Die Traurigkeit, die sie empfand, hatte sich angefühlt, als wäre sie dort gefangen und müsste freigelassen werden.

An jenem ersten Tag rannte sie, bis sie sich vor Erschöpfung kaum noch auf den Beinen halten konnte. Sich körperlich das Äußerste abzuverlangen brachte viel mehr als Heulen. Als sie nach Hause zurückkam, war die Traurigkeit nicht verschwunden, aber die Last, die sie empfunden hatte, war beträchtlich leichter geworden. Seither hatte sie nur wenige Tage ausgesetzt. Sie brauchte das Laufen so dringend wie Schokolade.

Als sie das Haus verließ, freute sie sich schon richtig darauf, am Strand entlangzulaufen. Das würde bestimmt besonders viel Spaß machen. Sie setzte ihre Kopfhörer auf und gab sich der Musik hin. Tief atmete sie die salzige Luft ein und ließ sie durch ihren Körper hindurchfließen wie ein Versprechen. Ihre Beine pumpten, ihre Füße trommelten in einem melodischen Rhythmus auf den Asphalt. Ganz spontan änderte sie ihren Kurs und schlug die Richtung zu einem Haus ein, das sie in den vergangenen 20 Jahren immer gemieden hatte. Sie fühlte sich jung und lebendig und sie rannte so schnell sie konnte darauf zu.

Lindsey fühlte sich wie eine Voyeurin, als sie durch Campbells Straße lief. Noch immer begriff sie nicht so ganz, warum sie hier war. Vielleicht, weil Janes Aufforderung, ihr Leben wieder in die Hand zu nehmen, den Gedanken an ihn wieder geweckt hatte. Was konnte es schaden, so rechtfertigte sie sich in einem inneren Zwiegespräch, einen kleinen Umweg auf der Straße der Erinnerung zu nehmen?

Als sie das Haus erreichte, hielt sie den Blick fest darauf gerichtet, wie eine Spionin, die alle Veränderungen vermerkte und nach Anzeichen von Leben suchte. Sie machte sich gar nicht erst die Mühe, so zu tun, als hielte sie nicht nach ihm Ausschau, als suche sie nicht nach Hinweisen darauf, dass er immer noch hier wohnte, was natürlich lächerlich war, wenn man bedachte, wie viel Zeit vergangen war. Sie war ziemlich sicher, dass er und Ellie und ihr Kind – oder mittlerweile ihre Kinder –, anderswo hingezogen waren.

Beim Gedanken an Ellie durchzuckte sie ein scharfer Schmerz. Es war, als wäre sie wieder ein Teenager. Unbewusst stand ihr wieder das Bild vor Augen, wie Ellie Campbell auf Schritt und Tritt verfolgte und in diesem Sommer so tat, als wäre sie Lindseys Freundin, damit sie in Campbells Nähe sein konnte. Sie erinnerte sich an Ellies lange, blonde Haare mit der Dauerwelle, ihr Armband aus Puka-Muscheln und wie sie immer gekichert hatte, wenn Campbell einen Witz machte.

Die Zufallsauswahl auf Lindseys MP3-Player spielte Peter Gabriels Lied „In Your Eyes“ an. Sie lächelte, während die Musik in ihren Kopfhörern erklang. Wie oft hatten sie und

Campbell dieses Lied gehört! Sie musste zugeben, es hatte noch immer eine starke Wirkung auf sie und das Timing war einfach perfekt. Es kam genau in dem Moment, als sie sich Campbells Haus näherte. Ein kleines Eintauchen in den Pool der Nostalgie wäre bestimmt sehr erfrischend. Allerdings musste sie aufpassen, dass sie nicht darin ertrank.

Das Haus sah noch fast so aus wie früher, immer noch weiß gestrichen mit einer großen, umlaufenden grauen Veranda. Jemand hatte eine zweite Verandaschaukel aufgehängt und die Schaukelstühle waren neu. Vermutlich hatte seine Mutter die roten Geranien in die Töpfe gepflanzt, um einen Farbakzent zu setzen. Sie erinnerte sich daran, wie sie immer Hand in Hand mit ihm zu seinem Haus gegangen und die Verandastufen hochgestiegen war, und sie fragte sich, wie es wohl gewesen wäre, wenn sie in den vergangenen Jahren in Sunset gelebt und das Paradies als Garten gehabt hätte. Aber vermutlich hatte Campbell gar keinen Blick mehr dafür; vermutlich lief er über die Veranda, ohne auch nur aufzuschauen.

Vor Kurzem hatte jemand das Haus angestrichen; das Weiß und Grau waren viel frischer und lebendiger als die matte Farbe, mit der Campbell es in jenem zweiten Sommer angemalt hatte. Ungewollt stand ihr ein Bild vor Augen: Campbell auf einer Leiter mit einem Pinsel in der Hand. Er drehte sich zu ihr um und grinste sie an, spritzte weiße Farbe in ihre Richtung.

„Du solltest lieber Reißaus nehmen und nicht zu lange hier herumlungern“, warnte er sie neckend, „sonst stellt dich meine Mutter auch noch an.“

Und ihre Antwort, so kitschig und in der Erinnerung doch so süß. „Das wäre in Ordnung, wenn das bedeuten würde, dass ich dann bei dir bleiben könnte.“

Sie erinnerte sich, wie sie in ihrer abgeschnittenen Jeans und einem Bikini-Oberteil verlegen vor dem Haus gestanden hatte und wie der Duft des Meeres über ihre Haut gestrichen war, die von dem Tag in der Sonne beinahe strahlte. Sie war, das erkannte sie jetzt, schön gewesen.

Den Wagen, der hinter ihr abbremste, bemerkte sie erst, als sie das Knirschen der Reifen auf dem Kies wahrnahm. Die Fahrerin hatte sie in der Einfahrt nicht bemerkt und sie sprang eilig aus dem Weg. Ihr Herz klopfte zum Zerspringen, nicht nur, weil sie sich so erschrocken hatte, sondern auch vor Verlegenheit, weil sie dabei ertappt worden war, wie sie das Haus anstarrte wie eine Verrückte. Während sie versuchte, sich zu beruhigen, stieg die ältere Dame, die den Wagen gefahren hatte, langsam aus. Keinen Augenblick lang löste sie den Blick von ihr.

„Puh!", stöhnte Lindsey, um ihre Verlegenheit zu überspielen. „Das war ein Schreck!" Sie lächelte so aufrichtig, wie es ihr möglich war, und hoffte, die Frau würde sie nicht für eine durchgeknallte Stalkerin halten. Entschlossen zwang sie sich, ruhiger zu atmen, damit sie normal sprechen konnte.

Die Frau nickte langsam und ihr Blick bohrte sich in Lindseys. Sie trug ein neongrünes T-Shirt mit einem großen Bild von einer Schildkröte und der Aufschrift in großen blauen Buchstaben: „Schildkrötenschützer von Sunset Beach". Ein passender Sonnenschutz zähmte ihren grauen Lockenschopf. Erst im vergangenen Jahr hatte Lindsey mit den Kindern an einer dieser nächtlichen Schildkrötenschützer-Touren teilgenommen. Sie hatten gehofft, Babyschildkröten zu sehen zu bekommen. Doch leider hatten sie kein Glück gehabt. Zerstreut fragte sie sich, ob diese Frau wohl auch dabei gewesen war.

Die Frau zog die Augenbrauen zusammen. „Suchen Sie etwas?“, fragte sie.

Lindsey hob die Hand und fühlte sich irgendwie ertappt. „Nicht direkt!“, wehrte sie ab. „Ich kannte jemanden, der vor langer Zeit hier gewohnt hat und ich bin gerade hier vorbeigekommen und fragte mich …“ Sie lachte halbherzig. „Ich schätze, ich werde jetzt mal weiterlaufen“, erklärte sie. „Einen schönen Tag noch!“ Mit diesen Worten wollte sie sich wieder in Bewegung setzen.

Doch bevor sie loslaufen konnte, ließ die Stimme der Frau sie innehalten. „Sie suchen nach Campbell.“

Das war keine Frage, wie Lindsey bemerkte. Mit dem Rücken zu der Frau verzog sie das Gesicht, bevor sie sich umwandte. Die Frau verschränkte ihre Arme über der Schildkröte auf ihrem T-Shirt. Sie schien Lindsey zu kennen. Vielleicht waren im Laufe der Jahre aber auch schon viele Frauen vor Campbells Haus stehen geblieben.

Lindsey beschloss, sich cool zu geben. „Ich bin Lindsey“, sagte sie und streckte ihre verschwitzte Hand aus. Wie peinlich, sich in diesem Zustand zu präsentieren. Es war nicht wirklich schlau gewesen, in ihrer Sportkleidung vor dem Haus stehen zu bleiben. Einen solchen Eindruck wollte sie nicht hinterlassen.

Die Frau, die sich nicht an dem Schweiß zu stören schien, schüttelte begeistert Lindseys Hand. „Ich wusste es!“, rief sie und die Schirmmütze auf ihrem Kopf wackelte auf und ab. „Du hast dich überhaupt nicht verändert, Mädchen!“

„Nicht?“, fragte sie verwirrt.

„Oh nein! Als ich dich sah, wusste ich sofort, wer du bist. Aber vermutlich erinnerst du dich nicht mehr an mich. Ich bin eine alte Freundin von Campbells Mutter, Minerva. Früher habe ich dich sehr oft gesehen, wenn du Campbell besuchen kamst. Seine Mama und ich haben Karten gespielt oder Abendessen gekocht. Du warst immer sehr höflich." Sie hielt inne und schien über eine Erinnerung nachzudenken, denn sie lächelte. „Wir mochten dich", fügte sie lächelnd hinzu.

Das Bild von zwei Frauen mittleren Alters, die Karten spielten, stand ihr vor Augen. „Oh ja! Jetzt erinnere ich mich! Minerva! Wie schön, Sie zu sehen!"

Minerva grinste sie verschwörerisch an. „Bist du nach all den Jahren hergekommen, um Campbell zu sehen?" Sie kicherte wie ein Schulmädchen.

„Oh nein, nein, ganz und gar nicht." Lindsey starrte verlegen auf ihre linke Hand mit dem Ehering. Bisher hatte sie noch nicht den Mut gefunden, ihn abzunehmen. Sie versteckte den Arm hinter ihrem Rücken. „Ich war nur joggen, so wie immer, wissen Sie, und ich dachte, ich laufe mal vorbei … Nur ein kleiner Spaziergang auf dem Weg der Erinnerung und so." Sie lachte, als wäre das sehr witzig. Ging es noch peinlicher?

Minerva lächelte nur. „Ich verstehe. Aber er ist nicht da, Süße. Allerdings denke ich sowieso, dass du ihn nach all diesen Jahren nicht in einer solchen Aufmachung wiedertreffen möchtest." Sie deutete auf Lindseys graue Shorts, ihr altes T-Shirt und ihre verschwitzten Haare.

Sie konnte es einfach nicht lassen und beantwortete Minervas Frage mit einer Gegenfrage. „Dann wohnt Campbell also immer noch hier … in diesem Haus?" Ob es gut war, dass ein Mann mittleren Alters immer noch in dem Haus wohnte, in dem er aufgewachsen war, war eine andere Frage. Dort, wo sie herkam, war das ein Hinweis auf eine Störung.

„Ja", nickte Minerva und ganz offensichtlich war sie stolz darauf, dass Campbell noch zu Hause wohnte. „Er ist zurückgekommen, um seiner Mutter bei der Pflege seines Vaters zu helfen, nachdem er an Krebs erkrankt war – Herr im Himmel, sein Vater hat dem Krebs wirklich die Stirn geboten, Gott sei seiner Seele gnädig. Drei Jahre lang kämpfte er gegen die Krankheit an. Er war wirklich ein harter Knochen. Erinnerst du dich noch an ihn?"

Lindsey nickte. Allerdings weniger an den Mann als vielmehr daran, wie Campbell zu ihm aufgeblickt hat.

„Wie auch immer, nach dem Tod seines Vaters ist Campbell geblieben. Er hatte wohl keinen Grund zu gehen, schätze ich", fügte sie hinzu. „Seine Mama hat ihn gern um sich. Er kümmert sich um alles, wie du dir sicher vorstellen kannst."

Lindsey nickte betroffen und wollte ihren Mund daran hindern, die Frage zu stellen, als ihre Lippen bereits die Worte bildeten. „Und seine Frau und seine Tochter?", fragte sie bemüht beiläufig. „Wie geht es ihnen?"

Minerva schien nicht die Absicht zu haben, Campbells Privatsphäre zu schützen, denn sie klärte Lindsey nur zu gern auf. „Ach, dieses dumme Ding! Sie ist schon vor vielen Jahren davongelaufen und ließ ihn mit dem kleinen Mädchen sitzen. Das war kurz bevor sein Vater krank wurde. Das war wirklich ein ganz schreckliches Jahr. Schließlich kam sie zurück, um die kleine Nicki zu holen. Sie nahm sie einfach mit. Jetzt ist sie mit irgendeinem Promi-Doktor in Charlotte verheiratet." Minerva hielt inne und schien ihren nächsten Satz zu überdenken. „Und genau dort ist Campbell gerade. Er und seine

Mama sind gestern nach Charlotte gefahren. Es ist etwas mit seinem kleinen Mädchen – obwohl sie jetzt so klein gar nicht mehr ist, weißt du. Sie ist schon eine junge Dame und wird bald zum College gehen.“

Lindsey nickte nur. Sie spürte, dass da noch mehr war, das Minerva ihr verschwieg, aber sie ging nicht darauf ein. Campbells Leben ging sie nichts mehr an.

„Na ja, du willst jetzt bestimmt kein Geschwätz mehr von einer verrückten alten Schachtel hören!“ Sie hob den Zeigefinger, als hätte sie gerade eine gute Idee gehabt. „Wir werden Folgendes tun: Du kommst bald wieder diesen Weg entlang.“ Ihr Blick wanderte abschätzend über Lindsey hinweg und sie deutete missbilligend auf ihre Joggingkleidung. „Aber nicht in dieser Aufmachung. Du könntest doch mal am Abend durch diese Straße laufen. Tu einfach so, als würdest du einen Spaziergang machen und ich werde dafür sorgen, dass Campbell sich draußen aufhält. Überlass das ruhig mir!“ Minerva strahlte sie an und zeigte ihre Zähne, die mit dem Alter ein wenig gelb geworden waren. Sie kicherte erneut. „Es würde mir wirklich gefallen, wenn Campbell dich wiedersehen würde. Das wäre gut für ihn!“

Sie hielt inne, als dächte sie über etwas nach. „Aber jetzt solltest du weiterlaufen. Es war schön, dich zu sehen!“ Minerva winkte ihr, bevor sie eine große Gießkanne aus ihrem Wagen nahm. Die Frau humpelte, als sie die Verandastufen hochstieg.

Gehorsam drehte Lindsey sich um und lief weiter. Sie schüttelte den Kopf und lachte darüber, wie seltsam das Leben manchmal spielen konnte. Und sie fragte sich, ob sie wohl den Mut hätte zu tun, was Minerva vorgeschlagen hatte.

KAPITEL 14

Sunset Beach
Sommer 1991

„ICH WAR ZIEMLICH ERSTAUNT, DASS DU MIT HIERHER KOMmen wolltest“, sagte Lindsey so laut, dass sie die Brandung übertönte, als sie mit Grant Hand in Hand am Wasser entlanglief.

Er lächelte. „Dir ist dieser Ort wichtig, darum ist er auch mir wichtig. Du redest so oft von dem Briefkasten und ich wollte mir das selbst einmal anschauen.“ Er blieb stehen und küsste sie. „Warum sagst du das? Ist es dir nicht recht, dass ich dabei bin?“

„Natürlich, Dummkopf. Ich freue mich doch, dass du bei mir bist. Es ist so schön, dass du mitgekommen bist.“

Lindsey ging einige Zeit lang schweigend weiter. Sie fragte sich, warum sie nach fünf Jahren immer noch das Gefühl hatte, Campbell zu betrügen, wenn sie in Begleitung eines anderen Mannes zum Briefkasten ging. Auch wenn er ihr so nahe war wie Grant. Sie hatten überlegt, nach ihrem Examen im nächsten Jahr zu heiraten. Und Campbell hätte nun wirklich nicht das Recht, sich darüber zu beklagen.

„Also“, sagte Grant, „raus mit der Sprache. Wie heißt er?“

Lindsey schaute ihn verwirrt an.

„Der Junge, an den du gerade denkst … wie heißt er?“ Grant lächelte sie vielsagend an.

Sie riss die Augen auf. „Woher wusstest du …?“

„Tja, ich bin eben nicht dumm. Ich spüre so etwas, vor allem, wenn es mit dir zu tun hat.“

Sie lächelte darüber, wie gut Grant sie kannte. Aber trotzdem musste sie an Campbells letzten Brief denken. Er hatte sie aufgefordert, weiterzuziehen und einen Mann zu suchen, der sie liebte, einen Mann, der sie zu schätzen wusste. Grant war dieser Mann.

„Er hieß Campbell“, erklärte sie. „Und ich war fünfzehn.“ Sie machte eine ausladende Handbewegung. „Das ist lange her. Und das mit uns hat auch nur zwei Sommer lang gehalten.“ Ja, sicher, da war noch viel mehr gewesen, aber war das wirklich von Bedeutung?

„Doch der Briefkasten ist geblieben“, bemerkte Grant.

„Ja. Dieser Ort hat eine besondere Bedeutung für mich. Ich bin jeden Sommer hingegangen. Ich lasse jedes Jahr in derselben Woche einen Brief dort zurück. Und ich möchte gern denken –“ Sie brach ab und errötete. „Na ja, ich möchte gern denken, dass die Seelenfreundin sich jedes Jahr auf meine Briefe freut.“ Sie lachte. „Ich weiß, das klingt albern.“

Er zog sie an sich. „Wenn du das so ernst nimmst, dann nehme ich es auch ernst.“

Sie deutete nach vorn. „Wir sind schon fast da. Ich habe dich ja gewarnt, es ist ein weiter Weg.“

„Und wer ist nun diese Seelenfreundin?“, fragte Grant auf den letzten Metern zum Briefkasten.

„Das ist ja das Besondere daran: Niemand weiß es! Jemand kommt und holt die alten Notizbücher heraus und legt neue hinein, wechselt die Stifte aus und nimmt die Briefe mit, die die Leute schreiben. Aber die Identität dieser Person ist ein Geheimnis. Das ist so ungewöhnlich und deshalb macht es so viel Spaß, denke ich. Natürlich habe ich nach all diesen Jahren das Gefühl, sie zu kennen."

„Woher weißt du eigentlich, dass es eine Frau ist?", fragte Grant.

Sie grinste. „Das weiß ich gar nicht. Ich vermute es. Es ist, als ... ich weiß auch nicht ... als könnte ich ihre Gegenwart hier spüren. Sie macht mir Mut. Das klingt jetzt echt dumm, ich weiß." Lindsey verzog das Gesicht.

Grant nickte, erwiderte aber nichts, sondern folgte ihr schweigend zum Briefkasten in den Dünen. Sie zeigte ihm die Notizblocks und die losen Blätter im Kasten und nahm eins heraus. Grant entschied sich für ein Notizbuch.

„Du kannst ja schreiben, wie sehr du mich liebst", neckte sie ihn.

Er grinste. „Oh, ich habe schon eine ziemlich gute Vorstellung davon, was ich schreiben werde", erwiderte er. Er beugte sich vor und küsste sie.

Lindsey setzte sich auf einen alten Baumstamm, den jemand als Bank dorthin gebracht hatte, und begann zu schreiben, während Grant sich im Sand niederließ. Sie freute sich so, mit ihm zusammen hier zu sein. Sie hatte sogar beinahe ein wenig das Gefühl, dass das Band, das sie mit Campbell verband, dadurch, dass Grant hier war, ein für alle Mal zerriss.

Es dauerte nicht lange, bis Grant zu ihr kam und sich neben

sie setzte. „Ich habe aufgeschrieben, was ich sagen wollte“, erklärte er. „Möchtest du es lesen?“

Sie schaute ihn an. „Das ging aber schnell“, meinte sie und hoffte, er würde sie nicht bitten, dass er das lesen dürfte, was sie geschrieben hatte. Ihre Briefe gingen nur sie und die Seelenfreundin etwas an. „Bist du sicher, dass ich es lesen soll?“

„Absolut.“ Schwungvoll legte er ihr das aufgeschlagene Notizbuch auf den Schoß und kniete vor ihr im Sand nieder. Auf dem freien Blatt standen die Worte: „Willst du mich heiraten?“

Völlig überrumpelt blickte sie auf, als er eine schwarze Samtschachtel aufklappte und ihr einen in Gold gefassten Diamantring hinhielt. Ihr Blick wanderte hinüber zu dem offenen Briefkasten und sie lächelte. Grant war genau der Richtige für sie. Er hätte keinen besseren Ort für seinen Antrag wählen können.

Als sie strahlend nickte und Ja sagte, blinzelte sie das Bild von Campbells Gesicht fort, das sich ungebeten vor ihr inneres Auge geschlichen hatte, und schob ihn in die Vergangenheit zurück – dahin, wo er hingehörte.

Sommer 1991

Liebe Seelenfreundin,

wie viele Jahre habe ich von dem Tag geträumt, an dem ich dir dies schreibe, an dem ich dir die aufregende Neuigkeit mitteile, dass ich heiraten werde! Während ich den Ring an meinem Finger betrachte und bewundere, wie er in der Sonne funkelt, als würde er mir zublinzeln, kann ich kaum glauben, dass es real ist. Grant hat mich hierher begleitet unter dem Vorwand, den Briefkasten sehen zu wollen. Aber er hatte die ganze Zeit einen anderen Plan. Verstehst du, warum er so perfekt für mich ist? Er kannte genau den richtigen Ort für seinen Heiratsantrag. Ich freue mich darüber, dass du dadurch ein Teil davon bist und dass du die erste Person bist, der ich es erzähle.

Natürlich war ich total perplex, als er mir die Frage aller Fragen stellte. Nachdem er den Ring an meinen Finger gesteckt hatte, zog er mich an sich und küsste mich. Ich verlor das Gleichgewicht und fiel auf ihn und wir beide landeten im Sand. Wenn das keine Anmut ist! Ich lachte und weinte zur gleichen Zeit! Irgendwann wollte ich mir die Tränen wegwischen und bekam Sand in die Augen. Aber Grant, der über meine Ungeschicklichkeit lachte (bin ich froh, dass er das „süß" findet), wischte mir mit seinem Hemdzipfel ganz sanft und liebevoll den Sand aus den Augen. In diesem Augenblick wusste ich, dass ich bei diesem Mann für immer sicher sein würde. Ich gestatte mir, ihm zu vertrauen und zu glauben, dass er mich wirklich liebt und dass diese Liebe andauern wird.

Nun, ich muss diesen Brief kurz fassen, weil Grant auf mich wartet, um mich nach Hause zu begleiten. Ich kann es kaum erwarten, meiner Tante und meinem Onkel meinen Ring zu zeigen. Er sagte, sie wüssten, was er vorhätte und er hatte sogar vorher mit meinem Onkel gesprochen, um seine Erlaubnis einzuholen. Ist das nicht süß? Er ist so respektvoll und umsichtig. Er weiß, dass mein Onkel für mich ein Vaterersatz ist. Ich werde ihn bitten, mich bei der Hochzeit zum Altar zu führen. Was meine Mutter sagen wird, daran will ich gar nicht denken, denn ich möchte mir diesen glücklichen Augenblick nicht verderben.

Danke, liebe Seelenfreundin, dass du Grant zu mir gebracht hast. Ich bin nicht sicher, wie das funktioniert, aber ich möchte gern glauben, dass du deine Hand im Spiel hattest. Na gut, du und Gott, denke ich. Das ist doch möglich, nicht?

Bis zum nächsten Sommer
Lindsey

KAPITEL 15

Sunset Beach
Sommer 1992

„PAPA, PAPA, GUCK MAL!“, RIEF CAMPBELLS FÜNFJÄHRIGE Tochter. Sie stand auf dem Verandageländer. „Ich bin ein Vogel!“ Wild schlug sie mit den Armen wie ein Vogel und verlor beinahe das Gleichgewicht. Campbell rannte über die Veranda und hob sie vom Geländer.

„Nicole Amanda Forrester!“, schrie er. „Wehe, wenn du das noch einmal machst!“

Krokodilstränen traten in ihre Augen, die genauso blau waren wie seine. „Schuldigung, Papa“, schluchzte sie.

Campbells Zorn war sofort besänftigt. „Du musst vorsichtig sein, Schätzchen“, flüsterte er. „Papa könnte es nicht ertragen, wenn dir etwas zustoßen würde.“ Er fügte nicht hinzu, was er dachte: *Du bist doch alles, was ich habe.* Sanft wiegte er sie in seinen Armen, bis sie zu weinen aufhörte. „Papa tut es leid, dass er so wütend geworden ist“, sagte er.

Sofort hellte sich ihr Gesicht auf und sie sprang von seinem Schoß. „Ist schon gut, ich vergebe dir“, sagte sie. „In der Bibel steht, dass wir immer vergeben sollen. Wusstest du das, Papa?“

Er nickte zerstreut und hörte kaum zu. Seine Mutter war regelmäßig mit Nicki zur Kirche gegangen – das respektierte er, aber er selbst war dem Gottesdienst lieber fern geblieben. Später hatten ihn Nickis kleine Predigten zunehmend angesprochen. Er fragte sich, ob er sich vielleicht doch irgendwann einmal Nicki und seiner Mutter anschließen sollte.

„Papa ... wirst du Mami vergeben?"

Campbell hatte gerade vorschlagen wollen, zum Strand zu gehen. Er ruckte hoch. „Was?", fragte er.

„Wenn Mami zurückkommt. Wirst du ihr vergeben, dass sie fortgelaufen ist?", fragte Nicki und klimperte mit den Wimpern, während sie auf seine Antwort wartete.

Tausend mögliche Antworten wirbelten in seinem Kopf durcheinander, doch keine davon konnte er seiner Tochter geben. Ellie sollte dankbar sein, dass er all diese Jahre zu ihr gestanden hatte. Doch statt Dankbarkeit hatte sie ihn und ihre Tochter verlassen und war einfach abgehauen.

„Mami kommt zurück", bemerkte Nicki beiläufig. Vier Monate war es her, dass er, als er von der Arbeit nach Hause gekommen war, ihren Zettel auf seinem Kopfkissen vorgefunden hatte.

„Ist das so? Woher weißt du das?" Er war zwar 23 Jahre alt, aber manchmal war Nicki klüger als er. „Hast du Mami gesehen?" Seine Gedanken überschlugen sich, während er versuchte zu entschlüsseln, was seine Tochter ihm sagen wollte.

Nicki schüttelte den Kopf. „Bevor Mami fortging, hat sie mich zu dem Mann mitgenommen. Er hat mir Pommes frites gekauft und sie unterhielten sich, und ich durfte so viel Ketchup essen, wie ich wollte. Du gibst mir ja immer nur ganz wenig, damit ich mich nicht vollschmiere."

Campbell nickte. Er war wie erstarrt.

„Na ja, Mami und der Mann sagten, sie würden eine Reise machen und sie würde danach kommen und mich holen. Sie sagte, das sei ein Geheimnis und ich dürfte es dir nicht verraten. Und darum habe ich es dir nicht verraten.“ Ihre Lippen zitterten. „Aber Mami ist jetzt schon so lange fort.“ Sie hielt inne. „Denkst du, Mami wird böse sein, dass ich es dir erzählt habe?“

Campbell strich ihr über den Rücken. „Nein, Schätzchen, ich verspreche dir, dass Mami nicht böse sein wird.“ Innerlich kochte er. Ellie hatte schon immer viele Dinge hinter seinem Rücken getan, aber nie hätte er gedacht, dass sie auch ihre Tochter in ihre Heimlichkeiten hineinziehen würde.

Er trug Nicki ins Haus und ihr Gesicht leuchtete auf. „Siehst du, Papa? Mami wird zurückkommen. Und dann kannst du ihr vergeben, weil in der Bibel steht, dass wir vergeben sollen.“ Sie streichelte seine Wange. „Und dann bist du auch nicht mehr so traurig. Meine Sonntagsschullehrerin sagt, wenn wir anderen vergeben, macht uns das glücklich. Möchtest du glücklich sein, Papa?“

Er nickte. „Ja, mein Schatz.“ Seine Tochter war ein Wunder und für einen Augenblick wünschte er, Ellie würde nie zurückkommen.

Sunset Beach
Sommer 1992

Lindsey saß auf dem Strandlaken und dachte nach. Bereits seit mehreren Tagen litt sie unter Übelkeit und als sie Grant gegenüber andeutete, dass sie vielleicht schwanger sein könnte, erwiderte er, sie übertreibe bestimmt mal wieder. Sie wünschte sich, dass er loszog und einen Schwangerschaftstest besorgte und atemlos an ihrer Seite auf das Ergebnis wartete. Sie wollte, dass er seine Hand auf ihren Bauch legte und ihr sagte, wie stolz er sei, der Vater ihres Kindes zu sein. Doch stattdessen ging er los, weil er etwas zu erledigen hatte, und ließ sie niedergeschlagen am überfüllten Strand zurück.

Fieberhaft überlegte sie, wann ihre letzte Periode gewesen war. Sie warf sich auf den Bauch, starrte aufs Meer und fragte sich, wie lange sie wohl noch auf dem Bauch liegen konnte.

In letzter Zeit war Grant so zerstreut. Ein Projekt seines neuen Arbeitgebers bestimmte ihr Leben. Er arbeitete bis spät in den Abend hinein, und wenn er zu Hause war, verhielt er sich ihr gegenüber distanziert. Es hatte sie viel Mühe gekostet, ihn zu ihrem jährlichen Urlaub am Meer zu überreden. Er wollte seinen Urlaub eigentlich streichen und schlug sogar vor, sie solle allein fahren oder Holly einladen. Schließlich hatten sie sich auf einen Kompromiss geeinigt, dass er eine halbe Woche mitfahren und Holly die letzten drei Tage kommen würde. Ihm schien es überhaupt nichts auszumachen, auf ihre kostbare Zeit miteinander zu verzichten. Sie wollte gar nicht wissen, warum das so war.

Ein kleines Mädchen rannte an ihr vorbei und sie fragte sich unwillkürlich, wie es wohl wäre, selbst eine Tochter zu haben. Die Haare des Mädchens waren von der Sonne ausgebleicht und zu einem Pferdeschwanz zusammengebunden. Mit aller Kraft warf sie eine Frisbeescheibe. Lindseys Blick folgte ihr hoch in die Luft. Mit Leichtigkeit fing der Vater des Kindes die Frisbeescheibe auf. Er lächelte. Ein Lächeln, das sie sofort wiedererkannte. Ein Lächeln, das ihr immer noch Herzklopfen bereitete, wie sie feststellen musste.

Schnell zog sie ihre Baseballkappe tief in die Augen, damit er sie nicht erkannte. Wie gut, dass an diesem Tag so viele Menschen am Strand waren. Sie versteckte die untere Hälfte ihres Gesichts in ihrer Armbeuge und sah zu, wie Campbell seiner Tochter die Frisbeescheibe wieder zuwarf. Nicki. Sie müsste jetzt fünf Jahre alt sein. Sie war wirklich sehr hübsch, das musste Lindsey zugeben.

„Ich habe auch nichts anderes von dir erwartet", sagte sie laut zu ihm, obwohl er sie nicht hören konnte.

Tränen traten ihr in die Augen, als er seine Tochter in die Arme nahm. Die Kleine kicherte die ganze Zeit und ihr Lachen wurde vom Wind fortgetragen. Campbell liebte seine Tochter, das war deutlich zu spüren. Er machte einen glücklichen Eindruck. Und er war nur ein paar Meter von ihr entfernt. Nach dieser langen Zeit sah sie ihn endlich wieder. Am liebsten hätte sie die Zeit angehalten.

Campbell setzte Nicki auf seine Schultern und rannte mit ihr über den Strand. Lindsey schaute ihnen nach, bis sie nicht mehr zu sehen waren und noch lange, nachdem sie verschwunden waren, starrte sie in seine Richtung.

Sunset Beach
Sommer 1992

Nur wenige Tage später tauchte Ellie wieder auf. Gespannt wie ein Flitzebogen und kampfbereit marschierte sie in Campbells Büro. Noch während er ihre Anwesenheit zu verarbeiten versuchte, wünschte er sich, sie wäre einfach fortgeblieben.

„Sicher bist du überrascht", sagte sie.

„Nicht so sehr, wie du vielleicht denkst", erwiderte er. „Nicki hat mir erzählt, dass du zurückkommen würdest. Offensichtlich hast du keine Skrupel gehabt, eine Fünfjährige in deine Pläne einzuweihen, sie im Stich zu lassen."

Sie schaute nach unten und suchte nach Worten. Und in diesem Augenblick wusste er, dass er sie gehen lassen würde. Um Nickis willen. Er schaute sie an und obwohl sie immer noch sehr schön war, wurde ihm erneut klar, dass er nichts für sie empfand und nie empfunden hatte. Auf jeden Fall keine Liebe.

Sie fuhr fort. „Campbell, ich bin nicht stolz auf das, was ich getan habe. Aber Tatsache ist, es gibt jetzt einen anderen Mann in meinem Leben. Zuerst wusste ich nicht, wie sich das entwickeln würde. Ich wollte nicht mit dir darüber sprechen, ehe ich nicht wusste, was ich will. Aber wir haben beschlossen zu heiraten." Sie lächelte, bevor sie die Bombe platzen ließ. „Er ist Arzt", sagte sie und ließ eine effektvolle Pause folgen, damit er Gelegenheit hatte, diese Worte auf sich wirken zu lassen. Die unausgesprochenen Worte: *Er ist besser als du* hingen zwischen ihnen in der Luft.

„Er ist bereit, die Scheidung zu bezahlen und alles in die Wege zu leiten", fuhr sie schließlich fort. „Er möchte nur nicht mehr lange warten. Wir werden die Trennung am besten einfach auf den Tag zurückdatieren, an dem ich fortgegangen bin, das verkürzt das Trennungsjahr, dann geht die Scheidung schneller über die Bühne."

Campbell starrte sie an, als wäre sie ein Alien, der in seinem Büro gelandet war. „Campbell!", schrie sie ihn an. „Glotz mich doch nicht so an! Sag etwas!"

Noch eine Weile sah er sie an. „Mir scheint", sagte er schließlich, „eine normale Mutter würde sich als Erstes nach ihrer Tochter erkundigen, die sie monatelang nicht gesehen hat."

Er sah beinahe den Rauch aus Ellies Ohren kommen. „Ich hasse dich, Campbell!", schrie sie, bevor sie sich auf ihren Stiletto-Absätzen umdrehte und aus dem Büro stürmte. Als die Tür hinter ihr ins Schloss fiel, lächelte er. Gerade hatte er seine Freiheit zurückbekommen.

Sunset Beach,
Sommer 1992

Liebe Seelenfreundin,

gestern habe ich Campbell gesehen. Sechs Jahre sind vergangen, aber schließlich ist es doch passiert. So ungern ich das zugebe, mein Herz hüpfte in meiner Brust herum wie ein Fisch auf dem Trockenen. Mit seinem kleinen Mädchen lief er ganz in meiner Nähe an mir vorbei, ein süßes blondes Ding, das ihm sehr ähnlich sieht. Er hat sich gar nicht verändert, ist nur älter geworden. Klüger vielleicht. Erfahrener vielleicht. Schließlich ist er jetzt Vater.

Ich gestehe das nur dir, weil ich dir alles sage und weil Grant es niemals lesen wird. Ich habe tatsächlich auf seine linke Hand geschaut und versucht zu erkennen, ob er einen Ehering trägt, und sofort fühlte ich mich schuldig, weil ich es getan habe.

Ich weiß ja, dass unsere gemeinsame Zeit vorbei ist und dass wir beide jetzt unser eigenes Leben führen, aber in diesem Augenblick fühlte ich mich zu ihm hingezogen – der Magnet in meiner Brust zerrte mich in seine Richtung, genau wie früher, als ich noch ein Teenager war. Dumm, ich weiß. Bestimmt nicht die Gedanken, die eine verheiratete Frau haben sollte. Und doch waren sie da.

Und nur zur Information, ich konnte nicht erkennen, ob er einen Ring trug oder nicht. Ich nehme es einfach an, da er Ellie geheiratet hat. Das hat er mir selbst geschrieben. Aber das ist jetzt ohne Bedeutung. Ganz ohne Bedeutung. Ich bin schließlich selbst verheiratet. Und wir erwarten ein Baby. Nachdem Grant heute abgefahren ist, habe ich einen Schwangerschaftstest gemacht. Du, liebe Seelenfreundin, bist die Erste, die es erfährt. Ich werde es Grant sagen, wenn ich nach Hause komme. Ich hoffe nur, dass er sich darüber freut. In letzter Zeit hatte ich nicht den Eindruck, dass es eine große Freude für ihn wäre. Wir sind erst ein Jahr verheiratet und ich habe das Gefühl, dass meine Ehe irgendwie schiefläuft. Ich hoffe, dass das Baby eine Veränderung zum Besseren bewirken kann. Sag mir nicht, wie dumm diese Hoffnung ist, liebe Seelenfreundin. Das weiß ich selbst.

Bis zum nächsten Sommer
Lindsey

KAPITEL 16

Sunset Beach
Sommer 2004

ALS CAMPBELL AN JENEM ERSTEN MORGEN AUFWACHTE, nachdem er Nicki nach Hause geholt hatte, stieg ihm der Duft von gebratenem Speck und Kaffee in die Nase. Er blieb noch eine Weile im Bett liegen und gestattete sich das Gefühl, dass alles in Ordnung war auf der Welt. Nur noch eine kurze Weile wollte er die Probleme verdrängen, bevor ihn die Realität wieder einholte.

Allmählich ließen sich die Fakten nicht mehr ignorieren: Er hatte gerade seine Tochter aus einem Krankenhaus geholt, weil sie gehungert hatte, bis sie zusammengebrochen war. Und später würde er mit ihr zur ersten Therapiesitzung fahren. Aber in diesem Augenblick, als er in dem Bett lag, in dem er sein ganzes Leben lang geschlafen hatte, der Strand nur wenige Hundert Meter entfernt, war tatsächlich alles in Ordnung in seiner Welt.

Er drehte sich um, sah auf die Uhr und streckte sich. Etwas Zeit würde er sich noch nehmen. Er schloss noch einmal kurz die Augen und flehte Gott um Hilfe an.

Dann stand er auf und trat an das Fenster seines Schlafzimmers. Neue Hoffnung durchströmte ihn. Er war positiv gestimmt und bereit für das, was der Tag ihm bringen würde. Draußen war es sonnig und hell und bereits ziemlich heiß. Er spürte die Hitze durch die Fensterscheiben hindurch. Ein neuer Julitag in Sunset Beach.

Auf Zehenspitzen schlich er an Nickis Zimmertür vorbei. Im Flur kam sie ihm entgegen. „Guten Morgen", sagte sie überrascht. Er lachte verlegen.

Wie lange hatten sie nicht mehr unter demselben Dach übernachtet? Sie wandte den Blick ab, starrte auf ihre Turnschuhe und etwas wie Scham zeigte sich auf ihrem Gesicht. Wofür schämte sie sich? Seinetwegen? Wegen der Situation? Wegen sich selbst? Knochige Beine ragten aus ihrer Shorts hervor und bleistiftdünne Arme aus einem alten Nike-Shirt, an das er sich noch von früher erinnerte. Gedankenverloren fragte er sich, warum sie das immer noch trug. An einigen Stellen hatte es bereits Löcher und der Stoff war von den vielen Jahren des Tragens weich wie eine Babydecke geworden. Ihre Haare hatte sie zu einem Pferdeschwanz zusammengebunden wie ihre Mutter an jenem Tag im Krankenhaus. In den Ohren steckten Ohrstöpsel. Leise Musik drang daraus hervor.

Er deutete auf ihre Ohren. „Gehst du weg?", rief er.

Sie deutete auf die Laufschuhe an ihren Füßen. „Joggen", erklärte sie, wegen der Musik ein wenig zu laut.

In Gedanken überflog er das Informationsblatt über Essstörungen, das ihm der Arzt im Krankenhaus mitgegeben hatte. Darauf war „exzessive sportliche Betätigung" als Symptom aufgelistet. Ganz kurz überlegte er, ob er das ansprechen sollte, beschloss aber, es nicht zu tun. Seine Anspannung wuchs, die Schönheit des Tages war aus seiner Wahrnehmung verschwunden wie die untergehende Sonne. Seine Gedanken überschlugen sich: *Ich kann das nicht! Ich bin doch kein Polizist. Ich bin kein Arzt. Ich bin kein Psychiater. Und wenn sich ihr Zustand in meiner Obhut verschlimmert?*

Er kämpfte gegen seine Gefühle an und lächelte, überzeugend, wie er hoffte.

„Hast du was gegessen?", fragte er bemüht beiläufig.

Sie schaute ihn an, eine Hand in ihre Hüfte gestemmt. „Papa", sagte sie, „das hat Oma mich schon gefragt. Ihr beide seid mir schon ein Pärchen." Sie stürmte an ihm vorbei und sprang die Treppe hinunter. Die Verandatür fiel ins Schloss und er trat ans Fenster, um ihr nachzuschauen.

Als er in die Küche kam, schaute seine Mutter ihn müde an. Sie schüttelte den Kopf. „Ich konnte sie nicht dazu bringen, auch nur einen Bissen zu essen", erklärte sie niedergeschlagen.

Ein Gedanke durchzuckte ihn: Wenn sie nun nur nach Sunset gekommen war, weil sie dachte, sie könnte sie beide leichter austricksen als ihre Mutter und Ed, der immerhin Arzt war? Wenn sie gar nicht gesund werden *wollte?* Er kämpfte gegen den Drang an, das Telefon zur Hand zu nehmen und Ellie zu sagen, dass es ein Fehler gewesen war und dass er Nicki am Nachmittag nach Hause bringen würde.

In diesem Augenblick läutete das Telefon. Seine Mutter nahm das Gespräch entgegen und sie hörte, wie sie dem Anrufer sagte, er käme sofort. Sie reichte ihm den Hörer. Er rechnete damit, dass sie „Minerva" flüsterte, doch stattdessen formte sie mit den Lippen das Wort „Ellie". Gerade erst hatte er an sie gedacht.

„Campbell, ist sie da?“, flüsterte Ellie.

Er konnte nicht widerstehen. „Warum flüstern wir?“, spottete er.

Sie lachte nervös. „Ich weiß nicht. Ich glaube, ich wollte nicht, dass sie mich hört. Ja, ich weiß selbst, wie lächerlich das ist.“

Das Bild, wie Nicki zur Haustür hinausrannte, stand ihm vor Augen, und er schluckte, bevor er antwortete. „Nun, um deine Frage zu beantworten, nein, sie ist nicht hier. Sie ist gerade weg.“ Er hielt kurz inne. „Zum Joggen.“

Ellie erwiderte nichts darauf und überlegte, dessen war er sicher, ob sie ihn anschreien oder diese Information unkommentiert stehen lassen sollte. Sie ließ die Luft entweichen, und durch das Mundstück hörte sich das an, als würde sie ihm ins Ohr pusten.

Er beschloss, ihrer Ermahnung zuvorzukommen, indem er ihr zustimmte. „Ich glaube nicht, dass ich das hinkriege“, gestand er. „Ich bin für so was nicht geschaffen. Ich will ihr Vater sein, kein Polizist. Ich habe eine Heidenangst, dass ich diese Sache vermassele. Vielleicht hätte ich nicht so schnell zustimmen sollen.“

Ellie lachte, ein bitteres Lachen, das sich in seiner Brust einnistete, ganz in der Nähe seines verletzlichen, ungeschützten Herzens. „Campbell, das gehört zu dem Teil der Erziehung, den du verpasst hast. Ihr Vater zu sein bedeutet, dass du manchmal auch Polizist sein musst. Behalte deine Zweifel, ob du das kannst, für dich. Du wirst es tun. Hörst du? Du musst. Zehn Jahre lang hast du sie ab und zu mal für ein paar Tage geholt, sie mit Eiscreme und Spielchen verwöhnt und sie dann zurückgegeben. Dieses Mal musst du das durchstehen.“

Im Hintergrund hörte er eine Tür knallen und Schlüssel klimpern. „Sieh es doch mal so: Du kannst es gar nicht mehr vermasseln als ich. Ich muss Schluss machen", sagte sie plötzlich und legte auf. Campbell starrte auf das Telefon in seiner Hand.

Seine Mutter stand am Herd und gab vor, nicht zuzuhören. „Na ja", sagte er. „Das lief ja gut."

Sie wandte sich zu ihm um und lächelte ihn an, aber er spürte auch ihre unterdrückte Sorge. Selbst wenn sie dasselbe dachten, sie brauchten nicht zu überlegen, ob sie Nicki zurückschicken sollten. Ellie würde sie nicht mit offenen Armen aufnehmen oder sie konnte es nicht. Er lächelte seine Mutter an und sie legte den Speck auf einen Teller und reichte ihn ihm.

Er nahm am Küchentisch Platz, den seine Mutter festlich gedeckt hatte. Es gab frisch gepressten Orangensaft und sie hatte die Servietten gefaltet. Nickis erste Mahlzeit zu Hause sollte etwas Besonderes sein. Von seinem Platz aus hatte er die Straße im Blick und suchte sie nach Nicki ab. Leute gingen an ihrem Fenster vorüber, einige kamen von einem frühen Morgenspaziergang am Strand zurück, die Taschen voller Muscheln, und klopften sich den Sand von den Shorts. Andere waren auf dem Weg zum Strand, Touristen, die entschlossen waren, jeden Sonnenstrahl am Wasser auszunutzen. Sie zogen Bollerwagen mit Strandliegen, Radios, Sandspielzeug und Kühltaschen hinter sich her. Ihre Kinder liefen nebenher oder saßen in Kinderwagen und ließen sich schieben. Sie wirkten so glücklich, so hoffnungsvoll, genau so, wie er sich gerne fühlen würde.

Er erinnerte sich an die Zeit zurück, als Nicki nicht mehr nach Sunset kommen wollte, damals, als sie noch die Highschool besuchte, und wie unangemessen er reagiert hatte. Sein Stolz war verletzt gewesen und er hatte sich geschworen, ihr nicht nachzulaufen, wenn sie nicht zu ihm kommen wollte.

Alles hatte mit einem Anruf von Ellie begonnen. Als das Telefon an dem Tag läutete, an dem sie eigentlich über die Herbstferien zu ihm kommen sollte, erwartete er, dass es Nicki war, die ihm mitteilen wollte, dass sie später loskam oder ihre Ankunftszeit bestätigte. Sie war erst einmal allein nach Sunset gefahren und es war ihm nicht so ganz recht, dass sie mit dem Auto kommen wollte.

Er nahm den Hörer zur Hand und meldete sich mit „Yellow!", statt mit „Hallo", wie er es früher immer getan hatte, als sie noch klein gewesen war und das lustig gefunden hatte. Er hoffte, dass es nicht dumm in ihren Ohren klang und sie immer noch zum Lachen brachte. Seine Tochter, ermahnte er sich, war schon lange nicht mehr 6 Jahre alt.

„Campbell?" Es war Ellie, nicht Nicki.

„Ja, Ellie, alles okay?"

„Ja, alles bestens. Aber Nicki hat ein Problem und sie hat mich gebeten, dich anzurufen."

Campbell spürte, wie sich sein Pulsschlag beschleunigte. Er spürte, dass das, was Ellie zu sagen hatte, nichts Gutes war.

Sie fuhr fort. „Nicki wurde ins Organisationskomitee für den Abschlussball in ihrer Schule gewählt. Ist das nicht toll?"

Er dachte an Ellie, die vor Jahren auch dem Komitee für den Abschlussball angehört hatte. Da war sie bereits mit Nicki schwanger gewesen, doch niemand ahnte etwas davon. Er hatte in einem eleganten Anzug neben ihr gestanden und an eine andere gedacht.

„Ja, toll", erwiderte er lahm.

„Na ja, bis dahin ist noch viel zu erledigen und nachdem wir unsere Terminkalender verglichen haben, bleibt uns eigentlich nur dieses lange Wochenende, um gemeinsam einkaufen zu gehen."

„Oh", erwiderte er. „Ich könnte doch mit ihr einkaufen gehen.

Ellie lachte. „Campbell, sie will mit mir einkaufen gehen. Das macht man mit seiner Mutter, nicht mit seinem Vater. Nicki möchte hierbleiben und mit ihren Freundinnen und deren Müttern zum Shoppen gehen. Wenn sie nach Sunset führe, würde sie das alles verpassen." Ellie hielt inne. „Sie fühlt sich ganz schrecklich deswegen, Campbell. Darum hat sie mich gebeten, dich anzurufen."

Während er nun am Fenster stand und nach seiner abgemagerten Tochter Ausschau hielt, wurde ihm klar, dass er sich, seit sie auf der Welt war, immer nur als Opfer gesehen hatte. *Ich Armer, ich habe ein Mädchen geschwängert, das ich nicht liebte. Ich Armer, ich bin in einer unglücklichen Ehe gefangen. Ich Armer, meine Frau hat mich verlassen. Ich Armer, und jetzt verlässt mich auch meine Tochter.*

Es war nicht Nickis Schuld, dass sie sich so weit von ihm entfernt hatte. Er hätte häufiger ihre Nähe suchen müssen, anstatt von ihr zu fordern, dass sie immer zu ihm kam. Es war an der Zeit, die Verantwortung für sein Handeln zu übernehmen und anzufangen, bei den Menschen, die er verletzt hatte, Abbitte zu leisten. Zumindest bei denen, wo es möglich war.

Während er nach seiner Tochter Ausschau hielt, beschloss er, sie um Verzeihung zu bitten und ihr einzugestehen, dass auch Väter manchmal erst erwachsen werden müssten.

Erst sehr viel später kehrte Nicki zurück, verschwitzt und mit hochrotem Kopf. Wenn sie die ganze Zeit gejoggt war, dann befanden sie sich auf sehr gefährlichem Terrain. Kurz nach ihrer Rückkehr ging Campbell hoch zu ihrem Zimmer und klopfte an. Ihm war klar, dass sie vermutlich den Eindruck hatte, unter Beobachtung zu stehen, weil er schon wieder vor ihrer Tür stand. Aber vielleicht hatte Ellie recht – vielleicht war es tatsächlich seine Aufgabe, sie zu kontrollieren.

Er klopfte leise und hörte, wie ihre Joggingschuhe zu Boden polterten, die sie einen nach dem anderen auszog. Sie keuchte immer noch von ihrem Ausflug.

„Ja?“, fragte sie kurzatmig.

„Ich bin's“, sagte er zögernd. „Kann ich reinkommen?“

„Äh, nein. Ich will schnell unter die Dusche springen.“

„Oh, okay. Na ja, ich wollte dich nur daran erinnern, dass in etwa einer Stunde deine erste Therapiestunde beginnt. Du hast noch genügend Zeit, um zu duschen und dann mit uns zu Mittag zu essen, bevor wir losmüssen, okay?“, fragte er hoffnungsvoll.

„Mhh-hmm“, erwiderte sie durch die geschlossene Tür.

Ruhelos ging er zum vorderen Teil des Hauses. Minervas Wagen bog gerade in die Einfahrt ein. Sie stieg aus und holte eine Unmenge an Tüten aus dem Kofferraum. Er verließ das Haus, um ihr zu helfen, nahm ihr die Tüten ab und hielt ihr die Tür auf.

Sie humpelte an ihm vorbei. „Danke, mein Lieber“, sagte sie und marschierte geradewegs in die Küche, während sie, dramatisch keuchend, nach seiner Mutter rief. „Rita! Komm her und sieh dir an, was ich mitgebracht habe“, rief sie so laut, dass die Leute, die draußen am Haus vorbeigingen, es hören konnten. Sie beobachtete, wie Campbell die Tüten auf der Arbeitsfläche in der Küche ablegte.

„Habt ihr nicht eine Therapiestunde?", fragte sie ein wenig zu vorwurfsvoll, wie er fand.

Er verdrehte die Augen. „Ja. Aber erst in einer Stunde", erklärte er mit einem breiten Lächeln. Neugierig untersuchte er den Inhalt der Tüten. „Äh, Minerva? Was hat es mit diesen Lebensmitteln auf sich? Schokoladeneis? Oreos? Popcorn mit extra viel Butter für die Mikrowelle? Captain Crunch mit Erdnussbuttergeschmack? Bist du verrückt?" Er sprach mit gedämpfter Stimme und blickte sie mit hochgezogenen Augenbrauen an.

Sie hob ergeben die Hände. „Ich wollte Nicki nur ein wenig anfixen. Ich weiß ja, dass du und deine Mama nur gesunde Sachen einkauft und ich dachte, dass die richtige *Inspiration*" – sie nahm eine Tüte Oreos zur Hand und schwenkte sie herum –, „dem Kind vielleicht helfen würde." Dabei wackelte sie mit den Augenbrauen auf und ab und war offensichtlich von ihrer eigenen Idee ziemlich entzückt.

Er fand nicht den Mut, ihr zu erklären, was er gelesen hatte, dass die meisten Mädchen, die an Anorexie leiden, ungesundes Essen auf jeden Fall meiden und man sie allerhöchstens mit gesunden Sachen zum Essen animieren kann, falls überhaupt. Er griff in die Tüten und begann, die Sachen wegzuräumen, während er sich gleichzeitig fragte, wer diesen ganzen Müll essen sollte.

„Ach ja!", rief Minerva plötzlich und schlug auf die Arbeitsplatte. „Erinnerst du dich noch an dieses Mädchen, mit dem du damals befreundet warst? Du weißt schon, vor Ellie?", fragte sie.

Er räusperte sich und versuchte, seiner Stimme einen festen Klang zu geben. „Äh, ja, allerdings. Warum?"

„Das war seltsam", berichtete sie, während sie ihn bedeutungsvoll anblickte. „Als du mit deiner Mutter in Charlotte warst, um Nicki abzuholen, habe ich sie getroffen. Sie stand hier vor dem Haus, als ich gerade vorbeikam, um die Blumen deiner Mama zu gießen. Stand einfach da und starrte das Haus an." Sie lachte. „Ich glaube, ich habe sie halb zu Tode erschreckt! Weißt du, sie sieht noch genauso aus wie früher. Als wäre die Zeit stehen geblieben. Wie hieß sie noch gleich? Mein Erinnerungsvermögen ist auch nicht mehr das, was es mal war", sie tippte sich mit dem Finger an die Schläfe.

„Lindsey", half er ihr aus. Es fiel ihm schwer, ihren Namen laut auszusprechen. Er verfing sich in seiner Kehle, vermutlich deshalb, weil er so lange in seinem Innern eingesperrt gewesen war.

„Ja, genau. Lindsey! So ein hübscher Name für so ein hübsches kleines Ding. Ich erinnere mich –"

Er unterbrach sie und machte damit seinen Versuch zunichte, den Gleichgültigen zu spielen. „Hast du mit ihr gesprochen?", fragte er.

„Aber natürlich, Campbell. Hast du es schon jemals erlebt, dass ich jemandem begegne und kein Gespräch anfange?" Sie lachte in sich hinein.

„Was hat sie gesagt?"

„Eigentlich hat sie nicht viel über sich erzählt. Irgendwie wirkte sie ... seltsam, wenn du mich fragst. Sie schien von einer tiefen Traurigkeit umgeben zu sein. Wenn jemand Menschenkenntnis besitzt, dann bin ich das, das weißt du." Sie hielt inne. „Ich bin sicher, sie hat eine Geschichte zu erzählen."

„Es erstaunt mich, dass du sie ihr nicht entlockt hast“, murmelte er verhalten.

„Was hast du gesagt, Campbell? Du weißt doch, dass du etwas lauter sprechen musst – diese alten Ohren sind auch nicht mehr das, was sie einmal waren.“

In diesem Augenblick kam Nicki die Treppe hinunter. „Ich warte im Wagen!“, rief sie, während sie durch die Haustür stürmte.

In aller Eile steckte er das Sandwich, das er für sie gemacht hatte, in eine Tüte. Er würde versuchen, sie dazu zu bringen, es unterwegs zu essen.

Sie ist also hier, dachte er, als er zum Wagen ging. Ganz plötzlich fühlte er sich Lindsey so nah wie schon seit Jahren nicht mehr.

KAPITEL 17

Sunset Beach
Sommer 2004

ALS LINDSEY NACH DEM JOGGEN AM MORGEN ZUM HAUS ZUrückkehrte, stritten die Kinder gerade darüber, wer an der Reihe war, ein Videospiel zu spielen. Sie hob die Stimme, um sich Gehör zu verschaffen, und drohte schließlich damit, die Spielekonsole ins Meer zu werfen.

„Du brauchst uns nicht so anzuschreien, Mama", maulte Anna.

Lindsey unterdrückte den Drang, noch einmal zu erklären, warum sie schreien musste. Sie seufzte nur und trug ihnen auf, ihre Sachen für den Strand zusammenzupacken. Die Tatsache, dass sie Campbell vor wenigen Augenblicken so nahe gewesen war, hatte sie nicht milder gestimmt. Die Streitereien der Kinder brachten sie immer noch auf die Palme.

„Wir wollen nicht an den Strand", jammerte Jake.

Sie bedachte die beiden mit ihrem besten Terminator-Mutter-Blick. „Packt eure Sachen", erklärte sie mit einer Stimme, die keinen Widerspruch duldete. Man musste ihnen zugute halten, dass sie sich ohne weitere Einwände fügten.

„Wenn ihr keine Lust habt, ins Wasser zu gehen, dann solltet ihr euch was mitnehmen, womit ihr euch beschäftigen könnt! Denn wir werden eine Weile am Strand bleiben!“, rief sie ihnen nach. Sie sah, wie Jake den Kopf schüttelte und wusste, dass Anna die Augen verdrehte.

Sie zog sich in ihr Schlafzimmer zurück, das ihre Tante und ihr Onkel bewohnt hatten, als sie noch mit ihnen ans Meer gefahren war. Es war das schönste Zimmer im Haus, mit einer Fensterfront, die eine ganze Wand einnahm und durch die man einen atemberaubenden Blick aufs Meer hatte. Sie liebte es, im Bett zu liegen und aus den Fenstern zu schauen, zu beobachten, wie die Seevögel ins Wasser stießen, um winzige Fische zu fangen, und das Glitzern der Sonne auf dem Wasser zu bewundern. Sie konnte erkennen, wann die Flut hoch und niedrig stand, indem sie einfach hinausschaute. In diesen Momenten fühlte sie sich besonders erdverbunden, im Einklang mit der Natur, mit Ebbe und Flut, die sich zu einem unhörbaren Rhythmus bewegten. Hier, in der Nähe des Wassers, empfand sie einen viel tieferen Frieden als in ihrem Wohnort im Landesinneren.

Sie zog ihre verschwitzten Joggingsachen aus und überlegte, ob sie schnell unter die Dusche springen sollte, um den Schweiß von ihrem Körper zu spülen. Doch sie hatte keine Lust dazu und zog den ersten Badeanzug an, der ihr in die Hände fiel – einen, den Anna gar nicht mochte.

„Ma-ma“, hatte sie das letzte Mal gesagt, als sie ihn im Schwimmbad zu Hause getragen hatte. „Du musst dir mal einen Badeanzug kaufen, der ein bisschen modern ist.“

„Mir gefällt er“, gab Lindsey zurück. „Er versteckt alles, was man nicht zeigen möchte.“

Anna senkte den Blick und schüttelte voller Verzweiflung den Kopf. Ihre Mutter war ein hoffnungsloser Fall. Sie würde nie so cool sein, wie sie es sich wünschte. Als Teenager hatte Lindsey mit Vorliebe knappe Bikinis getragen, die viel Haut frei ließen. Jetzt bevorzugte sie einteilige Badeanzüge, die so viel wie möglich kaschierten, ohne zu matronenhaft zu wirken. Sie überprüfte ihr Aussehen im Spiegel. Den Körper eines Teenagers besaß sie nicht mehr, aber sie hatte sich auch nicht gehen lassen. Während sie sich im Spiegel musterte, durchzuckte sie eine Erkenntnis. Je älter sie wurde, desto mehr mochte sie sich selbst. Sicher, den kleinen Bauch, den sie nach den beiden Schwangerschaften zurückbehalten hatte, würde sie nicht mehr loswerden. Und ihre Brüste waren nicht mehr so knackig wie früher. Aber schließlich war sie auch keine 15 mehr. Und offen gestanden, wenn sie auf die Jahre zurückblickte, wollte sie das auch gar nicht mehr sein.

Sie schnappte sich ihre Sonnencreme und eilte in die Küche, um einen Imbiss einzupacken. Das Andachtsbuch, in dem sie zurzeit las, fiel ihr ins Auge. Sie stopfte es in ihre Strandtasche, zusammen mit ihrem Tagebuch und einem Stift. Wenn die Kinder im Wasser waren, konnte sie sich mit ihrem Tagebuch beschäftigen. Die Vorstellung, mit einem Stift in der Hand am Strand zu sitzen und abwechselnd ihren Blick über das Wasser gleiten zu lassen und ihre Gedanken ihrem Tagebuch anzuvertrauen, zauberte ein Lächeln auf ihr Gesicht.

Im Flur kam ihr Anna entgegen. Sie trug den Badeanzug, den sie ihr erst kürzlich im Einkaufszentrum gekauft hatte, als kleinen Anreiz, damit sie sich auf die Reise nach Sunset freute, auch wenn ihr Vater nicht mitkam.

Sie schaute Lindsey an und bemerkte das strahlende Lächeln auf ihrem Gesicht. „Was ist denn mit dir los?", fragte sie.

Lindsey gab keine Antwort auf die Frage, sondern erwiderte: „Dieser Badeanzug steht dir wirklich gut!" und lächelte weiter, während sie durch den Flur ging.

Die Bemerkung ihrer Tochter: „Ich wünschte, ich könnte dasselbe von deinem sagen", ignorierte Lindsey.

Ungefähr zehn Minuten nachdem sie am Strand angekommen waren, klagten Anna und Jake über Hunger. Obwohl Lindsey versucht hatte, sie noch ein wenig zu vertrösten, verteilte sie dann doch Sandwichs, Chips und zum Nachtisch die kleinen Kuchenriegel, die sie noch aus ihrer Kindheit kannte. Ihre Verwandten hatten ihr früher immer diese Kuchenriegel zum Strand mitgegeben und sie wollte diese Tradition gern an ihre Kinder weitergeben.

Allerdings hielt Anna den Kuchenriegel in die Höhe und fragte skeptisch: „Mama, weißt du überhaupt, wie viele Transfette in diesen Dingern hier stecken? Willst du uns umbringen?"

Lindsey seufzte frustriert und erklärte Anna, sie müsse ihn ja nicht essen.

„Kann ich dann Annas haben?", fragte Jake hoffnungsvoll.

In stiller Fröhlichkeit verspeisten sie ihr Mittagessen und nahmen den Sand, der mit ihren Snacks unweigerlich in ihren Mund gelangte, als Teil des Genusses in Kauf. Nach dem Essen rannten die Kinder zu einem Gezeitentümpel, um den sich bereits einige andere Kinder geschart hatten. Offensichtlich hatten sie ihr Jammern darüber, dass es am Strand „langweilig“ sei, bereits vergessen.

Da die Kinder nun eine Beschäftigung gefunden hatten, nahm Lindsey ihr Tagebuch aus der Tasche. Auf einer neuen Seite, mit der der Wind seinen Mutwillen trieb, beschrieb sie ihren Joggingausflug und ihr Gespräch mit Minerva. Minerva schien ja sehr viel daran gelegen zu haben, dass sie und Campbell sich trafen, das war in ihrer Unterredung deutlich zum Ausdruck gekommen. Nach dieser kurzen Begegnung mit der älteren, so lebenslustigen Frau hatte sie das Gefühl, dass sie Freundinnen sein könnten, wenn sie sich näher kennenlernen würden. Denn sie fühlte sich zu mütterlichen Menschen hingezogen, das konnte sie nicht leugnen.

Danach nahm sie das Andachtsbuch zur Hand und schlug die Seite mit dem Datum des Tages auf. Sie hätte doch besser ihre Bibel mitgebracht, aber sie hatte befürchtet, dass sie am Strand Schaden nehmen würde. Holly hatte ihr diese Bibel zum Highschoolabschluss geschenkt und im Laufe der Zeit war sie zu ihrem kostbarsten Besitz geworden. Die in dem Buch angegebenen Verse würde sie später in aller Ruhe noch einmal lesen.

Das Andachtsbuch hatte sie von einer Frau in ihrer Gemeinde geschenkt bekommen, die für Lindsey zum Mutterersatz geworden war – eine ältere Dame, die Lindsey eigentlich sehr stark an Minerva erinnerte, wenn sie jetzt so darüber nachdachte. Als diese Frau erfuhr, dass Grant sie verlassen hatte, hatte sie Lindsey das Andachtsbuch eines Sonntagmorgens in ihrer Gemeinde überreicht.

Lindsey hatte erfahren, dass der Mann dieser Frau sie vor

vielen Jahren wegen einer jüngeren verlassen und ihr damit das Herz gebrochen hatte. Doch sie wirkte immer fröhlich. Den Frieden, den diese ältere Dame ausstrahlte, hoffte Lindsey irgendwie in den Seiten dieses Andachtsbuches zu finden. Seither hatte sie aufmerksam darin gelesen. Doch bisher hatte sie keine leichten Antworten gefunden, keinen Dreistufenplan, der ihr wertvolle Tipps gab, um mit ihrer Situation fertig zu werden. Sie las viel über das Vertrauen auf Gott und dass sie offen sein sollte für seinen nächsten Schritt für sie. Doch sie spürte, dass sie vielmehr zurückglitt in die Haltung: „Wenn du mich liebst, warum lässt du dann zu, dass mir so etwas passiert?“

Der Abschnitt für diesen Tag enthielt den Rat, sich einen Vers für sein Leben auszusuchen. Die Autorin berichtete, dass ihr unterschiedliche Verheißungen in ihren jeweiligen Lebensabschnitten geholfen hätten. Daraufhin beschloss Lindsey, diesen Rat zu beherzigen und sich einen Vers für ihre gegenwärtige Situation auszusuchen. Sie dachte an Hollys Ermahnung, diese Reise zum schönsten Urlaub werden zu lassen, den sie je erlebt hätte, und dass sie erkennen sollte, dass sie es wert sei, geliebt zu werden.

Sie freute sich richtig darauf, die Bibel durchzublättern und ihren Vers zu suchen. Nach dieser langen geistlichen Dürreperiode hatte sie das Gefühl, endlich auf eine Oase gestoßen zu sein. In der Zeit, nachdem Grant sie verlassen hatte, hatte sie nicht in der Bibel lesen können. Die Anstrengung war ihr zu groß gewesen. Anstatt fröhlich aufzustehen und sich eine Zeit der Stille zu gönnen, bevor die Kinder aufwachten, wie sie es früher zu tun pflegte, schlief sie häufig so lange, bis eines der Kinder sie am Arm zupfte und aus der tiefen

Schwärze des Schlafes herauszerrte, damit sie zum Wagen taumelte und sie zur Schule fuhr.

Jetzt tauchte sie endlich ganz langsam aus dem Nebel auf, blinzelte und suchte noch etwas unsicher ihren Weg zurück ins Tageslicht.

Am Abend, als Lindsey und die Kinder vom Strand nach Hause gekommen waren, entdeckte Anna eine Dose eingelegte Birnen neben dem Spülbecken und schniefte dramatisch. „Was ist das denn?“, fragte sie und deutete auf die Birnen, wie Lindsey es immer tat, wenn die Kinder ihre Schuhe auf den Küchentisch legten.

„Birnen.“

„Aber du weißt doch, dass ich lieber Pfirsiche mag.“ Sie hielt einen Augenblick nachdenklich inne. „Oder Mandarinorangen. Birnen hasse ich! Das weißt du ganz genau!“

Noch während ihre Tochter die Worte hervorstieß, stand Lindsey eine Szene vor Augen, die erst wenige Monate zurücklag: Ihre Tochter fischte mit den Fingern eingelegte Birnen aus einer Schüssel und strahlte sie an, als Lindsey sie dabei ertappte und sie bat, doch einen Löffel zu benutzen oder sich wenigstens die Hände zu waschen, bevor sie in eine Schüssel griff, aus der andere Leute essen wollten.

„Aber ich liebe Birnen, Mama!“, hatte sie erwidert und ihre neue Zahnspange hatte im Licht gefunkelt. Damit sah sie auf einmal so erwachsen und reif aus. Ein kleines Mädchen im Körper einer jungen Frau. Ihr ultracooles Shirt hatte sie mit Kakao bekleckert.

Wer bist du?, hatte Lindsey damals gedacht und sich an dem Anblick ihres Mädchens gefreut.

Lindseys kurzer Ausflug in die Vergangenheit war zu Ende. Seufzend beobachtete sie, wie ihre verärgerte, pubertierende Tochter sich in den hinteren Teil des Strandhauses zurückzog, ihren kleinen Bruder im Schlepptau.

„Abendessen!“, rief sie wenig später aus der Küche. Sie hoffte, das Essen schnell über die Bühne zu bringen, damit sie den Kindern dann einen Film einlegen und mit ihrer Bibel und dem Tagebuch in die Zurückgezogenheit ihres Zimmers flüchten konnte. Sie war plötzlich ganz ungeduldig darauf, sich mit dem Wort Gottes zu beschäftigen und auf seine Stimme zu hören. Hoffentlich ließen die Kinder sie in Ruhe.

Mit Leidensmine kamen die Kinder zu Tisch. Sie sahen aus, als seien sie zum Galgen gerufen worden und nicht zum Abendessen. Doch Lindsey unterdrückte ihre übliche Bemerkung, dass es unzählige Kinder auf der Welt gebe, die sich über eine warme Mahlzeit sehr freuen würden. Es war ihnen ja nicht unbekannt, dass es auf der Welt viele Kinder gab, die Hunger litten. Doch sie gehörten – zum Glück – nicht zu ihnen. Aber genauso war es eine Realität, dass ihr Papa sie verlassen hatte. Und sie würde ihnen so viel Zeit geben, wie sie brauchten, um darüber zu trauern, ohne dass sie ihnen Dankbarkeit in jeder Lage predigte. Liebevoll rubbelte sie über Jakes Haarschopf und gab Anna einen Kuss auf den Scheitel.

„Ich liebe euch, Kinder“, sagte sie, nachdem sie das Tischgebet gesprochen hatte.

„Ich dich auch“, murmelten beide mit vollem Mund. Noch während sie aßen, legten die Kinder einen Film ein und Lindsey ergriff die Flucht.

Sie zog sich in ihr Zimmer zurück, schloss die Tür und machte es sich mit der Bibel auf dem Schoß gemütlich. Sie betete, Gott möge ihr zeigen, was er ihr sagen wollte. Als sie die Augen wieder öffnete, schaute sie zum Fenster hinaus auf das verblassende Licht draußen, beobachtete die Wellen auf der Wasseroberfläche und versuchte, ihre Gedanken zu ordnen.

Sofort stand ihr ein Bild vor Augen: Sie war 12 Jahre alt und aß Spaghetti, die sie sich in der Mikrowelle heiß gemacht hatte, während ihre Mutter auf hohen Absätzen durch das Haus stolzierte. Sie roch wie eine ganze Parfümerie und trug einen viel zu kurzen Rock und obenherum nur einen BH. Lindsey versuchte, ihre Mutter nicht anzuschauen, obwohl es ihr egal zu sein schien, ob sie es tat oder nicht. Lindsey sollte sie bewundern, während sie sich auf ihre „heiße Verabredung", wie sie es nannte, vorbereitete.

Doch Lindsey fand ihre Mutter einfach nur traurig und mitleiderregend. Ihre „heiße Verabredung" war weder toll noch geheimnisvoll und sah schon gar nicht gut aus. Sie sahen sich immer gemeinsam die Serie *Magnum* an und stimmten darin überein, dass Tom Selleck gut aussah – warum nur wollte sie mit diesem Verlierer ausgehen? Lindsey stopfte ihre Spaghetti in sich hinein und wünschte sich, ihre Mama würde zu Hause bleiben und wenigstens einmal ein richtiges Essen für sie kochen. Doch danach stand ihrer Mutter nicht der Sinn. Sie kam zu Lindsey, beugte sich zu ihr herab und hauchte ihr einen Kuss auf die Wange, bevor sie das Haus verließ. Mittlerweile hatte sie ihre viel zu enge Bluse angezogen. Die Knöpfe spannten über der Brust, als wollten sie jeden Augenblick abplatzen.

„Warte nicht auf mich, bleib nicht zu lange auf, geh nicht an die Tür und bis morgen!“, rief sie auf dem Weg nach draußen.

Aber zu gern hätte sie wenigstens einmal ihre Mutter aufgehalten. „Mama!“, rief Lindsey ihr nach, bevor sie in einer Wolke von Parfüm verschwinden konnte.

Ihre Mutter blieb stehen und schaute sie mit hochgezogenen Augenbrauen an.

„Ich ... ich ...“, stammelte sie und senkte den Blick zu Boden. Ihr Mut war durch ihre Fußsohlen getropft und in den Bodendielen unter ihr versickert.

„Was?“, fragte ihre Mutter ungeduldig. Lindsey hatte ihre Pläne nicht zu durchkreuzen, das war eine unausgesprochene Vereinbarung.

„Ich wünschte nur ...“ Sie hielt inne, suchte in den Gesichtszügen ihrer Mutter nach einem Hauch von Verständnis, einer Erkenntnis dessen, was ihre Tochter brauchte, bevor sie es aussprechen konnte, wie es bei anderen Müttern der Fall war. Schließlich platzte sie heraus: „Ich wünschte nur, du würdest zu Hause bleiben, mir Abendessen kochen und mit mir einen Film im Fernsehen anschauen.“

Noch nie hatte sie ihre Mutter wegen ihrer Verabredungen kritisiert, nie einen Streit vom Zaun gebrochen. Nicht einmal, wenn „Verflossene“ an die Tür hämmerten und schrien: „Ich weiß, dass du da bist!“, obwohl sie gar nicht zu Hause war. Nicht einmal, wenn sie bis in die frühen Morgenstunden wach lag und auf das Geräusch des Schlüssels im Schloss lauschte, damit sie wusste, dass ihre Mutter sicher nach Hause gekommen war. Nicht einmal, wenn sie ihre Mutter mit ihren Verehrern im Wohnzimmer hörte, das Klingen der Gläser, die tiefe Stimme des Mannes und ihr lautes, helles Lachen. Bei

sein wollen. Und während sie zwischen ihren beiden Kindern saß, hatte sie das Gefühl, genau das zu tun, was Gott von ihr wollte.

Am nächsten Morgen stand Lindsey in dem noch stillen Haus auf und nahm ihre Bibel vom Nachttisch, wo sie sie am gestrigen Abend hingelegt hatte. Als sie sie aufschlug, fiel ein Foto heraus. Sie hatte es zwischen die Seiten gesteckt, als ihre Freundin Brenda es ihr vor Kurzem gegeben hatte. Eigentlich wollte sie es gar nicht anschauen, wollte sich nicht an die glückliche Zeit erinnern, als das Foto gemacht wurde. Auf dem Foto war Anna mit 10 Jahren zu sehen, die bei Brendas Hochzeit mit Grant tanzte.

Die Szene stand Lindsey noch ganz deutlich vor Augen: Grant hob Anna hoch und wirbelte sie herum. Der Hochzeitsfotograf hatte genau in diesem Augenblick seine Kamera parat gehabt und fing den glücklichen Ausdruck auf ihren Gesichtern ein. Annas Kleid wirbelte um sie herum, während ihr Blick voller Liebe an ihrem Papa hing.

Lindsey erinnerte sich noch, wie Anna ausgerufen hatte: „Sieh nur, Papa, ich bin eine Prinzessin!"

Grant hatte erwidert: „Und wessen Prinzessin bist du?"

Vertrauensvoll antwortete sie: „Deine Prinzessin, Papa."

Er hatte sie in die Arme genommen und Lindsey war so glücklich gewesen, dass ihre Tochter diesen Vater hatte, einen Vater, den sie selbst nie gehabt hatte. Während sie die beiden beobachtete, hatten sich ihre Augen mit bittersüßen Tränen gefüllt. In der Rückschau erkannte Lindsey jetzt, dass in ihr immer die Angst geschlummert hatte, Grant würde sie verlassen. Allerdings hatte sie sich nie bewusst gemacht, dass er damit auch Anna verließ.

Als Brenda ihr das Foto gab, ahnte sie noch nichts von den Gefühlen, die es später in ihr auslösen würde – es war nur eine weitere Erinnerung an das, was sie verloren hatte. Aber als sie es an diesem Morgen anschaute, sah sie mehr. Sie entdeckte die Freude auf dem Gesicht ihres kleinen Mädchens. Zum ersten Mal seit der Trennung von Grant spürte sie den Verlust ihrer Tochter auf ganz eindringliche Weise und fühlte nicht nur ihren eigenen Schmerz. Im vergangenen Jahr war es ihr Verlust gewesen – doch sie war nicht die Einzige, die etwas verloren hatte, als Grant seine Familie im Stich ließ. Ihre Kinder hatten ihren Vater verloren, sie ihren Partner … aber sie alle hatten eine Familie verloren.

Eines wusste sie ganz sicher: Vereint in ihrem Schmerz würden sie und die Kinder ihr Leben wieder in Angriff nehmen, einen vorsichtigen Schritt nach dem anderen. Gott hatte ihr gezeigt, dass ihm noch andere Möglichkeiten zur Verfügung standen und vielleicht gehörte zu diesen Möglichkeiten ja auch eine harmlose Begegnung mit einem wichtigen Freund aus ihrer Vergangenheit.

Sie stellte das Foto auf den Nachttisch. Es sollte sie daran erinnern, dass die Veränderung nicht nur sie betraf. Sie verließ das Zimmer und ging zu ihren Kindern, die sich um den letzten Donut stritten, und ihre Stimmen waren Musik in ihren Ohren.

KAPITEL 18

Sunset Beach
Sommer 2004

LINDSEY SASS AM STRAND, IHREN ROMAN VOR SICH, WÄHrend die Kinder im Sand spielten, aber sie konnte sich nicht konzentrieren. Wieder einmal machte sie keine Fortschritte in der Geschichte. Und wieder wanderten ihre Gedanken zu Campbell und Minerva. Sie dachte über die Herausforderung nach, die Minerva ausgesprochen hatte: *Geh doch am Abend einfach mal durch diese Straße.*

Sie stellte sich vor, wie sie am Haus entlangspazierte. Was würde sie tragen? Vielleicht ihre Jeans-Caprihose und das Tanktop, das ihr besonders gut stand, nachdem sie seit Grants Auszug einige Kilo abgenommen hatte. Ihre Haare würde sie zu einem Pferdeschwanz zusammenbinden, damit der Wind sie ihr nicht ins Gesicht blies und sie sie bändigen müsste, während sie sich mit … mit ihm unterhielt. Sie fragte sich, ob er immer noch so roch wie in ihrer Erinnerung, eine Mischung aus salziger Meerluft, Sonnencreme und gebräunter Haut.

Nach jenem ersten Sommer hatte er ihr ein T-Shirt von sich überlassen, das sie mit nach Hause nahm, damit sie seinen

Geruch bei sich hatte. Sie fragte sich, was wohl aus diesem Shirt geworden war. Vermutlich hatte ihre Mutter es weggeworfen, als Lindsey aufs College ging.

Sie versuchte sich vorzustellen, wie sie vor seinem Haus ankam und gerade so langsam ging, dass Minerva sie entdeckte und ihn zur Tür hinausschieben konnte. Sie probte sogar einen verblüfften Gesichtsausdruck bei seinem Anblick. Würde sie sagen: „Oh, wow, du wohnst hier? Das habe ich ja ganz vergessen!" Oder wäre das zu offensichtlich gelogen? Sie versuchte sich vorzustellen, wie er heute wohl aussah, aber vor ihrem inneren Auge hatte er sich seit damals nicht verändert. Ein anderes Bild konnte sie einfach nicht heraufbeschwören: Campbell, wie er Muscheln über das Wasser hüpfen ließ. Campbell, wie er auf dem Landungssteg saß und angelte, die Angelrute weit ausschwingend. Campbell, der ihr half, auf dem Weg zum Briefkasten den Priel zu überqueren, seine Hand, die sich ihr entgegenstreckte, die Sonne, die sich in seinen Haaren fing und ihn umstrahlte wie einen Engel, den Gott ihr geschickt hatte.

Das waren Schnappschüsse, die über all diese Jahre in ihrem Gehirn gespeichert geblieben waren. Die Bilder, die sie glaubte, für immer losgelassen zu haben.

Ihre Gedanken wirbelten durcheinander. Er war nicht mehr verheiratet! Er lebte immer noch hier! Am liebsten wäre sie auf der Stelle zu ihm gerannt, wäre in sein Haus geplatzt und hätte all die Dinge gesagt, die ihr nie über die Lippen gekommen waren. Und sie hoffte, er würde ihr dann sagen, wie leid es ihm tat, dass er sie je losgelassen hatte. Sie riss sich zusammen und schalt sich, weil sie sich verhielt wie ein verknallter Teenager. Schließlich waren fast 20 Jahre vergangen.

Sie grinste vor sich hin und warf einen Blick auf die Uhr. Kurz vor 17:00 Uhr. Wenn sie Minervas kleinen Plan heute Abend ausführen wollte, müsste sie jetzt ins Haus zurückkehren, mit den Kindern zu Abend essen und dann zu ihrem Spaziergang aufbrechen. „Keine große Sache, das mache ich doch häufiger."

Sie erhob sich, winkte zu den Kindern hinüber, bis sie sie bemerkten und langsam aus dem Wasser kamen. „Zeit zu gehen!", rief sie fröhlich und gab sich Mühe, ihre Aufregung im Zaum zu halten. „Ich wette, ihr habt jetzt ganz schön Hunger, nachdem ihr den ganzen Tag surfen geübt habt."

Sie war nicht sie selbst, aber sie hoffte, dass die Kinder es nicht merkten. Gemeinsam falteten sie ihre Handtücher zusammen, packten ihre Taschen und suchten all ihren Kram zusammen. Lindsey kämpfte mit ihrem Liegestuhl, während Anna und Jake den Rest ihrer Sachen auf den Wagen luden.

Während die Kinder zu Hause ihre nassen Schwimmsachen auszogen, öffnete Lindsey sich eine Cola und ermahnte sie, vor dem Abendessen die Finger vom Wassereis zu lassen. Am Morgen war sie endlich zum Supermarkt in der Stadt gefahren, um einzukaufen; sie hatten also genug zu essen.

Sie löste das Fleisch von einem Brathähnchen, das sie mitgebracht hatte, und leerte die Tüte mit dem losen Salat in eine Schüssel, stellte Schinkenwürfel, Croûtons und gehobelten Käse bereit und verkündete dann: „Abendessen ist fertig!", beinahe noch bevor die Kinder sich umgezogen hatten.

Anna und Jake kamen aus ihren Zimmern und blinzelten; nach dem grellen Sonnenschein am Strand mussten sich ihre Augen erst an das dämmrige Licht im Haus gewöhnen. Mit ihrer gebräunten Haut und den von der Sonne gebleichten

Haaren sahen sie gesund und glücklich aus. Sie umarmte sie beide und erstaunlicherweise beklagten sie sich nicht darüber oder zogen sich zurück.

„Lasst es euch schmecken!", sagte sie und deutete auf das Essen. Sie beobachtete sie mit einer Zufriedenheit, die nur eine Mutter empfinden kann, die ihren Kindern ein leckeres, gesundes Essen zubereitet hat.

Als sie aufgegessen hatten, erlaubte sie ihnen, draußen auf der Veranda noch ein Wassereis zu essen, während Lindsey unter die Dusche ging. Voller Begeisterung begannen sie sofort darüber zu streiten, wer welche Geschmacksrichtung bekam. Kopfschüttelnd zog sie sich ins Bad zurück, um eine lange, heiße Dusche zu nehmen.

Während sie ihre geföhnten Haare zu einem Pferdeschwanz zusammenband, schlug ihr Herz Purzelbäume. Wenn sie allein schon bei der Aussicht auf eine Begegnung mit Campbell so aufgeregt war, wie sollte sie dann ein Gespräch überstehen, falls es dazu kommen sollte? Sie überlegte, doch lieber zu Hause zu bleiben, fragte sich, ob sie verrückt war, diese Büchse der Pandora zu öffnen, wo sich ihr Leben doch gerade erst einigermaßen wieder normalisierte. Das Wiedersehen mit Campbell könnte alles zunichtemachen, was sie erreicht hatte, könnte sie wieder ganz weit zurück an den Anfang katapultieren. Schon die kleinste Störung könnte die Schachfiguren auf ihrem Lebensbrett aus ihren strategischen Stellungen werfen.

Aber auf der anderen Seite, ihre Schachfiguren standen ja im Moment nicht gerade in Siegerposition. Warum also kein Risiko eingehen? Sie lächelte ihr Spiegelbild an und beschloss, einen Hauch von Lippenstift aufzulegen. Mehr

Make-up wäre zu auffällig gewesen. Schließlich machte sie ja nur einen harmlosen Spaziergang.

Nachdem sie den Lippenstift aufgetragen hatte, flüsterte sie: „Herr, wenn du willst, dass es geschieht, dann geschieht es. Aber eine Bitte habe ich: Würdest du bitte dafür sorgen, dass ich mich nicht lächerlich mache? Dafür wäre ich dir sehr dankbar. Und falls ich ihn heute Abend treffe, brauche ich danach vielleicht Hilfe, um mit meiner Enttäuschung klarzukommen."

Das Licht über dem Spiegel fing sich in dem Diamant ihres Eherings. Sie starrte ihn an. Vor zwei Jahren hatte Grant sie während ihres Urlaubs in Sunset mit einem neuen Diamantring überrascht, als sie gemeinsam am Briefkasten saßen. Er hatte ihre Hand genommen und ihr den Ring angesteckt, einen Neuanfang versprochen. Bisher hatte sie nicht den Mut gefunden, ihn abzunehmen. Sie wollte einfach nicht aufhören, an das zu glauben, was er ihr versprochen hatte.

Aber jetzt war der Zeitpunkt gekommen. Traurig, aber entschlossen zog sie den Ring vom Finger und legte ihn in die Schublade im Bad. Sie knallte sie zu und verließ das Bad.

Auf der Veranda ließ sie sich in dem leeren Schaukelstuhl neben Anna und Jake nieder, die auf den Himmel starrten, an dem sich die ersten rosa Streifen zeigten. Die Eisstiele lagen auf den Verandabrettern, aber Lindsey ignorierte diesen Regelverstoß. Eine Zeit lang saßen sie in seltenem, kameradschaftlichem Schweigen beieinander, bevor Lindsey sich vorbeugte und ihre Tennisschuhe anzog.

„Wo willst du denn noch hin, Mama?", fragte Jake.

Sie versuchte, beiläufig zu klingen. „Ach, ich dachte, ich mache einen Spaziergang. Das Abendessen verdauen."

Anna verdrehte die Augen. „Aber du hast doch eh kaum etwas gegessen, Mama." Anna hatte recht. Mit Grant war auch Lindseys Appetit verschwunden.

„Habe ich wohl!", gab Lindsey zurück. Sie wuschelte ihrer Tochter durch die Haare, die mittlerweile fast getrocknet waren. Sie roch nach Kinderhaut und Strand, eine zauberhafte Verbindung, die Lindsey am liebsten konserviert hätte. „Wie wäre es, wenn ihr beide unter die Dusche gehen würdet, während ich unterwegs bin?" Sie hatte es als Frage formuliert, aber sie erkannten eine Anweisung, wenn sie eine hörten.

„Können wir mitgehen, Mama?", fragte Jake, kurz bevor sie die Verandastufen hinabstieg und die Flucht ergriff. Sie blieb stehen. „Wir können doch duschen, wenn wir zurückkommen", fügte er noch hinzu.

„Ja, wir wollen mitkommen, Mama", echote Anna.

Natürlich, ein einziges Mal frage ich nicht, ob sie mich auf einem Spaziergang begleiten, da wollen sie mit. Das hätte ich mir ja denken können, dachte Lindsey.

Sie überlegte fieberhaft, um eine Ausrede zu finden. Aber bevor sie sagen konnte: „Mami braucht mal ein wenig Zeit für sich", sagte sie etwas ganz anderes. „Also gut. Zieht eure Schuhe an."

Die Kinder rannten ins Haus und sie fragte sich, was da gerade geschehen war und wie zwei unberechenbare Kinder wohl in Minervas Plan passen würden. Lindsey hoffte einfach, es würde irgendwie funktionieren, als sie und die Kinder loszogen. Vor ihnen lag etwas Neues, das sie nicht steuern konnte und das sie nicht in der Hand hatte.

KAPITEL 19

Sunset Beach
Sommer 2004

WENN CAMPBELL BEHAUPTET HÄTTE, ER WÜRDE NICHT NACH ihr Ausschau halten, hätte er gelogen. Minerva und ihre Ränkeschmiederei hatten ihm eine Begegnung in Aussicht gestellt, die er nicht einmal in seinen kühnsten Träumen für möglich gehalten hatte. Ohne sein Zutun könnte es geschehen, dass das Mädchen, das er nie vergessen konnte, nach nun annähernd 20 Jahren wieder durch seine Straße ging. Jeden Augenblick konnte es so weit sein. Darum war er ständig auf der Hut gewesen, hatte Ausschau nach ihr gehalten und sich gleichzeitig gefragt, ob er den Mut hätte, sie anzusprechen, wenn die Zeit gekommen war. Falls sie je kam.

„Campbell", schimpfte seine Mutter, „geh doch vom Fenster weg. Man könnte dich für einen Irren halten, so wie du dastehst und keinen Blick von der Straße wendest."

Er schüttelte den Kopf. Minerva und ihr großes Mundwerk. Er drehte sich zu seiner Mutter um. „Minerva hat dir also von Lindsey erzählt?"

Sie war gerade dabei, das Geschirr vom Abendessen zu

spülen; ihr ergrauter Kopf war über das Spülbecken gebeugt, wo sie die Teller ins Wasser tauchte. Sie schaute ihn an. „Ich habe dieses Mädchen immer gemocht. Sie hat dich glücklich gemacht, glücklicher, als ich dich je erlebt habe. Vorher oder nachher." Ohne zu blinzeln hielt sie Campbells Blick stand.

Sag mir etwas, das ich noch nicht weiß, dachte er. Er lächelte sie an. „Was soll ich dazu sagen, Mama?" Er deutete nach oben zu Nickis Zimmer. Laute Musik dröhnte durch die geschlossene Tür. „Meine Hormone haben damals gesiegt."

Sie legte den Kopf in den Nacken und lachte laut los. Seine Mutter hatte das schönste Lachen der Welt, aber seit dem Tod seines Vaters war er nur selten in den Genuss gekommen, es zu hören. „Nun, mir scheint, dass du vielleicht noch eine Chance bekommst", meinte sie. „Minerva ist der Meinung, dass sie wohl allein hier ist." Sie zog die Augenbrauen hoch. „Um es deutlich zu sagen, kein Ehemann weit und breit."

Er kam in die Küche und goss sich ein Glas Eistee ein. Das Glas wollte er mit hinaus auf die Veranda nehmen. „Mama, sagen wir einfach, ich hoffe, dass Minerva recht hat. Es wäre schön, wenn wenigstens einmal etwas gut laufen würde."

Seine Mutter trocknete sich ihre Hände ab und wechselte das Thema. „Nun, wenigstens hat Nicki heute Abend etwas gegessen. Scheinbar hat diese erste Sitzung schon etwas gebracht. Hat sie dir irgendetwas darüber erzählt?"

„Nein, kein Wort. Und ich habe auch keine Fragen gestellt. Ich denke, sie wird mit mir reden, wenn sie das möchte."

„Du hast vermutlich recht", stimmte seine Mutter zu. Sie deutete nach oben zu Nickis geschlossener Tür. „Trotzdem denke ich, ich sollte versuchen, mit ihr zu reden." Sie blinzelte ihm zu. „Großmütter dürfen neugierig sein. Das wird von ihnen erwartet.“

Er schaute seiner Mutter nach, als sie die Treppe hochstieg und in Nickis Zimmer verschwand. Danach ging er mit seinem Eistee nach draußen auf die Veranda. Während der folgenden Stunde zählte er zwölf Personen, die an seinem Haus vorbeigingen. Aber keine Lindsey.

Seine Erinnerung wanderte zurück zu einem Abend im zweiten Sommer, den sie miteinander verbrachten. Wieder einmal waren sie draußen auf dem Landungssteg, wo sie fast jeden Abend zu finden waren. Dort war es so einsam und still; nur die Wellen des Ozeans unter ihnen und über ihnen der von Sternen erleuchtete Himmel. Das gefiel ihnen beiden. Campbell hatte seinen Walkman mitgenommen und sie teilten sich die Ohrstöpsel und hörten gemeinsam „Boys of Summer“ von Don Henley.

„Das sollte unser Lied sein“, fand sie, ihren Kopf an seinen gedrückt, während sie dem Song lauschten. Er nahm sie in die Arme und begann auf den morschen Brettern des Sunset Beach Piers mit ihr zu tanzen.

Ich sage dir,
meine Liebe zu dir wird auch dann noch stark sein,
wenn die Jungen des Sommers lange fort sind.

Campbell erinnerte sich jetzt, dass er sich damals gewünscht hatte, diese Nacht würde nie zu Ende gehen. Als er einen Schluck von seinem Eistee trank, bemerkte Campbell eine kleine Gruppe, die gerade in seine Straße einbog. Eine Frau mit zwei Kindern. Der Junge und das Mädchen schubsten sich gegenseitig und flitzten um ihre Mutter herum, die sie spielerisch fortscheuchte. Sie lachte und ihre Stimme hallte über die stille Straße. Ein Schauder lief Campbell über den Rücken. Dieses Lachen hätte er überall erkannt. Seltsam, er hätte geschworen, dass er es vergessen hatte, bis er es jetzt wieder hörte.

Sein Herz trommelte wild in seiner Brust, als sie langsam näher kamen. Er erhob sich und trat an das Geländer der Veranda. Der Sonnenuntergang hatte den Himmel in ein strahlendes Rosa gefärbt und hüllte sie und ihre Kinder in einen rosigen Schimmer ein. Er beobachtete sie wie ein Voyeur und freute sich daran, sie wiederzusehen, während er den Mut sammelte, um sie anzusprechen, als sie sich seinem Haus näherte.

Das Mädchen, das vielleicht 12 oder 13 Jahre alt war, sah genauso aus wie Lindsey früher. Vermutlich hatten ihre Haare genau dieselbe Farbe wie Lindseys, als sie zusammen gewesen waren, obwohl Lindseys Haare im Laufe der Jahre nachgedunkelt waren, wie Campbell jetzt bemerkte. Der Junge sah vermutlich seinem Vater ähnlich. Er hielt sich an der Seite seiner Mutter und ergriff immer wieder ihre Hand. Als Campbell ihren Namen rief, ließ er sie los.

Die drei blieben stehen und starrten zu ihm hinüber.

„Hallo", sagte er. Es kostete ihn große Mühe, sich einigermaßen selbstsicher zu geben. Lindsey schirmte ihre Augen gegen die Sonne ab und starrte ihn an. „Wow, was für ein Gefühl, dich hier zu sehen", fügte er hinzu. Die Worte klangen ausgesprochen viel lahmer als in seinem Kopf. Er lächelte und versuchte irgendwie seine Unsicherheit zu überspielen.

„Hallo, Campbell", sagte sie und lächelte. „Wie schön, dich zu sehen." Die Kinder starrten verwirrt von einem zur anderen, wie Zuschauer bei einem Tennisturnier. Sie lachte nervös. „Wow, wie lange ist das jetzt her?“

„Fast zwanzig Jahre“, sagte er, obwohl er sicher war, dass sie ganz genau wusste, wie viel Zeit vergangen war. Er kam von der Veranda herunter, während sie den Garten durchquerte. Sie trafen sich in der Mitte und umarmten sich unbeholfen. Sie roch – war das überhaupt möglich? – immer noch so, wie er es in Erinnerung hatte, nach Aloe. Er atmete ihren Duft tief ein und als er den Blick senkte, bemerkte er, dass die beiden Kinder ihn anstarrten. Er ließ sie los. *Reiß dich doch zusammen, Campbell. Du bist so leicht zu durchschauen.*

„Und“, sagte er, „was habt ihr so vor?“ Seine Handflächen waren schweißnass.

„Ach, nichts Bestimmtes“, erwiderte sie. Ihre Wangen waren nicht nur von dem Tag am Strand gerötet. „Wir machen nur einen kleinen Abendspaziergang. Nach dem Abendessen tut das ganz gut.“ Sie lachte. „Und außerdem“, sie schaute zu ihren Kindern hinüber, „muss ich euch kleine Wilden ja irgendwie beschäftigen!“ Sie deutete auf die beiden. „Dies sind Jake und Anna.“ Jake winkte ihm zu, aber Anna wandte sich verlegen ab.

„Können Jake und ich schon ein wenig vorlaufen, während du dich unterhältst?“, fragte das Mädchen ungeduldig.

„Ja, dürfen wir, Mama?“, bettelte jetzt auch der Junge.

Sie schaute die leere Straße hinunter. Mit einem schiefen Lächeln schaute sie Campbell an, dann ihre Kinder. „Na, ich denke, das kann nicht schaden. Ich bleibe hier und plaudere ein wenig mit meinem alten … Freund“, sagte sie. Sie suchte nach dem richtigen Wort für ihn. Welches Wort hätte er wohl gewählt?

Der Junge grinste und versetzte seiner Schwester einen leichten Schlag auf den Hinterkopf. „Du bist, Anna!“ Er rannte davon und das Mädchen folgte ihm sofort. Campbell blieb allein mit Lindsey zurück. Dafür war er den Kindern unendlich dankbar.

„War schön, euch kennenzulernen!“, rief er ihnen nach. „Und noch viel schöner, dich zu sehen“, sagte er zu Lindsey und lächelte sie an.

„Obwohl unser Treffen ja offensichtlich kein wirklicher Zufall ist“, meinte sie.

Das war ganz die Lindsey, die er kannte. Sie kam immer gleich zur Sache. Verlegen senkte sie den Blick zu Boden und trat mit dem Fuß nach einer Muschelschale.

Er beschloss, ebenfalls nicht um den heißen Brei herumzureden. „Du bist allein hier?“ Sie schaute auf und schnappte nach Luft, als hätte er einen Nerv getroffen. „Ich meine, dein Mann ist nicht hier?“

Sie seufzte tief. „Nein, er ist dieses Jahr nicht dabei.“ Sie hielt inne und beobachtete ihre Kinder beim Spielen. Ein entschlossener Ausdruck lag auf ihrem Gesicht, als sie sich ihm wieder zuwandte. „Die Wahrheit ist, er wird nie mehr mit uns hier sein. Wir, äh … wir haben uns vor einem Jahr getrennt. Die Scheidung ist gerade diese Woche rechtskräftig geworden. Er sagte, er wollte ein anderes Leben als –“, sie deutete zu den Kindern, „das.“

Bevor er überlegen konnte, griff Campbell nach Lindseys Hand. Ein elektrischer Schlag durchzuckte ihn. Er verspürte einen Mut, den er nicht erklären konnte, aber er überließ sich ihm. „Weißt du, ich würde dir ja gern sagen, dass mir das leid tut, aber ich fürchte, das kann ich nicht. Dieser Idiot hat mir sozusagen die Tür geöffnet und darauf habe ich sehr, sehr lange gewartet."

Er lächelte und hoffte, sie würde sich nicht von ihm lösen. Das tat sie nicht. Ein paar Minuten lang standen sie schweigend voreinander und grinsten sich einfach nur dümmlich an, bis die Kinder wieder angerannt kamen. Ganz diskret ließ er ihre Hand wieder los.

„Lass uns heimgehen, Mama!", bat der Junge, Jake.

Campbell wollte sich noch nicht von ihr trennen. Er suchte nach einem Weg, den Abschied hinauszuzögern. „Hey, Kinder", sagte er. Ihm fiel die Szene vom Morgen ein, als Minerva in seiner Küche gestanden und die Süßigkeiten ausgepackt hatte. „Ich habe zufällig einen ganzen Vorrat an Süßigkeiten im Haus. Habt ihr Lust, euch über meine Küche herzumachen? Ihr könnt alles mitnehmen, was ihr wollt." Sein Blick wanderte zu Lindsey hinüber. „Das heißt, falls eure Mutter damit einverstanden ist." Fragend zog er die Augenbrauen.

Sie lachte. „Na ja, ich sage immer, was ist ein Urlaub am Strand ohne Süßigkeiten? Da muss man schon mal ein Auge zudrücken."

Die Kinder starrten sie ungläubig an, bevor sie die Verandastufen hochstürmten. Lindsey und Campbell folgten ihnen. Sie lächelten sich an.

Campbell half den Kindern, zwei Tüten mit den Süßigkeiten vollzupacken, die Minerva ihm gebracht hatte. Der Junge fragte immer wieder: „Und das können wir auch wirklich alles haben? Ehrlich?"

„Ja, jemand hat mir das Zeug geschenkt und ich kann es nicht essen, warum also nicht?", erwiderte Campbell und lächelte Lindsey erneut an.

Das Mädchen schaute sich neugierig im Haus um. Sie sah zuerst ihre Mutter an, dann ihn. „Sie wohnen also hier?", fragte sie skeptisch. Der Gedanke, jemand könnte tatsächlich außerhalb des Urlaubs in Sunset wohnen, erschien ihr offensichtlich fremd, war so gänzlich außerhalb ihres Vorstellungsvermögens.

Lindsey antwortete ihr: „Ja, Campbell lebt schon sein ganzes Leben hier in Sunset."

Das Mädchen verschränkte die Arme und musterte sie. „Und wie kommt es, dass ihr euch kennt?"

Lindsey legte den Arm um die Schulter des Mädchens, als wollte sie es vor der Wahrheit abschirmen. „Na ja, weißt du, als ich etwas älter war als du jetzt, kam ich das erste Mal mit Onkel Bob hierher, in dessen Haus wir jetzt wohnen. Campbell und ich haben uns damals kennengelernt."

„Das ist schon lange her", fügte Campbell hinzu.

„Und wo ist Ihre Frau?", fragte das Mädchen.

„Ich wohne hier mit meiner Mutter und meine Tochter lebt im Augenblick auch bei uns. Nicki heißt sie." Er schaute sich um. „Sie müssen hier irgendwo sein", fügte er hinzu. Sein Blick wanderte nach oben zu Nickis geschlossener Zimmertür. „Ich fände es schön, wenn du Nicki kennenlernen würdest", sagte er zu Lindsey.

Sie nickte und ihr Gesicht rötete sich leicht. Innerlich machte er sich Vorwürfe wegen seiner Worte. Nicki erinnerte sie natürlich immer noch an die große Enttäuschung und das Ende ihrer Beziehung. „Ich meine, irgendwann", ergänzte er stammelnd. Aus irgendeinem Grund fühlte er sich in Lindseys Gegenwart so unbeholfen wie ein Teenager. Er hob die beiden prall gefüllten Tüten hoch. „Na, das sind bestimmt genug Süßigkeiten, um euch beide über mindestens einen Tag hinwegzuretten, meint ihr nicht?“

Sie kicherten.

„Seid ihr sicher, dass ihr mit den beiden Tüten nach Hause laufen könnt oder soll ich euch hinfahren?“

Jake rief sofort: „Fahren! Der Weg ist so furchtbar weit.“

Campbell schaute Lindsey an. „Seltsam, mir kam er früher gar nicht so weit vor.“

Sie lächelte und wandte den Blick zum Fenster, aber nicht schnell genug. Er konnte sehen, wie sich ihre Wangen röteten. „Es wäre wirklich sehr nett, wenn du uns nach Hause bringen würdest“, erwiderte sie leise, den Kopf noch zum Fenster gewandt.

„Also dann, auf geht's.“ Er schnappte sich seine Autoschlüssel und ging zur Tür und nach draußen. Die Kinder folgten ihm, Lindsey bildete das Schlusslicht.

Als er die Tüten in den Wagen warf, beobachtete er, wie sie kurz in der Tür stehen blieb und das Haus noch einmal betrachtete, bevor sie die Tür hinter sich ins Schloss zog. Es stand für sie, so erkannte er in diesem lichten Moment, für alles, was sie sich wünschte. Falls er die Gelegenheit dazu bekommen sollte, würde er ihr sagen, dass es auch genau das war, was er sich wünschte.

Es war so kindisch, aber sie musste sich eingestehen, dass sie enttäuscht war, weil sie nicht neben Campbell sitzen konnte. Die Kinder waren schneller gewesen und hatten den Platz neben ihm bereits eingenommen. Sie wollte ihm nahe sein, wollte in der Fahrerkabine seines Trucks so dicht neben ihm sitzen, dass sie seinen Atem spürte. Sie wollte seine Wärme fühlen, seinen Geruch in sich aufnehmen.

„Wow", staunte Jake, als er aus dem Auto sprang. „Im Auto kommt einem der Weg gar nicht so weit vor."

Campbell reichte jedem Kind eine Tüte und Lindsey scheuchte sie ins Haus, damit sie die Süßigkeiten auspacken konnten.

Campbell und Lindsey standen unbeholfen neben dem Truck und schauten sich an, ohne ein Wort zu sprechen. Sie starrten sich regelrecht an – und offenbar brachte keiner die Kraft auf, sich vom anderen zu verabschieden. Beide schienen nicht zu wollen, dass der Abend so schnell zu Ende ging.

„Du hast dich wirklich kaum verändert", sagte er schließlich in die Stille hinein.

Sie lächelte. „Ich habe dasselbe über dich gedacht. Ich hätte dich überall erkannt."

„Entschuldige, dass ich das mit Nicki gesagt habe", erklärte er. „Ich wollte das Thema eigentlich gar nicht aufbringen. Vielleicht bist du noch nicht bereit dafür."

Sie legte die Hand auf seinen Arm. „Campbell, es ist fast zwanzig Jahre her. Ich hoffe doch, dass ich mittlerweile erwachsen genug bin, um eine Begegnung mit deiner Tochter zu verkraften. Sie ist doch ganz offensichtlich ein wichtiger Teil deines Lebens."

Er lächelte. „Sie ist ein nettes Mädchen. Aber wem will ich hier was vormachen, sie ist nicht mehr klein. Sie wird bald zum College gehen."

Die Tür zum Haus wurde geöffnet und Anna steckte den Kopf heraus. „Mama! Jake futtert Oreo-Kekse, obwohl er heute Abend schon ein Eis gehabt hat!"

„Ist in Ordnung!", rief sie zurück. „Ich komme gleich. Sag Jake, er soll die Kekse wegpacken und sich die Zähne putzen."

Sie hielt kurz inne. „Und du auch!“, rief sie noch, kurz bevor Anna die Tür zuknallte.

Sie schaute Campbell an. „Entschuldige, dass ich geschrien habe.“ Sie lachte verlegen. „Ich glaube trotzdem nicht, dass sie mich gehört hat.“

Er lächelte. „Deine Kinder sind großartig.“

„Danke. Das finde ich auch.“

„Ich schätze, das letzte Jahr war sehr schwierig für sie.“

„Weißt du, ich habe mich so sehr auf mich und meinen Schmerz konzentriert, dass ich erst jetzt in der Lage bin zu erkennen, was Grants – das ist mein Mann – Fortgehen für sie bedeutet. Diese Reise ist auch in dieser Hinsicht gut für uns.“

„Wie lange bleibt ihr hier?“, fragte er mit einem Anflug von Hoffnung in der Stimme.

„Mein Onkel kommt nicht mehr her und er sagte, ich könne bleiben, so lange ich will. Ursprünglich hatte ich vor, eine Woche hierzubleiben, aber jetzt ...“ Ihre Stimme verklang und sie hoffte, er würde den Satz für sie beenden.

„Was ist jetzt?“, neckte er.

„Na ja, ich frage mich, ob wir nicht vielleicht einiges aufzuholen haben“, antwortete sie etwas mutiger, als sie sich fühlte.

„Ich würde sagen, da hast du völlig recht.“

Noch immer standen sie sich gegenüber und grinsten sich an, und das Prickeln war wieder da, als hätte die Zeit stillgestanden. „Wenn ich meine Mutter bitte, auf die Kinder aufzupassen, denkst du, wir könnten dann morgen Abend zum Abendessen ausgehen?“, fragte Campbell.

Sie versuchte sich vorzustellen, wie Anna oder Jake Grant erzählten, dass ihre Mutter mit einem Mann ausgegangen war und sie in der Obhut seiner Mutter, einer ihnen vollkommen fremden Frau, zurückgelassen hätte. Sie malte sich seinen Anruf aus, hörte seinen missbilligenden Tonfall. „Ich weiß nicht", erwiderte sie. „Ich meine, die Tinte auf den Scheidungsunterlagen ist noch nicht richtig getrocknet."

Er legte seine Hand auf ihre Schulter. „So weit ich weiß, ist es durchaus erlaubt, dass alte Freunde zusammen zum Abendessen ausgehen. Und wenn ich verspreche, mich zurückzuhalten und dich in Ruhe zu lassen?"

Vielleicht war der Grund, dass sie sich an diesem Abend in der kühlen Nachtluft so jung fühlte, oder weil es so ein Wunder war, dass sie ihn wiedersah, oder vielleicht war der Grund auch einfach nur der, dass sie nach dem Ende ihrer Ehe einfach nichts mehr zu verlieren hatte, aber sie sprach genau das aus, was sie dachte: „Das Problem ist, vielleicht wünsche ich mir ja, dass du dich nicht zurückhältst."

Er lachte. „Na, dann habe ich heute Abend ja einiges, worüber ich nachdenken kann." Beide kicherten nervös. „Dann ist das also ein Ja?"

Sie lächelte ihn an, obwohl es inzwischen ganz dunkel geworden war und sie nicht wusste, ob er sie sehen konnte. „Ja", erwiderte sie und war dankbar, dass er nicht hören konnte, wie rasend ihr Herz pochte.

Als er in seinen Truck stieg und davonfuhr, immer noch lächelnd, eilte sie ins Haus und ließ sich von innen gegen die Tür sinken. Ein Glücksgefühl stieg in ihr auf wie die Perlen im Champagner, leicht und fröhlich und verheißungsvoll.

KAPITEL 20

Sunset Beach
Sommer 1995

LINDSEY SASS AM STRAND UND SAH ZU, WIE GRANT MIT Anna am Wasser spielte, wie er ihre kleine Hand festhielt und zu verhindern versuchte, dass sie sich Muscheln in den Mund steckte. Sie winkte ihm zu, aber er sah sie nicht.

Am Horizont ballten sich dunkle Wolken zusammen. Das bedeutete, dass ein großer Sturm im Anzug war und einen Augenblick lang fragte sie sich, ob sie am nächsten Tag überhaupt zum Briefkasten gehen könnte oder ob sie mit ihrer Familie im Haus bleiben und verloren aus dem Fenster starren müsste wie ein kleines Mädchen, das nicht zum Spielen nach draußen gehen kann.

Sie starrte zum Horizont und überlegte, ob sie Grant vorschlagen sollte, zusammenzupacken und nach Hause zu gehen. Andere Strandbesucher sammelten bereits ihre Handtücher und Bälle ein, klappten die Schirme zusammen und warfen ihren Müll weg. Aber sie wollte noch ein wenig hier sitzen bleiben und die Wolken beobachten.

Eine Erinnerung durchzuckte sie an ihren ersten Sommer

in Sunset, vor genau 10 Jahren. Dieses Jahr war sozusagen ein Jubiläum. Seit 10 Jahren suchte sie alljährlich den Briefkasten auf. Aus Anlass dieses Ereignisses hatte sie sich gestattet, häufiger als sonst an Campbell zu denken.

Sie sah ihre Tante Frances vor sich, die in höchster Erregung vor dem Fernsehgerät hin und her lief. „Bobby, Stephanie! Seid mal still, ich will den Wetterbericht hören!“, ermahnte sie ihre Kinder. Ihre Stimme klang angespannt und scharf. Bobby und Stephanie, die sich wegen eines Spiels gestritten hatten, verstummten und schauten Lindsey erschrocken an. Normalerweise erhob ihre Mutter nie die Stimme.

Lindsey ging zu ihrer Tante. „Was ist denn los?“, fragte sie leise.

Ihre Tante schüttelte den Kopf und senkte die Stimme. „Dieser Hurrikan wird mit voller Kraft auf die Küste treffen. Es wurde eine freiwillige Evakuierung der Insel empfohlen. Aber bitte sprich nicht mit den Kindern darüber.“

Lindsey nickte und ihr Herz begann zu rasen. „Bedeutet das, dass wir früher abreisen?“, fragte sie leise, ohne sich den Schreck anmerken zu lassen. Fragend schaute sie Campbell an, der mit Bobby und Stephanie am Küchentisch saß. Er zog die Augenbrauen hoch und kam zu ihnen.

„Hey, Lindsey, wir sollten zu mir nach Hause gehen und hören, was meine Eltern vorhaben. Haben Sie etwas dagegen, Mrs Edwards?“, fragte er.

Ihre Tante schüttelte zerstreut den Kopf und wandte sich dem Fernsehgerät wieder zu.

Lindsey folgte Campbell aus dem Haus. Sobald sie außer Sichtweite waren, ergriff er ihre Hand.

„Ich habe Angst, Campbell. Wenn wir die Insel verlassen

müssen, werden wir nicht wieder zurückkommen", sagte sie. „Wir wollten ja sowieso in wenigen Tagen abreisen."

Er lächelte sie zuversichtlich an. „Ich habe einen Plan", sagte er und küsste ihre Fingerknöchel. „Keine Sorge, ihr werdet bestimmt hierbleiben."

Bei ihm zu Hause trafen sie seine Mutter an. „Hallo, Mama", sagte er. „Müssen wir uns in Sicherheit bringen?"

Mrs Forrester winkte ab. „Nein, das ist nichts weiter als ein starker Sturm. Wir brauchen die Insel nicht zu verlassen." Sie lächelte Lindsey an. „Will deine Familie abreisen, Liebes?", fragte sie.

Campbell unterbrach sie, bevor Lindsey antworten konnte. „Na, darüber wollte ich mit dir reden. Würdest du mit Papa zu Lindseys Verwandten gehen und mit ihnen reden? Sie können die Situation nicht gut einschätzen und ich denke, es würde ihnen helfen, wenn ihr ihnen sagt, dass keine Gefahr besteht."

Campbells Mutter nickte und schaute zwischen Lindsey und Campbell hin und her. „Aber sicher, Schatz. Wenn du denkst, dass sie das beruhigt. Ich hole deinen Papa und dann können wir euch beide zurückbringen." Sie grinste sie an. „Ich könnte ja anbieten, dass Campbell bei euch übernachtet und alles im Auge behält. Wie wäre das?"

Für Lindsey war die Vorstellung, mit Campbell in einem Haus zu schlafen, fast zu schön, um wahr zu sein, aber sie nickte schnell, bevor das Angebot zurückgezogen wurde. Voller Hoffnung stieg sie in den Wagen der Forresters. Als sie mit Campbell auf dem Rücksitz saß, fühlte sie sich sicher und beschützt. Zusammen mit ihm konnte sie jedem Sturm trotzen. Sie lehnte sich an ihn und seine Wärme strahlte auf sie ab.

Und jetzt, all die Jahre später, erinnerte sie sich immer noch an dieses Gefühl. Sie hatte Campbell ihr ganzes Vertrauen geschenkt. Damals hatte sie geglaubt, dass der richtige Mann alle ihre Probleme lösen und alle ihre Verletzungen heil machen konnte. Doch inzwischen hatte sie dank Holly und ironischerweise auch dank Grant gelernt, dass kein Mensch ihr alles sein konnte. Sie hatte begriffen, dass nur Gott dazu in der Lage war. Gemeinsam mit Holly hatte sie sich Gott angenähert und irgendwann kapiert, dass nur Gott ihr Bedürfnis nach Liebe voll und ganz erfüllen konnte. Eine solche Liebe von einem sechzehnjährigen Jungen zu erwarten war ihr erster Fehler gewesen.

Sie hob die Hand und versuchte, Grants Aufmerksamkeit auf sich zu lenken, aber er schaute immer noch nicht zu ihr herüber. Enttäuschung machte sich in ihr breit. Während sich die Wolken am Himmel zusammenballten, ließ sie die Hand sinken und wartete darauf, dass er von sich aus zu ihr kam.

Sommer 1995

Liebe Seelenfreundin,

gestern Abend gab es hier einen schrecklichen Wolkenbruch. Und heute war der Strand übersät mit Müll und Strandgut. Das hat mich an den Hurrikan Bob erinnert, der in meinem ersten Sommer hier gewütet hat. Ich erinnerte mich daran, wie der Himmel in jenem Sommer ausgesehen hatte und dass Campbell und ich über die Surfer staunten, die einfach nicht aus dem Wasser kommen wollten, obwohl der Wind und der Regen es aufpeitschten. Vielleicht warst du ja auch dort, liebe Seelenfreundin. Vielleicht standest du in der Menge, die sich versammelt hatte, um diese Surfer zu beobachten. Vielleicht hast du mich und Campbell gesehen und uns angelächelt, weil du Bescheid wusstest.

Ich erinnere mich noch, wie zuversichtlich Campbell war, als er meine Familie beruhigte und sie davon überzeugte, dass sie die Insel nicht zu verlassen brauchten. Er stand in ihrer Küche, an die Arbeitsfläche gelehnt, und der Geschirrspüler lief. „Das geht vorbei", sagte er lässig und winkte ab. Draußen vor dem Fenster konnte ich beobachten, wie die Nachbarn mit sorgenvollen Gesichtern ihre Autos beluden, um sich in Sicherheit zu bringen. „Das sind Waschlappen", hatte Campbell mit einem Augenzwinkern verkündet.

Wenn ich jetzt zurückblicke, erscheint es mir dumm, dass wir Campbell vertraut haben, aber wir taten es. Er übertrug seine

Haltung auf uns: zuversichtlich, ohne überheblich zu sein; erfahren, ohne ein Besserwisser zu sein. Wenn ich bei ihm war, gab er mir das Gefühl, in Sicherheit zu sein. Vermutlich hängt mir deswegen das, was mit Ellie war, immer noch nach, weil ich ihm so etwas eigentlich nicht zugetraut hatte. Ich hatte keine menschliche Schwäche von ihm erwartet, was im Rückblick natürlich unfair war. Wenn ich die Gelegenheit hätte, würde ich ihm jetzt sagen, dass ich ihm vergebe. Zehn Jahre ist das her – zehn Jahre, in denen ich mich betrogen, weggeschoben und verlassen gefühlt habe.

Noch während ich schreibe, dass ich ihm vergebe, kann ich kaum glauben, dass ich tatsächlich an diesen Punkt gekommen bin. Aber so ist es. Die Zeit heilt anscheinend doch alle Wunden. Vielleicht nicht bis zu dem Punkt, dass ich es vergessen kann, denn wie könnte ich es vergessen? Aber doch so weit, dass ich die Dinge so sehe, wie sie sind, und nicht wie ich sie mir gewünscht hätte.

Unwillkürlich frage ich mich, wo er jetzt wohl ist, was er tut. Hat die Ehe zwischen ihm und Ellie gehalten? Haben sie noch weitere Kinder bekommen? Jetzt, wo ich selbst verheiratet bin, kann ich natürlich schwerlich versuchen, ihn aufzuspüren, aber ich gestehe dir – und nur dir! –, dass ich mir tief in meinem Inneren immer noch wünsche, mit ihm in Verbindung zu stehen. Irgendwie würde ich ihm gern erzählen, wie sich mein Leben entwickelt hat. Dass ich immer noch die Stürme des Lebens aussitze, anstatt vor ihnen davonzulaufen, auch wenn ich lernen musste, es ohne ihn zu tun. Dass ich allmählich beginne, darauf zu vertrauen, dass Gott im Sturm bei mir ist. Ich frage mich, ob mein neu gefundener Glaube an Gott ihn wohl überraschen würde und ob er einen ähnlichen Weg eingeschlagen hat. Er weiß ja, wie ich früher über Gott gedacht habe. Zu gern würde ich ihm sagen, dass ich mich ganz schrecklich geirrt habe.

In der Nacht, als der Hurrikan auf der Insel wütete, erlaubten meine Tante und mein Onkel Campbell, über Nacht in ihrem Strandhaus zu bleiben. Der Wind heulte und der Regen prasselte gegen die Fenster und wir beide saßen auf der Couch und plauderten mit meinen Verwandten. Als der Strom ausfiel, zündeten wir Kerzen an und spielten Karten. Dann wurde es richtig heftig. Der Wind pfiff so stark, dass die Türen des Hauses aufgedrückt wurden und meine Tante begann zu kreischen. Sicher bereute sie es, dageblieben zu sein. Ich erinnere mich noch, wie sie aufschrie, und an den Ausdruck auf Campbells Gesicht, als er uns anschaute. „Das Schlimmste ist jetzt vorbei", sagte er ruhig.

Am Morgen war der Sturm vorbei und wir alle gingen nach draußen, um den Schaden zu begutachten. Äste waren von den Bäumen gerissen und alle möglichen Trümmer an den Strand gespült worden. Aber es war nichts passiert, das eine Verkürzung unserer Ferien gerechtfertigt hätte. Ich hielt Campbells Hand, während wir zum Strand spazierten. Wir sprachen nicht viel, waren nur froh, zusammen zu sein. „Danke", sagte ich.

„Wofür?", fragte er.

„Dass du meine Tante und meinen Onkel zum Bleiben überredet hast. Wenn du nicht so überzeugend gewesen wärst, dann hätten wir bestimmt zusammengepackt und wären früher nach Hause gefahren. Und ich hätte mich von dir verabschieden müssen."

Lächelnd nahm er mich in die Arme. „Warum habe ich sie denn deiner Meinung nach zum Bleiben überredet?", fragte er und wackelte mit den Augenbrauen. In diesem Augenblick wurde mir klar, dass er gar nicht so sicher gewesen war, dass uns nichts geschehen würde, dass er keine besonderen Erkenntnisse oder prophetische Gaben besaß, wie wir angenommen hatten. Er war einfach nur ein verliebter Teenager, der nicht wollte, dass seine Sommerliebe wegen des Unwetters vorzeitig abreisen musste. Das war für ihn Grund genug. Als ich ihn dort am Strand küsste, war ich so glücklich, dass alles gut gegangen war und dass wir uns noch einige gemeinsame Tage erkauft hatten, auch wenn es ein gefährliches Spiel gewesen war. Mehr noch, ich wusste, dass er ein Mensch war, bei dem ich mitten im Sturm sicher war, ein Mensch, bei dem ich Zuflucht finden konnte. Aber Menschen sind eben nicht sturmsicher geschaffen.

Ich finde es seltsam, dass ich Campbell immer noch vermisse, während ich hier sitze, nach so vielen Jahren. Vielleicht erscheint es dir auch seltsam. Schließlich bin ich verheiratet. Aber manchmal sind meine Erinnerungen an ihn so lebendig, dass ich sie nicht verdrängen kann, vor allem nicht, wenn ich hierher zum Briefkasten komme. Manchmal lasse ich die Erinnerungen einfach zu und halte sie aus, bis sie ganz langsam wieder verblassen und ich in meinen normalen Alltag zurückfinde.

Das normale Leben verläuft bei mir im Augenblick sehr hektisch. Nur ganz selten gestatte ich mir den Luxus einer Erinnerung, den Genuss eines längeren Nachdenkens. Anna ist ein sehr aktives Kind, das mich ständig auf Trab hält. Mit einem Jahr fing sie an zu laufen und praktisch am nächsten Tag rannte sie bereits! Sie ist so neugierig, was bedeutet, dass ich den größten Teil des Tages damit verbringe, ihr nachzulaufen und zu versuchen, drohendes Unheil von ihr fernzuhalten. Wenn du sie nur kennenlernen könntest! Wenn sie älter ist, werde ich sie mal mit hierherbringen. Ob sie wohl den Briefkasten und dich, liebe Seelenfreundin, genauso mögen wird wie ich?

Grant und mir geht es gut. Ich würde nicht sagen, großartig, aber gut. Je mehr ich in Bezug auf die Ehe lerne, desto mehr frage ich mich, ob es tatsächlich Ehen gibt, die wirklich einwandfrei funktionieren. Grants Eltern sind schon seit Ewigkeiten verheiratet, aber sie streiten sich so oft, dass es mir manchmal unangenehm ist, in ihrer Nähe zu sein. Also, was ist eigentlich eine großartige Ehe? Können zwei unvollkommene Menschen einander wirklich auf eine Weise lieben, die für beide anhaltend befriedigend ist? Ist es überhaupt möglich, dass Menschen sich voll und ganz lieben? Das sind Fragen, über die ich lieber nicht zu intensiv nachdenken möchte. Denn die Antworten könnten mich traurig machen und alle Hoffnung aufgeben lassen.

Grant will noch ein Kind und ich denke natürlich darüber nach, aber mir ist ein wenig unwohl bei dem Gedanken. Ich weiß, dass er sich einen Sohn wünscht. Er war nicht enttäuscht, dass Anna ein Mädchen war, aber er sagte ziemlich schnell, dass er es gern noch einmal versuchen würde. Manchmal würde ich alles gern so lassen, wie es ist – Annas erstes Lebensjahr hat mich unendlich viel Kraft gekostet. Aber andererseits soll Anna auch kein Einzelkind bleiben. Ich weiß aus eigener Erfahrung, wie einsam man dann sein kann. Vielleicht ist das der Grund, warum Campbell und ich so aufeinander geflogen sind – zwei

Einzelkinder, die sich aus Einsamkeit fanden und sich aneinanderklammerten.

Da wir gerade vom Klammern sprechen, ich muss jetzt Schluss machen. Grant ist mit Anna allein und ich genieße die gestohlene Zeit. Die beiden kommen jetzt viel besser miteinander aus als am Anfang, aber es ist trotzdem besser, wenn ich da bin. Wenn ich zur Tür hereinkomme, scheinen beide beinahe sichtbar zu entspannen. Ich sei der Kleber, meint Grant, der unsere Familie zusammenhält. Manchmal wünschte ich, ein anderer könnte mal für eine Weile diese Funktion übernehmen. Es ist eine klebrige Angelegenheit, wie ich immer wieder feststellen muss.

Bis zum nächsten Sommer,
Lindsey

KAPITEL 21

Sunset Beach
Sommer 2004

DEN GANZEN TAG KREISTEN CAMPBELLS GEDANKEN UM LINDsey. Gestern hatte er doch tatsächlich den Mut gefunden, sie zum Essen einzuladen, und wie ein Schuljunge, der die Stunden bis zu seiner ersten Verabredung zählte, behielt er nun die Uhr im Blick.

Als er Nicki zu ihrer Therapiestunde brachte, spürte sie, dass ihn etwas beschäftigte, das wusste er. Auf der Fahrt sprach keiner von ihnen ein Wort, beide hingen ihren eigenen Gedanken nach. Nicki gab sich außerordentlich distanziert und ging nur widerstrebend zur Therapie. Wenn sie die Wahl gehabt hätte, wäre sie vermutlich lieber ins Gefängnis gegangen oder hätte das langweiligste Unterrichtsfach besucht statt dieser Stunde. Ihr zu helfen musste an oberster Stelle auf seiner Prioritätenliste stehen. In dieser Hinsicht war es schlechtes Timing, dass Lindsey ausgerechnet jetzt wieder aufgetaucht war. Sie lenkte ihn von Nicki ab. Wieder einmal war er zwischen Lindsey und seiner Tochter hin und her gerissen.

Als er Nicki absetzte, bat ihre Therapeutin Lisa, ihn einen Augenblick allein sprechen zu können. Sie blieben draußen in der Halle neben einem ziemlich mitgenommenen, verstaubten Ficus, den jemand offenbar dort abgestellt und vergessen hatte. Er fragte sich, ob Nicki sie wohl durch die geschlossene Tür hören konnte, und ging noch etwas weiter weg. Lisa erklärte ihm, dass Nicki eine bessere Beziehung zu ihm, ihrer Großmutter und ihrer Mutter aufbauen müsse. Dies sei die Basis für eine Veränderung ihres destruktiven Verhaltensmusters. Sie fragte, ob sie alle bereit wären, bei einigen der Sitzungen anwesend zu sein. Er versicherte ihr, sie wollten Nicki unbedingt helfen und seien selbstverständlich zu allem bereit, was nötig sei. Doch innerlich zuckte er zusammen bei dem Gedanken, dass Ellie nach Sunset kam, nachdem er nun wieder Kontakt zu Lindsey hatte.

Lisa berichtete ihm, dass auch Nicki bereit sei, sich helfen zu lassen. Aber sie warnte ihn auch, dass Mädchen wie Nicki oft sehr geübt darin seien, das zu tun, was von ihnen erwartet wurde. Seine Gedanken wanderten zurück zu ihrer Schulabschlussfeier, als sie auf die Bühne gegangen war, um ihr Zeugnis in Empfang zu nehmen. Das seltsam ausdruckslose Lächeln auf ihrem Gesicht hatte er auf ihre Nervosität zurückgeführt, aber das sah er jetzt anders. Ihre guten Noten waren für Nicki höchstens ein Ersatz für etwas, das sie nicht bekam.

Lisa warnte ihn, dass solche Mädchen manchmal noch Tricks im Ärmel hätten, dass sie scheinbar mitarbeiteten, um alle zufriedenzustellen, ihr zerstörerisches Verhalten jedoch heimlich auf eine andere Weise fortsetzten. Er erklärte sich bereit, noch einmal wiederzukommen und allein mit der Therapeutin über „Einzelheiten“ zu reden. Innerlich wappnete er sich für das, was die Therapeutin wohl mit „Einzelheiten" meinte.

Während Nickis Therapiestunde schlenderte er durch die Kirche und dachte über seine Tochter nach und darüber, wie viel Arbeit wohl noch auf sie wartete, bis sie wieder gesund war. Erneut überlegte er, was er ihr sagen wollte, wie er sie um Verzeihung bitten wollte. Er erwartete nicht, dass seine Worte sofortige Wirkung zeigen würden, aber mit der Zeit würde sie sich ihm vielleicht ein wenig mehr öffnen. Ihn quälte das Gefühl, dass er bei seiner Tochter eigentlich keine zweite Chance verdient hatte. Und doch, sie war wieder ein Teil seines Lebens, wohnte in seinem Haus. Vielleicht brauchte sie die zweite Chance genauso sehr wie er.

Schließlich ging er in das leere Kirchenschiff. Wie oft hatte er im Gottesdienst hier gesessen, Anbetungslieder gesungen und stumme Gebete zu Gott geschickt um … mehr. Er nahm in einer Bank Platz und senkte den Kopf.

„Herr", betete er, „ich frage mich, ob du Lindsey und mich aus einem ganz bestimmten Grund wieder zusammengeführt hast. Du weißt, ich habe mein halbes Leben auf die Gelegenheit gewartet, sie wiederzusehen. Bitte hilf mir, dass ich es dieses Mal nicht wieder vermassele. Du weißt, dass es einiges gibt, was ich ihr sagen muss. Dinge, die sie vielleicht nicht versteht. Zeig mir, wie ich ihr deutlich machen kann, wie sehr ich sie liebe, wie lange ich mir schon wünsche, wieder ein Teil ihres Lebens zu sein, länger, als sie ahnen kann. Schenk mir die richtigen Worte. Ich weiß nicht, ob ich es ertragen kann, sie ein zweites Mal zu verlieren. Bitte, bitte lass es wahr werden."

Campbell beendete sein Gebet, indem er Gott bat, seine Hand über Nicki zu halten. In der Vorfreude auf die Begegnung mit Lindsey wollte er seine Tochter nicht vergessen. Nicki sollte für ihn an erster Stelle stehen.

Er blieb noch eine Weile dort sitzen und wartete darauf, dass diese leise Stimme zu seinem Herzen sprach, die sein Gebet oft beantwortete. Als er sich von seinem Platz erhob, wurde ihm klar, dass Gottes Antwort bereits am Abend zuvor an seinem Haus vorbeigegangen war und noch genauso aussah wie vor 20 Jahren, als wäre die Zeit stehen geblieben. Sie hatten den langen Weg zurück zu ihrem Anfang genommen, aber der Zeitpunkt ihrer Begegnung war kein Zufall. Er konnte es kaum erwarten, ihr das später zu sagen, wenn sie sich trafen.

KAPITEL 22

Sunset Beach
Sommer 2004

WIE FÜLLT MAN EINEN TAG, WENN MAN DEM ABEND ENTgegenfiebert und sich nichts sehnlicher wünscht, als dass er endlich da wäre? Das war Lindseys Dilemma, als sie am nächsten Morgen aufwachte.

Sie musste unbedingt etwas zum Anziehen aussuchen. Nachdem sie alle möglichen Kombinationen der Kleidungsstücke, die sie eingepackt hatte, durchgegangen war, kam sie zu dem Schluss, dass sie einkaufen gehen musste. Ihre Kinder bestach sie mit dem Versprechen, in einem Fastfoodrestaurant zu Mittag zu essen. In einer kleinen Boutique in Calabash fand sie eine tolle Auswahl an Kleidern, die perfekt für einen Abend mit einem alten Freund geeignet waren. Mehr war es ja nicht – eine Verabredung mit einem alten Freund. Das redete sie sich zumindest ein.

Sie probierte alles an, während ihre Kinder auf kleinen Stühlen vor der Umkleidekabine saßen und eindeutig missgelaunt waren. Wann immer sie aus der Kabine herauskam, um ihre Erscheinung in dem großen Spiegel in Augenschein zu nehmen, hielten sie mit ihrem Gejammer nicht hinter dem Berg. Lindsey war trotzdem bestens gelaunt, denn ihr fiel auf, dass sie seit ihrem letzten Einkauf eine kleinere Größe tragen konnte, dank ihres verminderten Appetits und der Tatsache, dass sie wieder regelmäßig zum Joggen ging.

Lindsey entschied sich für ein Kleid und reichte die Kreditkarte über den Tresen. Noch besaß sie kein eigenes Konto, sondern hob Geld von dem gemeinsamen Konto mit Grant ab. Wenn sie nach Hause kam, würde sie die Formulare unterschreiben und ein eigenes Konto einrichten. Sie grinste; der Gedanke, dass Grant ihr ein passendes Kleid für ihre Verabredung mit Campbell finanzierte, belustigte sie. Das war wohl so etwas wie ausgleichende Gerechtigkeit.

Als Nächstes musste sie ihren Kindern beibringen, dass sie in Campbells Haus bei seiner Mutter bleiben müssten, während sie mit ihm zum Essen ausging. Mehrmals betonte sie den Kindern gegenüber, dass sie und Campbell nur alte Freunde seien und dass sie über alte Zeiten plaudern wollten, doch Anna zog misstrauisch die Augenbrauen hoch. Lindsey wiederholte sich zu oft, das merkte sie selbst – und immer wieder musste sie sich zur Ordnung rufen, weil sie in dem Gefühl seiner Arme um ihren Körper und seines Kusses schwelgte. Ein Schauder überlief sie und sie ließ ihre Gedanken wandern. War das falsch? Schließlich war die Scheidung gerade erst ausgesprochen worden. Aber es war ihr egal.

Am Nachmittag nahm sie sich viel Zeit im Bad, sie benutzte parfümiertes Duschgel, rasierte ihre Beine und gab Festiger in ihre Haare. Seit Ewigkeiten hatte sie sich nicht mehr so viel Muße für ihre Körperpflege gegönnt, aber es tat gut. Sie hatte ein Radio mit ins Bad genommen und ließ Musik laufen, während sie unter der Dusche stand, zu Barry Whites Lied „My darling, I … can't get enough of your love, babe" unter dem auf sie herabströmenden Wasser tanzte und ihre Haare wusch. Sie genoss den Wasserstrahl und spürte, wie seine Kraft und Hitze ihren Körper reinigte. Aber ihre Nerven vermochte er nicht zu beruhigen. Bei dem Gedanken an den gemeinsamen Abend mit Campbell verdrehte sich ihr Magen zu einem festen Knoten. Sie und er, ganz allein!

Jemand trommelte an die Badezimmertür. „Mama!", hörte sie Anna schreien. „Was machst du so lange da drin? Warum hast du das Radio so laut aufgedreht?"

Sie war froh, dass Anna nicht sehen konnte, wie sie, über und über mit Seifenschaum bedeckt, in der Duschwanne tanzte.

„Komme gleich!", rief sie und hielt den Kopf ein letztes Mal unter den Wasserstrahl, bevor sie Wasser und Radio abschaltete. Während sie sich abtrocknete, ertappte sie sich dabei, wie sie das Lied von Barry White vor sich hinsummte.

Als sie aus dem Bad kam, lag Anna auf ihrem Bett. Voller Skepsis musterte sie sie. „Was war das für Musik, die du gespielt hast?", fragte sie.

„Ganz alte Musik. Aus der Zeit vor deiner Geburt", erklärte sie.

„Ich konnte dich singen hören", sagte Anna. „Du klangst ziemlich glücklich."

Lindsey antwortete nicht und hoffte, Anna würde das Thema auf sich beruhen lassen. Sie beschäftigte sich mit ihrem Make-up, während Anna stumm dabeistand und zusah. Die Wimperntusche landete auf ihrem Lid anstatt auf den Wimpern. Das passierte ihr immer mindestens einmal.

„Mama?“, fragte Anna.

„Hmm?“

„Wenn das kein Date ist, warum machst du dann so einen Aufstand um deine Klamotten und dein Make-up und alles?“

Warum nur wirkte Annas Frage auf sie wie eine Anklage? Vermutlich war es ihr eigenes schlechtes Gewissen und nicht die Frage ihrer Tochter, die diese Anspannung in ihr hervorrief. Trotzdem hatte Lindsey Übung darin, auf die neugierigen Fragen ihrer Kinder schnelle Antworten zu finden, eine Fähigkeit, die sie eigentlich nie hatte verfeinern wollen. „Weißt du, Schatz, ich habe einfach so lange nichts mehr mit einem Erwachsenen unternommen und ich freue mich auf den Abend. Außerdem habe ich keinen ‚Aufstand‘, wie du es nennst, mehr um mein Aussehen gemacht, seit –“ Sie brach ab und beendete den Satz nicht.

„Seit Papa weggegangen ist, nicht?“, sagte Anna.

Lindsey legte die Wimperntusche aus der Hand und setzte sich neben ihre Tochter auf das Bett. „Ja. Du weißt doch, dass ich mich immer gern schick gemacht habe, wenn ich mit deinem Papa ausgegangen bin.“

„Ja“, witzelte sie mit der sich entwickelnden Schlagfertigkeit eines sarkastischen Teenagers, „und sieh nur, was dir das gebracht hat.“

„Schatz, Campbell ist nur ein alter Freund –“

„Das hast du schon ein paarmal gesagt“, gab sie zurück und warf ihrer Mutter ein wissendes Lächeln zu. In diesem Augenblick wirkte sie viel älter, als sie war.

Lindsey lächelte zurück. „Ja, das ist er. Und gestern Abend, als wir ihn zufällig getroffen haben, war es schön, sich mit ihm zu unterhalten. Und darum hat er mich gefragt, ob wir uns noch ein wenig weiter unterhalten könnten. So einfach ist das. Außerdem habe ich den Mann seit zwanzig Jahren nicht mehr gesehen!"

„Aber du findest ihn gut, nicht, Mama? "

Die Gespräche mit ihrer Tochter hatten eine andere Ebene erreicht: Sie unterhielten sich über „Jungs"! „Ja, und du?"

„Ihhh, Mama. Der ist doch uralt!"

Lindsey streckte ihr neckend die Zunge heraus. „Nun, ich schätze, für dich ist er tatsächlich zu alt."

„Aber nicht für dich, richtig, Mama?"

„Nein, natürlich nicht", erwiderte sie und kehrte ins Bad zurück, um sich fertig zu machen. Die Uhr tickte; er würde jetzt jeden Augenblick eintreffen. „Er ist in meinem Alter – und ich fühle mich ganz gewiss noch nicht alt", rief sie, während sie den Föhn einschaltete.

Aber für dich bin ich natürlich schon uralt, dachte sie, während sie ihre Haare föhnte. Sie erinnerte sich noch gut an die Zeit, als ihr 40 uralt erschienen war. Jetzt war sie bald in dem Alter; es rückte immer näher. Und sie verbrachte ihre besten Jahre mit Kochen, Putzen und als Taxifahrerin für die Kinder.

Als sie den Föhn ausschaltete, stand Anna vom Bett auf und starrte sie an, eine Kopie ihrer selbst in dem Alter, ein funkelnder Blitz dessen, was gewesen war. Es überstieg Annas Vorstellungsvermögen, dass auch Lindsey einmal jung gewesen war, und genauso wenig konnte sich Lindsey Anna als erwachsene Frau vorstellen. Ihre Tochter sah ihre Mutter nicht als kichernden Teenager mit Träumen und Hoffnungen und Plänen; für sie war es undenkbar, dass sie glücklich durch dieses Haus tanzte und aus voller Kehle den Namen des Jungen sang, der ihr Herz gestohlen hatte.

„Mama“, bemerkte Anna sachlich, „ich finde es gut, dass du auch mal wieder ein bisschen Spaß hast. Und wenn du mit diesem Campbell ausgehen willst, dann hast du meinen Segen.“

„Na, na“, wandte Lindsey ein, während sie noch einmal in den Spiegel schaute, um einen Blickkontakt zu vermeiden. „Wir wollen doch nichts übereilen.“ Sie drehte sich zu Anna um, bevor sie das Zimmer verließ. „Aber trotzdem danke. Es bedeutet mir viel zu wissen, dass das für dich in Ordnung ist.“

Anna nickte und ging in ihr Zimmer, um sich anzuziehen.

Zufrieden mit ihrem Aussehen schaltete Lindsey das Licht aus und ging in die Küche, wo Jake saß und schon wieder Oreo-Kekse futterte. „Hey, Mama“, sagte er mit vollem Mund, „wenn du diesen Typen heiratest, bedeutet das dann, dass wir am Meer leben können?“

Was war nur mit diesen Kindern los? Lindsey schüttelte den Kopf, nahm die Packung Kekse vom Tisch und verstaute sie ganz oben auf dem Schrank, außerhalb seiner Reichweite.

Er deutete nach oben. „Mit einem Stuhl komme ich da trotzdem dran“, sagte er und grinste sie an. Sein Mund war mit Schokolade verschmiert und seine Zähne waren schwarz. „Leicht.“

„Das solltest du lieber lassen. Und jetzt geh und wasch dir dein Gesicht. Du hast jetzt bestimmt keinen Appetit mehr auf Abendessen.“

„Ich habe immer Appetit!“, rief er und stürmte aus dem Zimmer, um ihrem spielerischen Klaps auszuweichen.

Beinahe hätte Lindsey Campbells zaghaftes Klopfen überhört, so laut polterte Jake die Treppe hoch. Bei dem Gedanken, dass er jetzt auf der anderen Seite der Tür stand, begann ihr Herz zu rasen. Sie atmete ein paarmal tief durch und ging hin, um ihm zu öffnen.

Sein Anblick raubte ihr den Atem.

Am Vorabend hatte er gut ausgesehen, keine Frage. Aber heute hatte er sich selbst übertroffen. Er trug Khaki-Shorts, die seine gebräunten Beine zeigten, und ein schwarzes T-Shirt, das sich genau an den richtigen Stellen an seinen Körper schmiegte. Er war sogar beim Friseur gewesen, und der Gedanke, dass auch er sich auf ihre Verabredung vorbereitet hatte, erfreute sie genauso wie sein Anblick jetzt. Sie musste sich zurückhalten, dass sie nicht herausplatzte: „Du siehst toll aus!", und sich in seine Arme warf.

Anna und Jake schlichen leise ins Zimmer, um ihn zu begrüßen. Beide gaben sich ganz untypisch schüchtern.

„Seid ihr so weit?", fragte Campbell. Er klang ein wenig zu formell und nervös.

Sie nickten und folgten ihm zum Truck. Lindsey zog die Tür hinter sich ins Schloss. *Und los geht's,* murmelte sie in sich hinein.

Auf dem kurzen Weg zu Campbells Haus schwiegen sie, und als sie vor seinem Haus anhielten, packte er Lindsey am Arm und hinderte sie am Aussteigen. „Bleib doch im Wagen", riet er ihr, „sonst wirst du vermutlich stundenlang festgehalten – Mama und Minerva werden dir das Ohr abquasseln. Ich bringe die Kinder rein und bin sofort zurück."

Sie umarmte Anna und Jake und die beiden folgten Campbell, ohne einen Blick zurückzuwerfen. Vermutlich hofften sie, dass noch mehr Süßigkeiten auf sie warteten. Er hatte ganz klar den Weg zu ihren Herzen gefunden.

„Seid brav“, ermahnte sie sie und winkte ihnen nach, während sie im Haus verschwanden. Den Gedanken, der sie verfolgte, schob sie beiseite: Was für eine Mutter war sie, dass sie ihre Kinder in der Obhut einer Frau ließ, die sie seit fast 20 Jahren nicht mehr gesehen hatte? Und dass sie nicht einmal hineinging, um sich davon zu überzeugen, wo sie den Abend verbrachten? Und trotzdem verspürte sie Frieden in Bezug auf den Abend und das Gefühl, dass sie sich keine Sorgen zu machen brauchte. Sie klappte die Sonnenblende herunter und überprüfte ihr Make-up. Wieder einmal. Als sie Campbell in der Tür erblickte, klappte sie die Blende schnell wieder hoch, damit er sie nicht dabei ertappte, wie sie sich im Spiegel betrachtete.

Er sprang in den Truck und lächelte sie an. „Das ist wirklich ein Irrenhaus da drin. Sie werden viel Spaß haben.“ Er warf ihr einen Seitenblick zu. „Aber du brauchst dir keine Sorgen zu machen. Bei meiner Mutter, Minerva und Nicki sind sie in den nächsten Stunden gut aufgehoben.“ Er beugte sich zu ihr herüber und ergriff ihre Hand. „Und ich habe dich ganz für mich allein.“

Seine Worte machten sie ganz schwach. Sie starrte auf seine Hand, die mit ihrer verschlungen war. Eine wilde Euphorie durchströmte sie, aber auch ein würgendes Gefühl der Übelkeit. Er fuhr auf die Main Street, bog zum Landungssteg und der alten Brücke ab, die sie überqueren mussten, um das Festland zu erreichen, und brachte sie an einen Ort, an dem sie noch nie gemeinsam gewesen waren, während sie zurückreisten in die Zeit, als alles begonnen hatte.

KAPITEL 23

Sunset Beach
Sommer 2004

CAMPBELL WIDERSTAND DEM DRANG, DEN MUND AUFZUMAchen und alle dummen, albernen Dinge auszusprechen, die er ihr am liebsten gesagt hätte. Er riss sich zusammen, was ihm unter normalen Umständen nicht schwerfiel, aber in dieser Situation, die er sich nicht mal im Traum hatte vorstellen können, war es fast unmöglich. Nachdem sie an ihrem Tisch Platz genommen hatten, steckte er seine Hände zwischen seine Knie, damit er sie nicht ausstreckte und ihr mit den Fingern durch die Haare strich. Am liebsten hätte er ihre Hand ergriffen und sie mit sich gezogen, fort aus diesem Restaurant zu einem Ort, wo sie ungestört waren. Und dann würde er ihr sagen, was er ihr schon seit Jahren sagen wollte. Er wünschte sich einen ruhigen Ort, wo er sie in die Arme nehmen und ihr versprechen könnte, dass dieses Mal nichts sie auseinanderreißen würde. Wie konnte er hier, in diesem überfüllten Restaurant, oberflächlich mit ihr plaudern, wo es so viel Wichtigeres zu sagen gab? Trotzdem wusste er, dass es ein guter Anfang war.

Während sie auf die Bedienung warteten, machte er ihr ein Kompliment über ihre Kinder. „Du hast deine Sache gut gemacht", sagte er. „Sie allein großzuziehen ist bestimmt nicht leicht."

Sie winkte ab. „Ach, ich bin ja erst seit einem Jahr alleinerziehend", erklärte sie. „Also …" Ihre Stimme verklang. Zweifel schwang darin mit.

„Hast du … darf ich dich fragen, was mit deinem Mann war?", fragte er. „Ich meine, falls du darüber sprechen möchtest."

„Du meinst, falls ich *mit dir* darüber sprechen möchte?"

Er lächelte. „Genau."

Sie lächelte kläglich. „Die Wahrheit ist, ich weiß gar nicht genau, was geschehen ist. Ich glaube, er liebte mich schon eine ganze Weile nicht mehr, ist aber der Kinder wegen geblieben." Sie hielt nachdenklich inne. „Weißt du, das ist eine traurige, altbekannte Geschichte, die schon hundert Mal erzählt wurde." Sie stockte. „Aber dass schon unzählige Frauen das vorher erlebt haben, heißt nicht, dass es leichter zu ertragen ist, wenn es einem selbst passiert. Letztes Jahr, als wir hier am Meer waren, wurde mir klar, dass es eigentlich vorbei ist. Ich –", sie brach erneut ab. „Er war bereit, uns zu begleiten, und ich hoffte …" Sie lächelte. „Er verließ uns am Tag nach unserer Heimkehr. Manche Frauen sagen, sie hätten es nicht kommen sehen, aber bei mir war das anders. Ich bemerkte alle Risse im Fundament lange bevor das Haus in sich zusammenfiel. Weißt du, das ist, als würde man im Meer schwimmen und die Unterströmung trägt einen fort und auf einmal schaut man sich um und da sind ganz andere Leute am Strand, wo vorher die eigene Familie war."

Er nickte mitfühlend. „Und dann musst du aus dem Wasser steigen und deine Familie am Strand suchen“, fügte er hinzu.

„Er war derjenige, der abgedriftet ist, aber ich muss versuchen, etwas zu finden, das mir vertraut vorkommt.“ Sie lachte. „Die Wahrheit ist, er hat eine andere“, erklärte sie. Ein wenig sarkastisch fügte sie hinzu: „Aber die gute Nachricht ist, er hat sich deswegen richtig schlecht gefühlt.“

Der Kellner trat an den Tisch, um ihre Bestellung entgegenzunehmen. Beide bestellten Wasser und der Kellner entfernte sich genauso schnell wieder, wie er gekommen war. Lindsey schüttelte den Kopf. „Entschuldige bitte, dass ich dich gleich zu Anfang damit belastet habe.“

„Hey, ich habe doch gefragt“, erwiderte er lächelnd und in dem Bemühen, ihr ihre Hemmungen zu nehmen. „Du warst nur ehrlich.“

„Ja, aber ich möchte nicht, dass es an diesem Abend um unsere traurigen Erlebnisse geht“, wandte sie ein.

„Eines möchte ich dir aber noch sagen“, sagte er vorsichtig.

Sie nickte ihm lächelnd zu. „Natürlich.“

„Es ist mir wichtig, alles zwischen uns zu bereinigen, wenn das in Ordnung ist.“ Ihr Gesicht verdüsterte sich, aber er sprach weiter. „Ich wollte dir nur sagen, dass mir das, was ich dir angetan habe, unendlich leidtut. Ich hatte damals gar nicht die Gelegenheit, dir das persönlich zu sagen und das hat mich immer belastet. Die Art, wie alles geschehen ist, war übel und es hat viel zu lange gedauert, bis ich dir das persönlich sagen konnte.“

Sie hob die Hand, um ihm zu bedeuten, er solle aufhören, doch er schüttelte den Kopf und fuhr fort. „Nein, das bin ich dir schuldig. Eigentlich reicht eine Entschuldigung gar nicht aus. Ich weiß, dass es für dich nicht leicht gewesen ist." Er hielt inne und schaute sie an, wünschte sich so sehr, sie möge verstehen. „Auch für mich nicht."

Sie erwiderte seinen Blick und in ihrem Gesicht las er eine Mischung aus Entschlossenheit und Schmerz. „Nein, Campbell, es war nicht leicht. Es hat mir das Herz gebrochen. Und es hat noch lange, lange Zeit geschmerzt." Sie lächelte etwas mühsam. Der Kellner stellte zwei Wasser vor sie auf den Tisch und zog sich zurück. Sie drückte Zitrone in ihr Glas und nahm einen Schluck. „Aber ich habe einen Weg gefunden, weiterzumachen." Noch ein Schluck. „Doch ich habe mich immer gefragt, was aus dir geworden ist ..."

Er sprach hastig weiter. „Ich habe mich auch gefragt, was aus dir geworden ist. Ich denke noch immer jeden Tag an dich, Lindsey. Ich habe während der Trauung mit Ellie an dich gedacht. Ich dachte an dich, als ich Nicki zum ersten Mal in den Armen hielt. Ich dachte an dich, als Ellie mich verließ. Und als mein Vater starb. Ich habe mich immer gefragt, was du wohl gerade tust, ob du noch an mich denkst." Er senkte die Stimme. „Ich habe überlegt, was du wohl sagen würdest, wenn ich plötzlich vor dir stünde." Er brach ab und lächelte. Sein mutiges Eingeständnis machte ihn plötzlich verlegen. „Also, ja, ich habe auch an dich gedacht."

Sie lächelte zurück, senkte den Blick und fragte so leise, dass er sie kaum verstand: „Möchtest du hier bleiben?" Erwartungsvoll hob sie den Blick. Er verstand ihre Frage genau.

Verschwörerisch grinste er sie an und sie fühlten sich wie zwei Teenager, die länger ausblieben, als ihnen erlaubt war. „Nein", gestand er. „Lass uns verschwinden."

Sie erhob sich und setzte sich in Richtung Tür in Bewegung. Er blieb stehen und warf Geld für ihr Wasser auf den Tisch und tat das, worauf er schon so viele Jahre gewartet hatte: Er rannte ihr hinterher.

KAPITEL 24

Sunset Beach
Sommer 2004

ALS LINDSEY, NACHDEM SIE DAS RESTAURANT VERLASSEN hatten, neben Campbell in seinem Truck saß, erlebte sie dieselben Gefühle wie früher in seiner Nähe – Euphorie und Atemlosigkeit, zwei Gefühle, die mit dem Alter eigentlich nachließen, so hatte sie zumindest gedacht. Doch sie freute sich, dass manches nicht für immer verloren war, dass ein Stück von ihrer Jugend noch in ihr lebte.

Trotz der Hitze und hohen Luftfeuchtigkeit ließ Campbell die Fensterscheiben herunter, um die würzige Meeresluft hereinzulassen. „Zum Landungssteg?", fragte er.

„Du kannst wohl Gedanken lesen", erwiderte sie.

Auf der Fahrt sprachen sie kein Wort. Eine Million Fragen wirbelten durch ihre Gedanken, doch keine schien geeignet, sie in dieser Situation auszusprechen.

Als sie den Landungssteg erreichten, wollte sie ihre Wagentür öffnen, doch er hielt sie auf. „Lass mich", sagte er, sprang aus dem Wagen, rannte um das Fahrzeug herum und hielt ihr strahlend die Tür auf.

„Danke“, sagte sie und versuchte sich zu erinnern, wann Grant ihr das letzte Mal die Tür aufgehalten hatte, ob er es überhaupt jemals getan hatte. *Lass das nicht zu einem Wettbewerb werden*, ermahnte sie sich.

„Gern geschehen, Lady.“ Auf dem Weg zum Pier ergriff er beiläufig ihre Hand. Sie wollte dieses Gefühl, diesen Augenblick, einfach nur genießen, ohne sich über Recht und Unrecht Gedanken zu machen. Ihr Herz schwebte, doch ihr Kopf versuchte, sie auf die Erde zurückzuholen. Ein Vers ging ihr unentwegt durch den Sinn: „Über allem aber behüte dein Herz.“ In dem Augenblick, als Campbell am Abend zuvor von seiner Veranda gekommen war und sie mit diesem trägen Lächeln, das sie in den vergangenen Jahren so vermisst hatte, angelächelt hatte, hatte sie alle Vernunft beiseitegeschoben.

Als wäre überhaupt keine Zeit vergangen, liefen sie zum Ende des Landungsstegs. Alles war sofort wieder da – das Knarren der alten, verwitterten Bodenbretter, der Flügelschlag der Möwen über ihnen, das gereizte Schwappen der Wellen unter ihnen. Seit den beiden Sommern, die sie miteinander verbracht hatten, war Lindsey nicht mehr hier gewesen. Nicht einmal als Holly sie dazu aufforderte, damals, als Holly noch die Regeln aufstellte. Sie hatte vorgeschlagen, Lindsey sollte auf einen Zettel schreiben: „Ich hasse dich, Campbell“, dann den Zettel zerreißen und die Schnipsel vom Ende des Landungsstegs ins Wasser werfen. Aber Lindsey hatte immer Angst davor gehabt, dorthin zu gehen, Angst, zu viele Erinnerungen könnten in ihr wach werden. Nie hätte sie gedacht, dass sie eines Tages Hand in Hand mit ihm hierher zurückkehren würde.

„Es hat sich nichts verändert“, bemerkte Campbell in ihre Gedanken hinein. „Und du dich auch nicht.“

Sie verzog das Gesicht. „Wohl kaum", erwiderte sie.

„Du konntest noch nie ein Kompliment einfach annehmen", bemerkte er. Etwas an der Art, wie er sie anschaute, ließ sie erkennen, dass er sie viel besser kannte, als sie gedacht hatte. Er schaute sich um. „Ich bin seit damals nicht mehr hier gewesen."

Sein Eingeständnis verblüffte sie. „Aber du lebst doch hier!", stammelte sie.

„Ja, sicher. Aber ohne dich konnte ich einfach nicht mehr hierherkommen. Ich befürchtete, damit könnte ich dich noch mehr betrügen, als ich es bereits getan hatte. Außerdem sah ich keinen Sinn mehr darin, ohne dich hier zu stehen." Er hielt inne. „Dies war dein Ort. Der Landungssteg und der Briefkasten."

Er zog sie an sich. Sie wünschte, sie könnte ihn um ein wenig Aufschub bitten. Die Zerrissenheit in ihr war so groß. Eine Seite von ihr schrie: *Ich bin doch gerade erst seit einer Woche geschieden!* Die andere Seite beruhigte sie: *Du tust nichts Unrechtes.*

Ihr Gewissen siegte und sie schob ihn von sich. „Ich kann nicht, Campbell", erklärte sie. „Ich bin nicht sicher, ob ich schon bereit bin für …", verlegen suchte sie nach den richtigen Worten, „… körperliche Nähe", brachte sie den Satz schließlich zu Ende.

Er beugte sich zu ihr herunter. Als sie seinen Atem auf ihrem Gesicht spürte, den Geruch seiner Haut einatmete und die Wärme seines Körpers spürte, konnte sie die Gefühle, die sie durchströmten, nicht mehr leugnen. Gefühle, die sie für ihn hegte, seit sie 15 Jahre alt gewesen war. Sie hielt ihn nicht auf, als sich seine Lippen auf ihre legten und etwas in ihr wach riefen, das sie fast ihr ganzes Leben lang vermisst hatte.

Nach einer kleinen Ewigkeit löste er sich von ihr und schaute sie mit seinen durchdringenden blauen Augen an. „So wie für das, zum Beispiel?“, fragte er atemlos.

Sie verdrängte die Gedanken an Recht und Unrecht aus ihrem Kopf, als sie nickte und ihn erneut küsste. Sie waren allein auf der Welt und es gab keine Hindernisse.

Er lächelte sie an und zog sie ganz fest an sich, legte sein Kinn auf ihren Kopf, während sie ihre Wange an seine Brust drückte und dem Schlagen seines Herzens lauschte.

„Wir lassen uns so viel Zeit, wie du brauchst“, versprach er ihr. „Aber das musste einfach sein.“

Eine Zeit lang standen sie schweigend auf dem Landungssteg und schauten hinaus auf das Wasser. Nach einer ganzen Weile ergriff sie das Wort, ohne ihn anzublicken. „Erzähl mir von deiner Tochter.“

Einerseits wollte sie alles von Nicki erfahren, andererseits auch wieder nicht. Seine Tochter zu erwähnen brachte schmerzliche Erinnerungen zurück, doch sie war ein wichtiger Teil seines Lebens; sie musste nach ihr fragen. Er trat einen Schritt zurück und schaute sie fragend an. Sie nickte aufmunternd.

„Nun, die Wahrheit ist“, begann er, „wenn du mir diese Frage vor ein paar Wochen gestellt hättest, hätte ich dir von ihr erzählt, was ich für wahr hielt. Aber jetzt stelle ich fest, dass ich sie gar nicht richtig kenne.“ Er erzählte Lindsey von Nickis Krankenhausaufenthalt und ihrer Essstörung. „Ich war so unachtsam“, meinte er tief betrübt. „Ich habe nur das gesehen, was ich sehen wollte, schätze ich“, fügte er hinzu.

Sie wollte ihn trösten. „Das geht vermutlich den meisten von uns so bei den Menschen, die wir lieben", erwiderte sie verständnisvoll. Sie dachte an Grant und wie wenig sie sich anfangs hatte eingestehen wollen, dass er log und betrog und sie dann schließlich verließ.

„Ja, vermutlich. Aber bei deinen Kindern ist das anders. Du willst alles von ihnen wissen, jede Kleinigkeit – und vor allem das, womit sie Probleme haben. Die Tatsache, dass Nicki mich gar nicht mit einbezogen hat, dass sie nicht zu mir gekommen ist, als sie mich brauchte ... nun, das habe ich noch nicht ganz verarbeitet. Und ich nehme einen großen Teil der Schuld auf mich. Ich wäre ihr gern ein guter Vater gewesen. Aber der Wunsch allein genügt nicht, richtig?"

Sie schüttelte den Kopf und dachte an alle Tränen, die sie wegen Grant vergossen hatte. „Nein, ganz bestimmt nicht. Aber du bist jetzt da und sie auch. Ich denke, du hast jetzt noch einmal die Chance, der Vater zu sein, der du immer sein wolltest."

Er lächelte sie strahlend an und sah auf einmal ganz genauso aus wie der Junge, den sie einmal geliebt hatte. „Ich habe irgendwie den Eindruck, dass dieser Sommer sehr ereignisreich werden wird", lachte er.

„Ja", erwiderte sie viel mutiger, als sie sich fühlte, „ganz bestimmt." Sie lachte leise. Campbell stimmte mit ein. Zuerst verhalten, ein wenig verlegen, doch dann sahen sie einander an und brachen in schallendes Gelächter aus. Während die Dämmerung in die Nacht überging, hallte ihr Lachen über die Wellen hinweg, die unter ihnen brandeten, und wurde hinausgetragen aufs Meer.

KAPITEL 25

Sunset Beach
Sommer 1997

LINDSEY ENTDECKTE EINEN MANN AM BRIEFKASTEN, UND ihr Herz sank. Sie wollte den Briefkasten nicht teilen, weder heute noch sonst irgendwann. Sie wollte einfach nur schnell einen Brief schreiben und dann zurückgehen.

Aber sie war schon zu weit gekommen, um jetzt wieder umzukehren. Sie beschloss, keinen Blickkontakt zu suchen und einfach zum Briefkasten zu gehen, genau wie immer. Mit gesenktem Blick kletterte sie die Dünen hoch, während sie dem Mann innerlich Warnungen zurief, nur ja Abstand zu halten. Sie nahm ein Blatt Papier aus dem Briefkasten und einen Stift und ließ sich auf der Bank nieder, um zu schreiben. Und sie achtete darauf, nur ja nicht den Kopf zu heben. Doch das Klicken einer Kamera ließ sie alle guten Vorsätze vergessen. Als sie aufblickte, bemerkte sie, dass der Mann den Fotoapparat auf sie gerichtet hatte.

Sie stand auf und hob die Hände. „Entschuldigen Sie!“, rief sie. „Ich kann mich nicht erinnern, Ihnen gestattet zu haben, mich zu fotografieren!“

Er ließ die Kamera sinken. „Oh, das tut mir furchtbar leid! Ich entschuldige mich!", rief er zurück und eilte die Düne zu ihr hoch. Er sprach mit britischem oder irischem, vielleicht aber auch australischem Akzent. „Ich hätte Sie zuerst um Erlaubnis bitten müssen." Er lachte leise. „Ich bin Fotograf, eine Art Künstler mit der Kamera, denke ich, und ich vergesse mich manchmal einfach selbst, wenn ich einen Moment für die Ewigkeit sehe."

Der Mann betrachtete sie, legte den Kopf zur Seite, als schätze er sie ab. „Sie scheinen eine sehr tiefe Verbindung zu diesem Ort zu haben. Der Ausdruck auf Ihrem Gesicht war so –", er suchte nach dem passenden Wort, „entrückt." Verschwörerisch lächelte er ihr zu. „Dies ist ein ganz besonderer Ort für Sie, richtig?"

Sie schaute sich um, weil sie sehen wollte, ob sie tatsächlich die einzigen beiden Menschen weit und breit waren. Andererseits strahlte der Mann eine Ehrlichkeit aus, die ihr ein Gefühl von Sicherheit vermittelte. *Vermutlich glauben alle Opfer das, bevor sie entführt werden,* dachte sie.

Er wertete ihr Lächeln als Aufforderung und hielt ihr die Hand hin. „Ich bin Roderick. Roderick Shaw."

Sie ergriff seine Hand. „Lindsey Adams", stellte sie sich vor. Er zog ein kleines Notizbuch aus seiner Kameratasche und kritzelte etwas hinein. Ihren Namen, vermutete sie.

„Sehr erfreut, Sie kennenzulernen, Mrs Adams", sagte er und steckte das Buch wieder in seine Kameratasche. „Und was führt Sie an diesem wunderschönen Tag zum Briefkasten?"

„Ich komme einmal im Jahr um etwa diese Zeit hierher. Es ist eine … eine liebe Gewohnheit, schätze ich."

„Ich würde eher sagen, eine Pilgerreise", meinte er. „Es ist Ihnen wichtig." Das war keine Frage.

Sie nickte. Irgendwie wuchs ihre Sympathie für diesen Fremden von Minute zu Minute. „Ja, ich hinterlasse immer einen Brief in dem Briefkasten und schreibe auf, wie mein Jahr gewesen ist. Ich berichte der Seelenfreundin alles, was in meinem Leben passiert ist." Sie lachte verlegen auf. „Es klingt irgendwie albern, wenn ich das so erzähle."

„Ganz und gar nicht", erwiderte Roderick. „Dies ist ein ganz besonderer Ort. Daran kann kein Zweifel bestehen. Ich glaube, Gott hört Ihnen hier noch intensiver zu als an jedem anderen Ort in der Welt. Ich würde sagen, dass er der eigentliche Seelenfreund ist."

„Meinen Sie?", fragte Lindsey vorsichtig.

„Aber natürlich."

Sie dachte daran, dass sie jetzt viel häufiger betete und in der Bibel las, die Holly ihr vor Jahren zum Schulabschluss geschenkt hatte. Sie war noch so wenig benutzt, dass einige der Seiten zusammenklebten und noch knisterten. Aber das ließ von Tag zu Tag mehr nach. Sie hatte einige Freunde gefunden, die ihr halfen, und auch ihr Vertrauen auf Gott wuchs von Tag zu Tag. „Vielleicht stimmt das."

„Oh, Mrs Adams, ich denke, Sie wissen das." Er forderte sie auf, sich zu ihm auf die provisorische Bank neben dem Briefkasten zu setzen. „Haben Sie vielleicht Zeit, eine Geschichte über diesen Ort zu hören?", fragte Roderick.

Eigentlich hatte sie nicht vorgehabt, so lange zu bleiben, aber sie erwiderte, sie hätte Zeit, sich seine Geschichte anzuhören. Die Vorstellung, dass es noch andere Menschen gab, die eine besondere Beziehung zu dem Briefkasten hatten, faszinierte sie. Natürlich gab es sie, aber bisher hatte sie nie darüber nachgedacht.

„Vor einigen Jahren bin ich zum ersten Mal hergekommen. Ich hatte den Auftrag, einige Fotos für Postkarten von der Gegend zu schießen. Wie es sie in der Stadt zu kaufen gibt."

Sie nickte. Obwohl sie nie eine erstanden hatte, hatte sie die Karten im Ständer neben der Kasse oft bewundert. Nie hätte sie gedacht, dass sie den Mann, der die Fotos gemacht hatte, einmal kennenlernen würde. Nie hätte sie gedacht, dass die Kamera von einem Menschen geführt wurde, der eine Geschichte hatte.

„Ich sollte also diesen rätselhaften Briefkasten fotografieren, der hier mitten im Nichts im Sand stand, und ich zog los und dachte, dass dies wirklich das Absurdeste war, das ich je getan hätte." Er lachte. „Um ehrlich zu sein, ich dachte, das Ganze sei ein Scherz, den sich jemand erlaubt hätte."

Sie erinnerte sich an ihren ersten Spaziergang mit Campbell und dass sie ihn geneckt hatte, er hätte den Briefkasten nur erfunden.

Roderick fuhr fort. „Aber ich fand und fotografierte ihn. Es war ein wunderschöner Tag, ähnlich wie heute. Allerdings hatte es vorher geregnet. Beinahe wäre ich sogar gar nicht hergekommen, weil ich befürchtete, dass die Lichtverhältnisse nicht gut wären. Doch wissen Sie, was ich sah, als ich herkam?"

Sie kannte die Postkarten aus dem Supermarkt. „Einen Regenbogen", antwortete sie.

Er lachte und schlug sich aufs Knie. „Sie haben meine Fotos gesehen! Ja! Einen herrlichen Regenbogen! Er war nur wenige Minuten zu sehen, aber ich konnte ein unglaubliches

Foto schießen, mit diesem Regenbogen über dem Meer und dem Briefkasten im Vordergrund."

Seufzend wischte er sich mit einem altmodischen Stofftaschentuch über die Stirn. „Nachdem ich die Fotos geschossen und meine Ausrüstung wieder eingepackt hatte, setzte ich mich auf diese Bank." Sein Gesichtsausdruck veränderte sich, als er über das Meer hinwegschaute. „Die Wahrheit war, ich war nicht in bester Verfassung", fuhr er fort. „Ich war alkoholabhängig und meine Frau hatte mich nur wenige Wochen zuvor verlassen. Zu Hause wartete ein fürchterliches Chaos auf mich, und mir war klar, dass ich die Schuld daran trug. Ich saß also hier, an genau dieser Stelle, und fing an, mit Gott über all das zu reden. Ich sagte ihm, wie ich empfand und bat ihn, mir zu helfen, mich zu verändern. Hier vor diesem Briefkasten habe ich ihm mein Herz übergeben. Und ich kann Ihnen sagen, nach diesem Tag habe ich keinen Tropfen mehr getrunken. Mein Leben wurde auf den Kopf gestellt und seither bin ich nicht mehr derselbe." Er zwinkerte ihr lächelnd zu. „Und meine Frau ist auch wieder zurückgekommen. Danach wurde ich nicht mehr beauftragt, weitere Fotos von dieser Stelle zu schießen, aber ich komme trotzdem her, wann immer ich in der Gegend bin. Und ich bringe immer meine Kamera mit, nur für den Fall." Er hielt inne und schaute Lindsey an. „Und als ich Sie die Dünen hochkommen und zum Briefkasten gehen sah, erkannte ich diesen Blick."

„Diesen Blick?", fragte Lindsey.

„Den Blick eines Menschen, der weiß, wie außergewöhnlich dieser Ort ist. Der ihn mit einer Art Ehrfurcht liebt, die die meisten Menschen Kirchen und Denkmälern entgegenbringen. Heiligen Stätten."

„Ja“, stimmte sie zu, „ich komme gern hierher.“

„Dann hören Sie nicht auf damit. Und nehmen Sie es nie als selbstverständlich hin.“ Er wurde ernst. „Und vergessen Sie nicht, dass Gott Sie sehr liebt, Lindsey Adams“, sagte er.

Der Mann erhob sich, klopfte seine Khaki-Shorts ab und lächelte zu ihr herab. Er legte eine Hand auf ihre Schulter und ihre Haut wurde warm unter seiner Berührung. „Ich wünsche Ihnen einen wundervollen Tag“, sagte er. „Es war sehr schön, Sie kennenzulernen.“

„Das fand ich auch, Roderick“, erwiderte sie. Sie schaute ihm nach, wie er wieder hinunterstieg zum Strand, und halb erwartete sie, dass er sich in Luft auflöste. Sie fragte sich, ob diese Begegnung wirklich real gewesen war. Noch lange Zeit blieb sie auf der Bank sitzen und dachte über das nach, was Roderick ihr erzählt hatte, bevor sie ihren Stift zur Hand nahm und zu schreiben begann.

Sommer 1997

Liebe Seelenfreundin,

ich habe heute einen Mann hier getroffen, der mich daran erinnert hat, dass Gott mich liebt. Ich weiß, dass Gott diese Begegnung herbeigeführt hat. Anders kann ich es nicht erklären. Gott scheint mich zu verfolgen, liebe Seelenfreundin … Auf sachte, sehr persönliche Art und Weise zeigt er mir, dass er mich liebt. Auf eine Art, die andere Menschen vielleicht nicht einmal wahrnehmen, die für mich aber von großer Bedeutung ist. Ich begreife langsam, dass Gott mich kennt, und ich versuche zu akzeptieren, dass er mich tatsächlich liebt, wie Roderick mir versichert hat.

Lange Zeit habe ich mich geweigert zu glauben, dass Gott mich liebt. Ich habe ihn fortgestoßen und ihn mit all den Menschen gleichgesetzt, die mich enttäuscht haben – mit meinem Vater, der mich verließ, als ich noch ganz klein war … meiner Mutter, die nie Zeit für mich hatte … Campbell … und sogar Grant. Aber Gott reißt meine Mauern eine nach der anderen ein, die nicht nur von mir, sondern auch von denen gebaut wurden, die mich verletzt haben. Eines Tages, denke ich, wird Gott sie endgültig zerstören.

Der Briefkasten ist schon immer ein ganz besonderer Ort für mich gewesen, aber ich dachte immer, das liegt daran, dass ich eine sentimentale Bindung daran habe, die in meine Jugend zurückreicht. Nie ist mir der Gedanke gekommen, dass der

Frieden, den ich hier spüre, nichts mit Campbell und alles mit Gott zu tun hat – dass die Seelenfreundin, an die ich schreibe, nicht nur ein netter Mensch ist, der sich, wie ich hoffe, von Jahr zu Jahr an mich erinnert, sondern dass der Gott, der mich erschaffen hat, jedes Mal, wenn ich herkomme, schon auf mich wartet. Das verändert meine Sichtweise von diesem Ort. Es lässt in mir den Gedanken entstehen, dass es hier sehr viel mehr gibt, als für das Auge sichtbar ist.

Auch heute wurde ich durch meine Zeit am Briefkasten wieder verändert, in diesem Jahr mehr als je zuvor. Abgesehen vielleicht von meinem ersten Jahr, das immer einen ganz besonderen Platz in meinem Herzen einnehmen wird. Campbell, wo immer du bist, ich wünsche dir alles Gute.

Bis zum nächsten Sommer
Lindsey

KAPITEL 26

Sunset Beach
Sommer 2004

AN DEM ABEND NACH SEINEM TREFFEN MIT LINDSEY GING Campbell hinaus in die Garage und stellte sich vor ein Regal, das gefüllt war mit roten Schuhen. Angefangen von einem winzigen Paar roter Babyschühchen auf dem untersten Regal ging es immer weiter nach oben bis zu dem Paar, das sie zuletzt getragen hatte, als sie in die Highschool kam. Rote, halbhohe Turnschuhe. Campbell trat von dem Regal zurück und starrte es an, als ob die Schuhe zu ihm sprechen würden, als könnten sie ihm einen Rat geben, was er tun sollte, um ihrer Besitzerin zu helfen.

Campbells und Nickis Rote-Schuhe-Tradition war eher zufällig begründet worden, damals, als er sich über Ellies Mangel an Sentimentalität geärgert hatte. Er erinnerte sich, die kleinen roten Schühchen, die er Nicki gekauft hatte, im Abfalleimer gefunden zu haben. Entrüstet hatte er sie Ellie hingehalten. „Warum liegen die im Abfalleimer?"

„Campbell, mach dich doch nicht lächerlich. Sie sind abgetragen und außerdem sind sie ihr zu klein geworden." Ellie verdrehte die Augen. „Diese alten Dinger gehören in den Müll." Sie wollte nach den Schuhen greifen, aber er zog sie zurück.

„Ich werde sie behalten", verkündete er und schaute auf die Schuhe hinab. „Ihre Füße werden nie wieder so klein sein." Er lächelte Ellie an, möglicherweise in dem Versuch, ihr eine emotionale Reaktion zu entlocken. „Ich glaube, ich bin noch nicht bereit, sie schon loszulassen."

Ellie zuckte die Achseln. „Aber dann tu sie nach draußen", erklärte sie mit missbilligend gekräuselter Nase. Er brachte sie in die Garage und stellte sie auf ein leeres Regal. An jenem Tag zog er los und kaufte seiner Tochter ein Paar rote Turnschuhe als Ersatz für die kleinen Schühchen.

„Du bist jetzt ein großes Mädchen", sagte er zu ihr. Sie lutschte an einem großen Lolli und nickte so heftig, dass ihre Locken hüpften. Zärtlich legte er seine Hand auf ihren kleinen Kopf und sein Herz schwoll an vor Liebe zu ihr. In diesem Augenblick wusste er, was er tun würde.

„Ich sage dir was", erklärte er ihr, während er sie in ihren Kindersitz im Wagen setzte. Er beugte sich vor und gab ihr einen Kuss auf die Stirn. „Ich verspreche dir, dir immer ein Paar rote Schuhe zu kaufen. Wann immer du aus einem Paar herausgewachsen bist, stellen wir sie auf das Regal in der Garage."

Sie schaute ihn an und blinzelte. Er lächelte sie an und zwickte sie leicht in die Nase. „Bevor du es merkst", fuhr er fort, „wird das ganze Regal voller roter Schuhe stehen und ich werde staunen, wie groß du vor meinen Augen geworden bist."

Als ob sie wüsste, dass er ihre Zustimmung brauchte, nickte sie und schaute ihn mit ihren großen Augen an.

„Ist das ein guter Plan?“, fragte er sie.

Sie nahm den Lutscher aus dem Mund. „Ein sehr guter Plan, Papa“, sagte sie und steckte den Lolli wieder in den Mund.

Im Laufe der Jahre hatte sie zwar das Interesse an dem Rote-Schuhe-Spiel verloren, spielte aber noch weiter mit. Ja, sie erklärte sich sogar bereit, irgendwann zu ihrer Hochzeit rote Schuhe zu tragen. Besonders gut erinnerte er sich an ihr erstes Paar Schuhe mit Absätzen in Rot. Damals war sie 13 gewesen. Und mit 8 hatte sie sich ein Paar rote Cowboystiefel gewünscht. Es war ihm tatsächlich gelungen, welche aufzutreiben. Und er erinnerte sich daran, dass sie behauptet hatte, in ihren roten Tennisschuhen könnte sie schneller rennen und höher springen als in den anderen.

Doch dann kam Nicki immer seltener nach Sunset und sie hatten die Tradition nicht mehr aufrechterhalten können. Im Laufe der Zeit hatte er sie sogar ganz vergessen und Nicki scheinbar auch.

Als Lindsey ihn früher am Abend gebeten hatte, ihr von seiner Tochter zu erzählen, hatte ihm sofort ein Bild vor Augen gestanden: Nicki, die in ihren roten Cowboystiefeln umherstolzierte. Nachdem er Lindsey abgesetzt hatte, war er geradewegs in die Garage gegangen, um nach den Schuhen zu sehen. Er betrachtete jedes einzelne Paar und sah ein kleines Mädchen vor seinen Augen erwachsen werden.

„Wie ist es gelaufen?“, ertönte plötzlich die Stimme seiner Mutter hinter ihm.

„Prima“, erwiderte er, ohne sich umzudrehen. Er war nicht bereit, ausführlicher über seinen Abend mit Lindsey zu reden.

„Ich habe gehört, wie dein Truck in die Einfahrt fuhr, aber ich habe dich nicht hereinkommen hören. Ich dachte, du machst noch einen Spaziergang am Strand oder sitzt oben auf der Dachterrasse", erklärte sie.

„Nein. Ich hatte mich an unsere alte Tradition erinnert. Dass die alle noch hier stehen, hatte ich schon beinahe vergessen." Er hielt inne und fuhr mit dem Finger über die Spitze der Cowboystiefel. Nickis strahlendes Gesicht, als sie an jenem Weihnachten den Karton auspackte, stand ihm noch vor Augen. „Ich glaube, ich wollte mich einfach nur davon überzeugen, dass sie noch da sind."

„Sie sind noch da, Campbell. Und Nicki ist auch da." Seine Mutter wiederholte genau das, was Lindsey ihm gesagt hatte. Sie klopfte ihm auf die Schulter und obwohl er sie nicht sehen konnte, hörte er das Lächeln in ihrer Stimme. „Du bekommst in diesem Sommer ziemlich wichtige zweite Chancen, Junge. Nimm nicht vor den Gelegenheiten Reißaus, die dir geschenkt wurden."

„Aber was ist, wenn ich nicht verdient habe, was mir anvertraut wird?", fragte er. Endlich drehte er sich um und schaute seine Mutter in der schwach erleuchteten Garage an.

Sie lächelte erneut und ihre Mundwinkel zogen sich kaum merklich nach oben. „Schatz, keiner von uns bekommt, was er verdient. Das nennt man Gnade."

Er starrte sie verblüfft an und versuchte, ihre Worte zu verarbeiten.

Sie verschränkte die Arme vor der Brust und zwinkerte ihm zu. „Es ist schon spät. Ich gehe zu Bett und das solltest du auch tun."

Er lauschte den Schritten seiner Mutter, hörte sie die Verandatreppe hochsteigen und im Haus verschwinden. Kopfschüttelnd schaltete er das Licht aus und zog sich in sein Zimmer zurück. Die Gedanken an rote Schuhe und Briefkästen und die Frage, ob er tatsächlich glauben könnte, dass die Gnade auch für ihn galt, ließen ihn nicht los.

In jener Nacht träumte Campbell, er sähe Nicki als kleines Mädchen beim Schlittschuhlaufen zu. Er wachte auf mit der sehr lebendigen Erinnerung daran, wie er ihr zugeschaut hatte, wenn sie ihre Runden auf der glatten Eisfläche drehte. Sie brauchte keine richtigen Schlittschuhe, ihre kleinen roten Tennisschuhe reichten vollkommen aus. Er blieb draußen, solange es ging, aber sie hatte immer viel mehr Ausdauer als er.

„Ich bin nicht für dieses Wetter gemacht", beklagte er sich, dann zog er sich ins Warme zurück. Nicki schien die Kälte nichts auszumachen. Er bezog Posten am Fenster und beobachtete sie, während er Kaffee trank und seinen Gedanken nachhing. Es gab doch keinen schöneren Anblick als dieses kleine Mädchen. Während er dort mitten im Winter am Fenster stand, war der Sommer sehr weit entfernt. Es war, als käme er nie wieder.

Die Idee, die Veranda in eine Eisbahn zu verwandeln, war ihm an einem Winterabend gekommen, als die Temperatur unter den Gefrierpunkt gefallen war. An den ersten Wochenenden allein mit ihr nach der Scheidung hatte er Sorge, ohne Ellie als Verbindung könnten sie sich fremd werden. Er befürchtete, ihnen könnte der Gesprächsstoff ausgehen und sie würden sich unbehaglich anstarren.

Als sie sich dicke Pullis anzogen und in Decken wickelten, um sich warm zu halten, bemerkte Nicki, es sei zu schade, dass das Meer nicht zufriere. Darauf könnten sie doch wunderbar Schlittschuh laufen. Schüchtern erzählte sie ihm, in ihrem neuen Zuhause bei Ed und ihrer Mutter hätte sie angefangen, Schlittschuhlaufen zu lernen. Zu gern würde sie ihm zeigen, was sie gelernt hätte. In diesem Augenblick wusste er, was zu tun war. Er bat sie, einen Augenblick zu warten, während er nach draußen rannte, den alten Gartenschlauch holte und Wasser auf die Veranda laufen ließ, das fast sofort zu Eis gefror.

Danach kam er wieder ins Haus, verbeugte sich tief vor ihr und sagte: „Ihr Wunsch ist mir Befehl, Mylady. Darf ich zum Schlittschuhlaufen bitten?“

Seit dieser Zeit wartete sie, wenn sie bei ihm war, in den Wintermonaten immer ungeduldig darauf, dass die Temperaturen unter den Gefrierpunkt sanken, was leider viel zu selten geschah. Er brachte ein Thermometer vor dem Fenster an, das sie immer genau im Blick hielt, sobald es nur ein wenig kälter wurde. Und so hatten sie etwas, das nur ihnen allein gehörte und das ein wunderbares Zusammengehörigkeitsgefühl zwischen ihnen schaffte. Dummerweise hatte er gedacht, das würde für immer halten.

Campbell blieb noch eine Weile im Bett liegen und hing seinem Traum nach. Er wollte sich noch nicht vom realen Leben einholen lassen. Von unten drangen die Morgengeräusche nach oben, die ihm so vertraut waren – die Seemöwen vor dem Fenster, seine Mutter, die sich in der Küche zu schaffen machte, das Gurgeln der Kaffeemaschine. Und in diesem Augenblick fiel ihm seine Begegnung mit Lindsey wieder ein. Bei dem Gedanken an das Ende des Abends grinste er in sich hinein: Der unbeholfene Kuss, den er ihr vor ihren Kinder auf die Wange gedrückt hatte; ihr Anblick, wie sie ihm entschuldigend zuwinkte, als sie die Tür hinter sich schloss. Der Abend war schöner gewesen, als er sich je hätte träumen lassen. Er war ein Anfang, auf dem man aufbauen konnte. Bevor er den Tag in Angriff nahm, dankte er Gott für diese zweite Chance.

Er erhob sich, zog die Jalousien hoch und wurde von einem sonnigen Sommertag und einem strahlenden Bilderbuchhimmel begrüßt, vollkommen blau, mit kleinen, flauschigen Wolken.

„Papa?", hörte er Nicki aus dem Flur heraufrufen.

„Einen Augenblick, Schatz." In aller Eile zog er seine Schlafanzughose an, streifte ein T-Shirt über und öffnete die Tür. „Ja?"

Sie stand auf der obersten Treppenstufe. Ihr abgemagerter Körper erschreckte ihn noch immer. Wie konnte sie das schön finden? „Äh, kann ich mit dir reden?"

Er winkte sie in sein Zimmer und deutete auf den Schaukelstuhl. „Klar, setz dich." Neben ihr lag ein Stapel Briefe, die er unbedingt noch wegräumen musste. Er hatte sie an dem Abend, als Lindsey an seinem Haus vorbeigegangen war, herausgesucht und war beim Durchlesen eingeschlafen.

Nicki nahm Platz und schaute sich nervös um.

„Hey, noch mal vielen Dank, dass du gestern bei Lindseys Kindern ausgeholfen hast", sagte er. „Oma sagte, dass du dich sehr gut um sie gekümmert hast."

Sie zuckte die Achseln. „Ja, ich mag Kinder. Sie sind noch so unkompliziert, verstehst du?"

Er lachte über diese Worte aus dem Mund seiner Tochter. Als er sie anschaute, sah er noch deutlich das Kind vor sich. „Ich stimme dir zu."

„Du magst diese Frau, nicht?“

„Äh, nun, die Sache mit Lindsey ist ein wenig kompliziert. Wir kennen uns schon seit unserer Jugendzeit und haben uns lange nicht gesehen, darum könnte man wohl sagen, dass wir uns gerade erst wieder ein wenig annähern.“ Vor seinem inneren Auge sah er Lindsey, wie sie ausgesehen hatte, nachdem er sie geküsst hatte. Errötend schob er den Gedanken schnell beiseite.

„Papa, mir kannst du doch nichts vormachen! Es steht dir ins Gesicht geschrieben!“ Sie lachte; mit dem Ellbogen kam sie dabei an die Briefe und warf sie zu Boden. Er rührte sich nicht, um sie aufzuheben, aus Angst, er könnte den Zauber ihres Gesprächs zerstören, ihres Lachens in seiner Gegenwart.

In gespielter Beschämung ließ er den Kopf hängen. „Ich fürchte, du hast mich ertappt“, sagte er. Er schaute sie an. „Macht dir das etwas aus?“

„Eigentlich freue ich mich sogar darüber.“

Er lachte schockiert. „Du *freust* dich?“

„Ich finde es nicht gut, dass du allein bist. Ich habe immer Mitleid mit dir gehabt, hier so ganz allein und nur Oma als Gesellschaft. Ich meine, sie ist toll, aber ich habe mir immer mehr für dich gewünscht. Als ich klein war, bin ich nach meinen Besuchen immer sehr ungern nach Hause gefahren, weil ich wusste, dass du einsam bist. Warum du allein geblieben bist, habe ich nie verstanden. Ich hätte es schön gefunden, wenn du ein Leben geführt hättest wie Mama – mit einer neuen lieben Partnerin, vielleicht noch weiteren Kindern, all das.“

Sie wandte den Blick ab, beobachtete durch das Fenster die vorbeiziehenden Wolken. „Ich habe immer geweint, wenn ich abreisen musste, weil du mir so leidgetan hast. Obwohl ich das damals nicht erklären konnte, hatte ich das Gefühl, dass du es verdient hast, glücklich zu sein.“ Sie schaute ihn an und zum ersten Mal, seit sie bei ihm war, erhaschte er einen flüchtigen Blick auf seine Tochter, wie sie früher gewesen war – die Person hinter der abgemagerten Fassade. Hoffnung erfüllte sein Herz wie ein Segel, das sich im Wind blähte.

Er räusperte sich. „Danke, Liebes. Das ist schön zu hören.“ Die Worte blieben ihm beinahe im Halse stecken.

„Wie auch immer, Papa, ich wollte dich fragen, ob du mich heute zu meiner Therapiestunde begleitest. Lisa fand das eine gute Idee.“ Sie hielt inne und fügte dann hinzu: „Ich meine, ich natürlich auch.“ Sie räusperte sich. „Aber nur, wenn du möchtest.“

Das Mauerblümchen wurde endlich zum Tanz aufgefordert. Er konnte beinahe hören, wie die Tür zu ihrem Herzen einen Spalt geöffnet wurde, wie die verrosteten Scharniere vor Anstrengung quietschten. Es war nur ein kleiner Spalt, aber es reichte, um Licht und Luft hereinströmen zu lassen. Noch konnte er nicht hindurchtreten, aber das würde nicht mehr lange auf sich warten lassen.

KAPITEL 27

Sunset Beach
Sommer 2004

DEN GANZEN TAG KÄMPFTE LINDSEY GEGEN DEN DRANG AN, ganz „zufällig" an Campbells Haus vorbeizulaufen. Sie lenkte sich ab, indem sie das Haus aufräumte und sauber machte, und steuerte ihre Gedanken bewusst in eine andere Richtung, um nicht über ihn nachzudenken – wie er sie angeschaut hatte, wie vertraut er ihr immer noch war. Unzählige Male hatte sie alle Einzelheiten des vergangenen Abends durchgespielt. Wie ein Schulmädchen. Sie konnte sich gerade noch davon abhalten, seinen Namen mit einigen Herzchen in ihr Tagebuch zu kritzeln.

Nachdem sie den ganzen Morgen über widerstanden hatte, gab sie schließlich nach, zog ihre Joggingschuhe an und machte sich auf den Weg zu seinem Haus. Natürlich würde er ihr kleines Manöver sofort durchschauen, aber das kümmerte sie nicht, wenn es bedeutete, dass sie in seiner Nähe sein konnte. Wie das zustande kam, war ihr egal.

Sie joggte den ganzen Weg bis zu seinem Haus. Als sie in seine Straße einbog, bemerkte sie, dass sein Truck nicht in der Einfahrt stand. Enttäuscht beschloss sie, nicht umzukehren, sondern unbeirrt weiterzulaufen.

Als sie an dem Haus vorbeikam, hörte sie eine vertraute Stimme rufen: „Lindsey!“ Sie wurde langsamer und schirmte die Augen gegen die Sonne ab. Campbells Mutter Rita stand auf der vorderen Veranda und winkte ihr zu. Sie stellte die Gießkanne, die sie in der Hand hielt, auf den Boden und winkte Lindsey heran.

Bevor Lindsey noch die Verandastufen hochgestiegen war, begann Rita bereits zu sprechen. „Ich bin so froh, dass Campbell und du gestern einen schönen Abend hattet“, sagte sie. Sie schien sich genauso darüber zu freuen wie Lindsey.

„Wie schön, Sie zu sehen, Mrs Forrester“, begrüßte Lindsey sie lächelnd. „Nochmals vielen Dank, dass Sie gestern auf meine Kinder aufgepasst haben! Sie haben viel Spaß bei Ihnen gehabt.“

Sie winkte ab. „Liebes, das war doch gar nichts! Ich spiele gern wieder den Babysitter, wenn du mir Campbell abnimmst! Er kann ganz schön anstrengend sein.“

Lindsey lachte und Rita grinste sie an. „Aber bitte versteh mich nicht falsch. Ich liebe Campbell und ich weiß nicht, was ich ohne ihn tun würde. Aber ich wünschte wirklich, er würde endlich wieder anfangen zu leben.“ Ein sehnsüchtiger Ausdruck trat in ihre Augen. „Campbells Vater und ich waren so glücklich. Es ist traurig, dass er nicht erlebt hat, dass Campbell auch eine solche Liebe findet. Das ist es, was er sich immer für ihn gewünscht hat und ich hoffe es immer noch.“ Sie schaute sie bedeutungsvoll an. „Aber er schien nie interessiert an irgendwelchen Frauen. Und endlich verstehe ich auch, warum.“

Lindsey starrte sie verständnislos an und fragte: „Warum?“, bevor sie sich zurückhalten konnte. Ihr Herz klopfte zum Zerspringen, obwohl sie gar nicht mehr joggte.

„Aber Liebes, natürlich wegen dir. Ich glaube, er hoffte, den Weg zurück zu dir zu finden, oder du zu ihm. Wie auch immer.“ Sie musterte sie. „Komm doch herein und trink ein Glas Wasser“, meinte sie. „Es ist schrecklich heiß heute, viel zu heiß zum Joggen.“

Lindsey folgte ihr ins Haus und fragte sich, ob Rita erraten hatte, dass ihr Joggingausflug nur ein Vorwand war, um Campbell zu sehen. „Er ist wohl nicht da?“, fragte sie.

Rita runzelte leicht die Stirn. „Nein, er hat Nicki zu ihrer Therapiestunde gefahren. Du weißt darüber Bescheid, nicht?“, fragte sie.

Lindsey zögerte kurz, bevor sie nickte. Sie wollte nicht den Anschein erwecken, als wolle sie Campbells Mutter ausfragen, doch andererseits war sie begierig darauf, mehr über sein Leben zu erfahren … alles, was sie verpasst hatte.

„Nun, dann weißt du ja, dass Nicki an Anorexie leidet. Sie hat sich beinahe zu Tode gehungert und jetzt macht sie eine Therapie. Er fährt sie jeden Tag dorthin.“ Sie reichte Lindsey ein Glas Eiswasser und trank auch selbst eins. Das leere Glas stellte sie auf die Spüle. „Es sind emotionale Probleme, die sie zu verarbeiten hat.“

„Haben wir das nicht alle?“, platzte Lindsey heraus.

Lächelnd nickte Rita. „Ja, Liebes, vermutlich hast du recht. Nickis Probleme sind nur ein bisschen …“, sie suchte nach dem richtigen Wort, „… dringender als unsere.“

„Sie müssen sie sehr lieben“, sagte Lindsey. Die Zärtlichkeit, mit der Rita Nickis Namen aussprach, war ihr nicht entgangen.

„Absolut, ja. Sie ist vielleicht nicht unter den Bedingungen auf die Welt gekommen, wie ich es mir für sie gewünscht hätte, und auch nicht für meinen Sohn. Aber wir haben uns zusammengerissen und das Beste daraus gemacht. Denn schließlich sind wir eine Familie. Ich schätze, meine Beziehung zu ihr hat an Tiefe gewonnen, als Ellie wegging und wir Nicki für uns hatten. Natürlich hatte sie immer hier gewohnt, aber Campbell und Ellie haben sie versorgt. Als Ellie fortging, haben wir eine so wunderschöne Zeit erlebt." Sie lächelte. „Ich habe sie in die Kirche mitgenommen, denn Gott weiß, dass ihre Eltern das nicht taten. Ich dachte, auf lange Sicht würde es ihr helfen, Gott kennenzulernen."

„Ich bin sicher, das hat es", bemerkte Lindsey.

Rita nickte und wischte sich über die Stirn. Sie lachte nervös. „Na ja, vielleicht. Aber am Ende hat Campbell am meisten davon profitiert. Er begleitete Nicki und mich jeden Sonntag – in erster Linie, weil er nichts Besseres zu tun hatte, denke ich, und seither hat er an dieser Gewohnheit festgehalten. Als Junge war er sehr abwehrend, rebellisch sogar, und wollte nichts mit Gott und der Kirche zu tun haben. Aber er hatte sein Leben ruiniert und war danach ein gebrochener Mann. Er hatte erkannt, dass es an der Zeit war, ein paar Dinge in Ordnung zu bringen und es Gott zu überlassen, den Rest für ihn wieder zusammenzusetzen." Sie lächelte. „Er hat große Fortschritte gemacht, aber ihn quält immer noch die Scham über das, was passiert ist. Er fragt sich immer noch, ob Gott ihm tatsächlich eine zweite Chance gibt. Trotz allem, was sich in diesem Sommer so ereignet. Ich glaube, Gott hat etwas vor. Du nicht auch?"

Fragend zog sie die Augenbrauen in die Höhe und Lindsey nickte. Leider konnte sie nicht verhindern, dass sie errötete.

„Mrs Forrester?", begann Lindsey spontan. Ihr war eine Idee gekommen. Sie freute sich unsagbar zu hören, dass Campbell sich Gott angenähert hatte. Konnte es wirklich möglich sein, dass sie beide im Laufe der Jahre zu Gott gezogen worden waren? „Ich würde Campbell gern eine Nachricht dalassen. Wäre das möglich?"

Sie wollte ihm aufschreiben, was sie empfand, ihm sagen, dass er sehr wohl eine zweite Chance verdient hatte. Diese Nachricht würde schon auf ihn warten, wenn er nach Hause kam. Sie hoffte, irgendwie ausdrücken zu können, wie viel Hoffnung sie erfüllte. Als sie nach Sunset gekommen war, wollte sie über Dinge schreiben, die zu Ende gingen, und innerhalb von wenigen Tagen hatte sich das Thema in Neuanfänge verwandelt. Voller Staunen schüttelte sie den Kopf.

„Aber natürlich, Liebes. Mal sehen ... ich habe kein Papier hier unten, aber in Campbells Zimmer findest du sicher, was du brauchst. Geh doch einfach hoch. Auf seinem Schreibtisch liegt Papier. Außerdem findet er deine Nachricht vielleicht nicht, wenn du sie hier unten liegen lässt. Leg sie auf seinen Schreibtisch, das ist sicherer." Sie deutete mit der Hand zur Treppe. „Ich bin draußen und arbeite im Garten, falls du mich brauchst", erklärte sie und stapfte in ihren schweren Gartenclogs durch die Küchentür nach draußen. Auf der Rückseite ihres T-Shirts stand: „Seeschildkröten werden im Dunkeln gerettet". Lindsey schaute ihr lächelnd nach.

Während sie die Treppe hochstieg, erinnerte sie sich an das einzige andere Mal, dass sie Campbells Zimmer betreten hatte. Seine Eltern waren in dem zweiten Sommer verreist gewesen und Campbell und sie trafen sich bei ihm zu Hause, obwohl seine Eltern das eigentlich verboten hatten. Er hielt sie an der Hand, als er sie hoch in sein Zimmer führte, und beide waren nervös angesichts dessen, was in seinem Elternhaus, in seinem Schlafzimmer, alles passieren konnte. Sie erinnerte sich, wie sie sich auf seinem Bett niederließen und sich küssten. Ihre Herzen trommelten so laut in ihrer Brust, dass sie den Herzschlag des anderen hören konnten.

Es war Campbell, der dem Ganzen ein Ende setzte; Campbell, der fragte, ob sie sich nicht mit den anderen Jugendlichen bei der Arkade treffen wollten. Beide rannten beinahe aus dem Haus, dankbar für den Aufschub dessen, was hätte passieren können. Sie lächelte bei der Erinnerung an zwei nervöse Jugendliche, die am Ende doch das Richtige getan hatten. An jenem Abend wusste sie, dass sie ihn wirklich liebte. Er beschützte sie. Er respektierte sie.

Campbells Zimmer sah ganz anders aus, als sie es in Erinnerung hatte. Die Devotionalien des Teenagers – Poster von Rockstars und Andenken an Sportveranstaltungen – waren verschwunden. Stattdessen wurde das Zimmer von einem großen Doppelbett dominiert, außerdem standen da noch ein Schreibtisch, eine Kommode und ein Schaukelstuhl mit einem Beistelltisch. Sie stellte sich vor, wie Campbell in dem Schaukelstuhl saß und ein Buch las oder nachdachte. Ob er wohl auch an sie gedacht hatte?

Ein Gemälde von einer Strandszene hing an einer Wand. Als sie es näher betrachtete, erkannte sie, dass es ein Original war, ein Aquarell. Es zeigte den Briefkasten. Ein Mädchen saß auf der Bank daneben und schrieb. Das Mädchen sah … es sah Lindsey bemerkenswert ähnlich. Sie stand vor dem Gemälde. Ihre Gedanken wanderten zurück und ihr wurde klar, dass die Ähnlichkeit kein Zufall war.

Sie entdeckte einen Stapel Papier auf dem Schreibtisch und trat näher, um ihren Brief zu schreiben. Noch ganz gefangen von dem Bild und von ihren Überlegungen, was sie in dem Brief schreiben wollte, bemerkte sie die Briefe, die neben dem Schaukelstuhl auf dem Boden verteilt lagen und sie bückte sich, um sie für Campbell aufzuheben. Vermutlich hatte der Wind sie vom Schreibtisch gefegt. Während sie die Seiten aufsammelte, begann ihr Herz wild zu klopfen, als wüsste ihr Körper bereits, was ihr Gehirn noch nicht registriert hatte. Sie erkannte ihre eigene Handschrift auf den Briefen: *Sommer 1992, Liebe Seelenfreundin. Sommer 2000, Liebe Seelenfreundin. Sommer 1986, Liebe Seelenfreundin.*

Ein ganzes Leben zusammengefasst in Briefen. *Ihren* Briefen.

Das Zimmer begann sich um sie zu drehen und sie ließ sich auf den Schaukelstuhl sinken. Wie ...? Warum? Tausend Fragen wirbelten durch ihr Gehirn, auf die sie keine Antworten hatte. Sie starrte die Briefe in ihren Händen an und bemerkte, dass sie zitterten. Ihr Herz klopfte zum Zerspringen und Zorn stieg in ihr hoch. Wieso hatte er sie so ... so betrogen? Schon wieder?

Ohne nachzudenken schleuderte sie die Briefe quer durch das Zimmer. Sie verteilten sich wie Konfetti im Raum und das Chaos war wie eine Visitenkarte, dass sie hier gewesen war. Sein Geheimnis war aufgedeckt, sie hatte gefunden, was er unerlaubt an sich genommen hatte. Sie wirbelte herum, rannte zur Tür hinaus, die Treppe hinunter und ins Freie. Seiner Mutter, die im Vorgarten arbeitete, winkte sie nicht einmal zu, als Rita ihr einen Abschiedsgruß nachrief.

Lindsey rannte und rannte, bis sie nicht mehr konnte. Aber

als sie stehen blieb, um Luft zu schöpfen, etwa auf halber Strecke zum Strandhaus, waren alle schrecklichen Gefühle noch da. Sie schien ihnen nicht entkommen zu können.

Sommer 2003

Liebe Seelenfreundin,

heute empfinde ich ein Gefühl der Dringlichkeit. Ich würde so gerne persönlich mit dir sprechen. Ich wünschte nur, wir könnten uns an einen Tisch setzen, eine Tasse Kaffee trinken und du könntest mir raten, was ich tun soll. Auf dem Weg hierher begegnete ich mehreren glücklichen Paaren, die miteinander lachten und die Hände nicht voneinander lassen konnten – einige knutschten sogar so intensiv, dass es schon peinlich war. Grant meint, ich hätte mich zu einer religiösen Fanatikerin entwickelt, aber es gibt doch wirklich Grenzen. Hier am Strand spielen Kinder.

Vielleicht bin ich auch einfach nur neidisch. Neidisch, dass mir fehlt, was diese Paare haben. Hatte ich das überhaupt jemals? Haben Grant und ich uns so angesehen, haben wir so ausgelassen miteinander gelacht, unsere tiefsten Gedanken miteinander geteilt? Früher war das mal so, da bin ich sicher, aber das ist schon sehr lange her und wir haben diese Zeit so schnell hinter uns gelassen, dass ich mich schon kaum noch daran erinnern kann.

Ich bin zu der Ansicht gekommen, dass du, liebe Seelenfreundin, mich durch und durch kennst. Und ich frage mich, wer du wohl bist … und gleichzeitig will ich es gar nicht wissen. Ich nehme an, dass du vermutlich eine jener älteren Damen bist, denen ich im Ort begegne, mit ihren großen T-Shirts von den

Schildkrötenschützern und den Sonnenblenden über den Augen, die den Strand nach Nestern oder was auch immer absuchen. Es wäre toll, wenn das so wäre – ich könnte eine Mentorin brauchen.

Ich habe Angst, dass du dich nicht wirklich für mich interessierst. Dass meine Worte in einem einsamen Briefkasten enden, der gar nicht so geheimnisvoll und fantastisch ist, wie ich ihn gesehen habe, seit ich als verliebter Teenager das erste Mal hierher kam. Bist du mit diesen Briefen im Laufe der Jahre auf dem Laufenden geblieben, hast du dich auf die nächste Fortsetzung so gefreut, wie ich mich darauf freute, sie zu schreiben? Ich hoffe es sehr. Ich hoffe, dass ich wirklich irgendwo auf dieser Erde eine Seelenfreundin habe, jemanden, der die Wahrheit kennt und mich trotzdem liebt.

Dass es im Himmel so jemanden gibt, weiß ich. Aber es wäre schön, auch einen auf der Erde zu haben.

Es war ein schwieriges Jahr für unsere Ehe. Grant betrügt mich – wieder einmal. Ich wusste es schon lange, bevor ich den Beweis dafür hatte. Es lag nicht an dem, was ich gesehen habe, ich habe es gemerkt an dem, was fehlte. Es fehlten die intensiven Blicke, die freundlichen Worte, die Zärtlichkeit. Es war das Schweigen zwischen uns. Früher haben wir miteinander geredet. Wir haben miteinander gelacht. Wir haben uns über mehr unterhalten als Rechnungen, den Installateur und den Kinderarzt. Früher gab es nicht nur mich und ihn. Früher gab es uns.

Doch wir haben uns langsam voneinander entfernt, beinahe unmerklich, vergleichbar mit der ständigen Erosion dieses Strandes.

Ein kleines Stückchen nach dem anderen – ein falsches Wort, aus der Frustration heraus gesprochen, ein Abend, an dem man lieber schläft, als Sex hat, ein kleines Etwas, das wir früher immer taten und jetzt sogar gänzlich vergessen haben. Wenn man die Aufregung einer Scheidung und was sie den Kindern antäte, einmal außer Acht ließe, kann ich nicht sagen, dass meine Ehe mir so wichtig wäre, dass ich dafür kämpfen würde. Und das ist die schreckliche Wahrheit. Die fürchterliche, schreckliche Wahrheit, die ich noch niemandem außer dir anvertraut habe. Was bin ich für eine Ehefrau, dass ich nicht bereit bin, für meinen Mann zu kämpfen? Was bin ich für eine Christin, dass ich nicht alles tue, damit meine Ehe funktioniert?

Vielleicht bin ich einfach zu müde. Vielleicht habe ich es satt, für die Dinge im Leben zu kämpfen, die eigentlich selbstverständlich sind – einen Mann, der mich liebt, eine Mutter, die für mich sorgt. Diese Dinge sollten eigentlich eine Selbstverständlichkeit sein, aber bei mir ist das nicht so.

Genau das habe ich gedacht, als ich vor der geschlossenen Tür unseres Waschkellers stand und hörte, wie Grant mit einer anderen Frau telefonierte, wie er sich mit ihr in einem Hotelzimmer verabredete. Er sprach mit seiner sexy Stimme, die ein wenig anzüglich, aber aufregend klingt und an die ich mich kaum noch erinnere. Er dachte, ich sei unter die Dusche gegangen und hatte nicht vermutet, dass ich nach unten kommen würde, um mir ein frisches Handtuch aus dem Trockner zu holen. Ich lauschte vor der Tür und stand noch da, als er sie öffnete. Sein Gesichtsausdruck strafte sein sonst ruhiges Verhalten Lügen. „Hallo", sagte er und pflanzte ein falsches Lächeln auf sein Gesicht. Er deutete auf das Telefon. „Ein geschäftliches Telefonat. Ich treffe mich mit einem Kunden und wir mussten noch den Treffpunkt verabreden."

Ich schaute ihn an, tief betroffen, dass er so dreist log. Wollte er mir wirklich etwas vormachen? „Ach ja? Und ist dieser Kunde eine Frau?"

Er winkte ab und lachte. „Eine Frau? Nein! Wie kommst du darauf?"

„Dann bist du also insgeheim schwul?", schoss ich zurück. Mein Blutdruck war in die Höhe geschossen, mein Versuch, ruhig zu bleiben, verdampfte wie Wasser auf dem heißen Asphalt. Er drängte an mir vorbei und schnappte sich seine Aktentasche. „Schwul?", fragte er mit dem Rücken zu mir. „Nein." Er drehte sich zu mir um, setzte zum zweiten Mal sein falsches Lächeln auf und wuschelte mir durch die Haare wie einem dummen Kind. Dann gab er mir einen flüchtigen Kuss auf die Stirn und marschierte zur Tür. Auf einmal hatte er es sehr eilig. „Was für ein Blödsinn. Ich weiß ja nicht, was du da gerade mitbekommen hast, aber anscheinend geht deine Fantasie mit dir durch." Mein Mund öffnete und schloss sich wie bei einem Fisch, während ich nach den richtigen Worten suchte. Aber er sah mich gar nicht mehr an, als er durch die Tür verschwand und rief, dass er rechtzeitig zum Abendessen zu Hause sein würde. Als wäre das eine Art Geschenk für mich.

Als die Tür ins Schloss fiel, schrie ich: „Ich koche kein Abendessen." Ein wilder Akt der Rebellion. An jenem Abend aß er Müsli. Ich ignorierte ihn und malte mir in Gedanken aus, wie unsere Zukunft wohl aussehen würde.

Was mich in die Gegenwart zurückbringt. Grant ist kurz vor unserer Abreise zum Meer ausgezogen. Er war bereit, uns hierher zu begleiten, damit die Kinder noch einen letzten Familienurlaub genießen können. Ich hatte große Hoffnung, dass während unseres Urlaubs hier ein Wunder geschehen würde, aber leider ist es nicht geschehen. Nachts liege ich im Bett und versuche, nicht daran zu denken, wer die andere Frau ist und ob sie wohl jung, hübsch und schlank ist. Und ich weine nicht. Das habe ich mir fest vorgenommen. Ich tue so, als wäre mein Herz aus Stahl, hart und widerstandsfähig und nicht zu durchdringen. Ich tue so, als würde mich das alles nicht schrecklich verletzen und mache einfach weiter. Ich tue so, als würde mir die Vorstellung, dass die Familie, für die ich so hart gearbeitet habe, vor meinen Augen in sich zusammenstürzt wie ein Haus, das abgebrannt ist und von dem nur der Kamin stehen bleibt, nichts ausmachen.

Ich weiß, dass wir nächstes Jahr nicht wieder zusammen hierherkommen werden. Ich weiß, dass die Ehe, die ich zu haben glaubte, ein Schwindel war. Ich weiß, dass seine Hälfte vom Kleiderschrank leer sein wird, wenn ich nach Hause komme. Und ich frage mich, ob es noch Hoffnung gibt. Ich frage mich, ob er während der Zeit unserer Trennung erkennen wird, was er gehabt hat, und ob er zurückkommen wird. Ich frage mich, ob er tief in seinem Inneren noch etwas für mich empfindet. Und vor allem frage ich mich, was habe ich falsch gemacht? Und werde ich jemals etwas richtig machen?

Bis zum nächsten Sommer
Lindsey

KAPITEL 28

Sunset Beach
Sommer 2004

NACH NICKIS THERAPIESTUNDE FRAGTE CAMPBELL SIE, OB SIE Lust hätte, mit ihm zum Mittagessen zu gehen. Ganz unerwartet und sehr zu seiner Freude stimmte sie zu. Auf dem Weg zum Restaurant erwähnte keiner von ihnen die Sitzung. Sie machte eine Bemerkung über die Hitze. Er nickte zustimmend. Er sagte, dass er Hunger hätte. Sie nickte zustimmend, obwohl er sich unwillkürlich fragte, ob sie nur höflich war.

Während der Sitzung hatte Lisa ihm Tipps gegeben, wie er Nicki in dieser Situation unterstützen könnte. Ihm kam es seltsam vor, über sie zu reden, als wäre sie gar nicht da. Aber sie hörte mit ausdruckslosem Gesicht zu. Sein Herz flog ihr entgegen.

„Hast du mit deiner Mutter gesprochen?", fragte er sie, als sie das kleine Bistro betraten, in dem es Campbells Lieblingssandwichs gab. Eigentlich wollte er gar nicht über Ellie reden, doch er fühlte sich verpflichtet, Interesse zu heucheln.

„Ein paarmal", erwiderte sie. „Sie macht sich Sorgen. Will wissen, ob ich hier glücklich bin."

Bevor er es verhindern konnte, fragte er: „Und, bist du es?"

Sie setzte sich ihm gegenüber an den Tisch. „Papa, keine Sorge. Wenn ich nicht hier sein wollte, dann wäre ich es nicht." Sie schaute sich um. „Mir fällt kein besserer Ort ein, um ..." Sie zögerte, suchte nach dem richtigen Wort. „... gesund zu werden." Sie lächelte ihn an. „Ich könnte für immer hierbleiben", sagte sie und wickelte eine Haarsträhne um ihren Finger. Das war eine Angewohnheit von ihr, ein Anzeichen für Nervosität. Er kannte es noch von früher. „Was würdest du davon halten?"

Sie deutete zur Theke hinüber, wo ein Mädchen ihres Alters die Bestellungen des stetigen Stroms der Gäste entgegennahm. „Ob hier wohl noch Leute eingestellt werden?"

„Weißt du, wenn du einen Job brauchst, dann könnte ich dich bestimmt in der Firma unterbringen."

Sie lächelte. „Ich hatte gehofft, dass du das sagen würdest." Sie atmete tief durch. „Denn ich würde gern hierbleiben. Ich möchte nicht im Herbst zum College gehen. Lisa hat mir geholfen, diese Entscheidung zu treffen."

Innerlich machte sich leichte Panik in ihm breit. Ellie hatte sich immer einen Collegeabschluss für Nicki gewünscht. Da Ellie nicht am College hatte studieren können, beschloss sie schon früh, dass Nicki es tun sollte.

„Hast du es deiner Mutter schon gebeichtet?", fragte er. Er bemühte sich, sich seine Gefühlsregungen nicht anmerken zu lassen. Auf keinen Fall durfte sie spüren, was er von ihrem Entschluss hielt.

„Noch nicht", erwiderte sie. „Ich hatte gehofft, du würdest ihr das beibringen. Du könntest ihr doch erklären, wie die

Therapeutin und ich gemeinsam zu diesem Entschluss gekommen sind."

Er stellte sich dieses Gespräch vor. Ellies Wutausbruch, die Therapeutin tauge nichts. Anklagen gegen ihn, dass sich seine lasche Mentalität auf ihre Tochter übertragen habe und wie schlecht er diese eine Sache, die er einmal übernehmen sollte, geregelt hatte. Er lächelte Nicki an. „Das wird bestimmt lustig", presste er hervor.

Sie grinste ihn an.

Auf keinen Fall würde er sie enttäuschen. Er seufzte dramatisch und obwohl ihm bei dem Gedanken graute, erklärte er ihr: „Okay. Ich rufe Ellie an und bringe ihr die Neuigkeiten bei."

„Danke, Papa!" Sie schien aufrichtig glücklich darüber. Oder vielleicht nur erleichtert. „Ich bin Mama im Augenblick einfach nicht gewachsen. Ich will mir ihre Tiraden nicht anhören."

„Ach so, und deshalb soll ich mir ihre Tiraden anhören?", neckte er sie.

„Du musst ja nicht zuhören, ich dagegen schon. Verstehst du?"

„Ja, ich habe so eine Ahnung …", erwiderte er und versuchte sich vorzustellen, wie ihr Leben als Ellies Kind ausgesehen hatte.

„Und Papa?", fuhr sie fort. „Vielen Dank, dass du heute mitgekommen bist. Es war schön, dass du dabei warst."

Zufrieden beobachtete er, wie sie herzhaft in ihr Sandwich biss. „Das habe ich sehr gern gemacht. Es hat mir gefallen, dabei zu sein. Ich möchte gern mehr für dich da sein als in der Vergangenheit. Und weißt du, ich möchte mich bei dir entschuldigen, dass ich dich nicht in Charlotte besucht habe, wie ich es hätte tun sollen. Dass ich immer erwartet habe, dass du zu mir kommst. Ich hätte bei deinen Schulveranstaltungen da sein sollen. Ich hätte deine Bedürfnisse über meine eigenen stellen müssen, aber das habe ich versäumt. Ich bin dir nicht der Vater gewesen, der ich hätte sein sollen." Er schluckte. „Aber ich bin froh, dass Gott uns noch eine zweite Chance gibt."

Sie nickte und senkte den Blick auf den Tisch, starrte auf das Sandwich auf ihrem Teller, als wäre es etwas Neues und Fremdes. „Eines Tages werde ich bereit sein ...", begann sie, „dir zu erzählen, wie es zu all dem ... gekommen ist."

Er streckte die Hand aus und strich ihr über den Arm. „Lass dir ruhig Zeit", sagte er und lächelte sie an. „Da du ja nun hierbleibst, haben wir alle Zeit der Welt."

Auf dem Heimweg fragte er Nicki, ob sie noch etwas besorgen könnten. „Ich möchte dir etwas kaufen", erklärte er.

Sie zog die Augenbrauen in die Höhe. „Mir?"

„Ja, dir. Wem sonst?"

Sie zuckte die Achseln. „Okay", meinte sie. „Gegen ein Geschenk habe ich nichts einzuwenden."

Er stellte den Truck vor dem Einkaufszentrum ab und stieg aus. Sie folgte ihm. „Ich brauche keinen Badeanzug, Papa", wandte sie ein, als sie den Laden mit den Badesachen betraten. Schon lange hatte er nicht mehr in diesem Geschäft eingekauft, aber es hatte sich kaum verändert.

„Komm einfach mit", sagte er, während er durch die Gänge schritt zu dem Ständer mit den Flip-Flops. Er entdeckte ein

Paar in Rot und suchte die richtige Größe heraus. „Die sehen so aus, als würden sie passen“, sagte er und reichte sie ihr.

Sie nahm sie entgegen. „Papa … “, wollte sie protestieren.

Er hob die Hand. „Nein. Keine Widerrede. Du brauchst sie ja nicht zu tragen. Ich meine, das sind nur billige Flip-Flops für den Strand. Aber ich habe über unsere alte Tradition nachgedacht und ich wollte dir einfach wie früher ein Paar rote Schuhe kaufen. Das habe ich so lange nicht mehr getan.“ Er zögerte, schaute sich um, weil er sich davon überzeugen wollte, dass niemand sie beobachtete. „Lässt du mich das tun?“

Sie musterte ihn mit ihren großen blauen Augen, die dieselbe Farbe und Form hatten wie seine. Sie nickte genau so, wie sie es getan hatte, als sie drei Jahre alt gewesen war. „Sicher“, erwiderte sie.

„Das ist ein guter Plan“, sagte er.

„Was?“, fragte sie, während sie ihm zur Kasse folgte.

Er lachte. „Nichts“, wehrte er ab und zwang sich, nichts weiter zu sagen und Nicki die Entscheidung zu überlassen, wann und ob sie die roten Flip-Flops tragen wollte. Für den Augenblick reichte es, dass sie eine alte Tradition zum Leben erweckt hatten, die viel zu lange geschlummert hatte.

Als er und Nicki nach Hause kamen, saß Rita zusammengesunken auf der Couch und drückte ein Glas Eiswasser an ihre Stirn. Sie schaute ihnen entgegen, als sie eintraten. „Draußen ist es viel zu heiß für menschliche Wesen“, erklärte sie.

„Du siehst schrecklich aus“, sagte er. Ihr Gesicht war rot und ihre Haare klebten am Kopf.

„Na ja, so etwas passiert, wenn man in dieser Hitze im Garten arbeitet“, gab sie zurück. Sie grinste Nicki an. „Schatz, Gartenarbeit macht hässlich. Fang nur nie damit an.“ Ihr Blick wanderte zu Campbell zurück. „Ich schätze, ihr habt bereits zu Mittag gegessen, denn ihr seid ziemlich spät.“

Er nickte zerstreut, gedanklich bereits damit beschäftigt, ein einsames Örtchen zu finden, um in aller Ruhe Lindsey anrufen zu können. „Sie war hier“, sagte seine Mutter. Sie schien Gedanken lesen zu können.

„Lindsey?“, fragte er, als hätten noch weitere Frauen die Angewohnheit, zu ihm nach Hause zu kommen.

Sie warf ihm einen ironischen Blick zu. „Natürlich“, erwiderte sie. „Nimm es mir nicht übel, Campbell, aber vor deiner Tür stehen die Frauen nicht gerade Schlange.“

„Da hast du recht“, räumte er ein. „Was hat sie gesagt?“

„Wir haben ein wenig geplaudert. Ich habe ihr etwas zu trinken angeboten. Sie war zum Joggen unterwegs. Bei der Hitze! Kannst du dir das vorstellen?“

Er deutete mit dem Finger auf seine Mutter und lächelte. „Sah sie so aus wie du?“

Sie winkte ab. „Sei nur still. Sie sah sehr gut aus, wie zu erwarten. Wir hatten ein nettes Gespräch …“ Sie hielt inne und wirkte plötzlich zögernd, nervös.

„Mama … was hast du gemacht?“

„Campbell, du nimmst von mir immer das Schlimmste an.“ Sie winkte Nicki in Richtung ihres Zimmers. Nicki verstand den Hinweis.

„Ich muss mal, äh, meine E-Mails checken“, sagte sie.

Campbell schaute seiner Tochter nach, die die Treppe hochstieg, und wiederholte: „Mama …“

„Weißt du, dann ist etwas Seltsames passiert. Ich habe ihr in Ansätzen erklärt, was mit Nicki ist, und wir haben uns ein wenig über die Vergangenheit unterhalten. Sie war genauso nett wie früher, sehr charmant. Dann sagte sie, sie wolle dir eine Nachricht hinterlassen. Darum habe ich ihr vorgeschlagen, nach oben in dein Zimmer zu gehen und sie dort zu schreiben. Ich verzog mich wieder in den Garten und ehe ich mich versah, stürmte sie aus dem Haus und die Straße hinunter, so schnell, dass ihre Füße kaum den Boden berührten. Sie hat sich nicht einmal verabschiedet!"

Campbells Herz pochte in seiner Brust. Er lief nervös durch das Zimmer, fuhr mit den Händen durch seine Haare und murmelte immer wieder dieselben Worte. *„Oh nein, oh nein, oh nein, oh nein."* Er warf noch einen Blick auf seine Mutter, bevor er zur Tür hinauseilte und Lindsey hinterherrannte, obwohl sie schon lange fort war.

KAPITEL 29

Sunset Beach
Sommer 2004

LINDSEY WAR NUR NOCH EIN PAAR METER VOM STRANDHAUS entfernt, als sie einen ihr sehr vertrauten silbernen Wagen in der Einfahrt stehen sah. Ihr Herz, das bereits zum Zerspringen klopfte, legte noch ein wenig zu und neues Adrenalin schoss durch ihre Adern. Ihr Magen schnürte sich zusammen.

Sie blieb stehen, starrte auf die Steine und Muschelschalen auf dem Boden und bemühte sich, das Schwindelgefühl in den Griff zu bekommen. Als sie aufschaute, nahm sie eine Bewegung auf der Veranda wahr. Es war wie eine Vision, die sie bereits viele Male gehabt hatte: Ihr Mann und ihre Kinder, die zusammen am Tisch saßen. Er trank eine Cola und lächelte, als gehöre er dorthin. Es hätte eine Szene aus dem vergangenen Jahr sein können. Aber nicht aus diesem.

Die Kinder winkten ihr fröhlich zu und strahlten, als wären alle ihre Träume in Erfüllung gegangen. Was vermutlich auch tatsächlich so war. Wenn Grant nur zwei Tage früher aufgetaucht wäre, hätte sie vielleicht ähnlich empfunden. Doch jetzt machte seine Anwesenheit auf der Veranda sie einfach nur zornig. Wie konnte er es wagen, das kleine Stückchen Glück, das sie zu ergreifen gewagt hatte, zu verderben? Und doch ... nach dem, was in Campbells Haus geschehen war, wusste sie nicht, ob sie noch glücklich war. Sie wusste nicht, was sie denken oder fühlen sollte. Und dank Grants Auftauchen hatte sie keine Zeit, darüber nachzudenken und zu beten. Um der Kinder willen setzte sie ein Lächeln auf und ging auf das Haus zu.

Während sie die Verandastufen hochstieg, wirbelten die Fragen in ihrem Kopf durcheinander: Warum war er gekommen? Was hatte er vor? Und dann war da auch der nagende Gedanke an Campbell. Wie konnte sie, wenn Grant in der Nähe war, herausfinden, was er mit ihren Briefen getan hatte und was seine Gründe dafür waren?

Es fiel ihr schwer, Grants Blick zu begegnen. Sie konnte es einfach nicht fassen, ihn auf der Veranda sitzen zu sehen, als gehöre er dorthin, als hätte er das Recht dazu. Stattdessen konzentrierte sie sich auf Annas und Jakes Gesichter.

Anna sprang auf. „Mama“, sagte sie beinahe schüchtern, „Papa ist da.“

„Ja, er ist gekommen, um uns zu besuchen. Ist das nicht cool, Mama? “, ergänzte Jake die Worte seiner Schwester.

Anna musterte eindringlich das Gesicht ihrer Mutter und wartete nervös auf ihre Reaktion. Lindsey nickte und suchte nach den richtigen Worten. „Wow ...“, mehr brachte sie nicht über die Lippen.

Grant starrte sie an; sie spürte, wie sich sein Blick in sie hineinbohrte, aber sie wollte ihn nicht ansehen. Sie murmelte etwas von „duschen“ und hastete ins Haus, fort von den dreien und ihrer glücklichen kleinen Wiedervereinigung. Entschlossen zog sie die Tür ins Schloss, betrat das Bad und schloss hinter sich ab. Eine doppelte Barriere. Sie zog ihre verschwitzten Joggingsachen aus, löste ihren Pferdeschwanz und schlüpfte in die Dusche.

Das eiskalte Wasser lief über ihren Körper und vermischte sich mit ihren Tränen. Sie lehnte den Kopf an die Fliesen, während das Wasser auf ihre Haut prasselte, ein Kälteschock nach der Hitze. Draußen wurde an die Badezimmertür geklopft, aber sie reagierte nicht. Lautlos formten ihre Lippen die Worte, die sie nicht aussprach: *Geh weg. Geh weg. Geh weg.*

Als ihre Zähne anfingen zu klappern, drehte sie das warme Wasser auf und ließ es über ihre müden, schmerzenden Schultern und Beine laufen. Sie konnte sich nicht erinnern, wann sie jemals so lange gelaufen war und kämpfte gegen den Wunsch an, sich umgehend ins Bett zu legen und zu schlafen und so das ganze Chaos aus ihrem Leben auszuschließen. Die große Flucht.

Als das heiße Wasser aufgebraucht war, stieg sie widerstrebend aus der Wanne, trocknete sich ab und wickelte sich das Handtuch um ihren Körper. Sie kämmte sich die Haare und musterte ihre Erscheinung im Spiegel. Was Grant wohl sah, wenn er sie betrachtete? Sie fragte sich auch, was Campbell sah.

Wie sehr wünschte sie, Holly wäre hier. Ihre Freundin würde angesichts ihrer Misere bestimmt laut loslachen. „Zwei Männer, Linds, wow! Zwei Männer kämpfen um dich!“ Lindsey schloss die Augen und hörte förmlich, wie Holly diese Worte sprach, sah ihre Grübchen beim Lächeln. Holly könnte ihr sagen, was sie tun sollte. Am besten würde sie später mit

Holly telefonieren und sich von ihr helfen lassen, das Ganze zu verstehen, und Holly würde sie necken und sagen, sie sei ein männermordendes Weibsbild.

Lindsey verließ das Bad, um sich im Schlafzimmer anzukleiden. Dabei prallte sie unvermittelt gegen Grant, der anscheinend drinnen auf sie gewartet hatte. Er legte die Arme um sie und küsste sie auf die Stirn, bevor sie ihn fortschieben konnte. Die Schlafzimmertür war geschlossen und sie war dankbar, dass die Kinder nichts mitbekamen. Sie konnte also sagen, was sie auf dem Herzen hatte. Andererseits gefiel ihr nicht, dass er so ganz selbstverständlich die Schlafzimmertür hinter sich geschlossen hatte. Das war irgendwie ... anmaßend, nicht?

Sein Blick wanderte anerkennend über ihren Körper. Sie versuchte, das Handtuch noch fester um ihren Körper zu ziehen. „Grant, was soll das?“, schimpfte sie. Es gefiel ihr nicht, wie besitzergreifend er sie anschaute. „Dazu hast du kein Recht.“

Er lachte. „Ich habe kein Recht dazu? Ich bin bei meiner Familie im Urlaub.“ Er griff wieder nach ihr und versuchte ihr das Handtuch vom Körper zu ziehen, wie er es getan hätte, wenn ihre Ehe noch in Ordnung gewesen wäre. Als hätte sich nichts verändert, wo sich alles verändert hatte.

„Grant, nein. Hör auf. Wir sind geschieden, falls du das vergessen hast. Und deine Anwesenheit verwirrt die Kinder.“ Sie schaute ihn mit gerunzelter Stirn an. „Was willst du überhaupt hier?“

Er warf ihr seinen Hundeblick zu, der in der Vergangenheit immer Wirkung gezeigt hatte. Aber jetzt konnte er damit bei ihr nichts mehr ausrichten. Diese Erkenntnis war ein Schock für sie.

„Ich habe euch einfach vermisst“, erklärte er und ließ sich auf dem Bett nieder, demselben Bett, das sie immer im Urlaub hier am Strand geteilt hatten, seit sie verheiratet waren. Wie viele Nächte hatte sie neben ihm in diesem Bett geschlafen? Wie viele Male hatten sie sich hier geliebt, gekichert und geflüstert, damit die Kinder sie nicht hörten? Sie schüttelte diese Gedanken ab und versuchte, sich innerlich zu wappnen gegen die Emotionen, die die Erinnerung in ihr ausgelöst hatte.

„Ich wollte meine Familie sehen. Ich wollte dich sehen“, fuhr er fort. Er lachte in sich hinein und starrte sie weiterhin an, als wäre das Handtuch nicht da. „Ich muss zugeben, ich hatte nicht erwartet, dass du diese Reise allein mit den Kindern machen würdest, ohne mich. Und als ihr dann tatsächlich gefahren seid, na ja … irgendwie fühlte ich mich ausgeschlossen. Als hättet ihr mich ganz vergessen.“

„So ist das nun mal, wenn man seine Familie verlässt, Grant. Sie macht ohne dich weiter. Was hast du gedacht? Dass wir aufhören zu leben?“

Er ließ den Kopf hängen, in vorgetäuschter Beschämung, wie sie wusste. „Das habe ich wohl“, murmelte er in Richtung Fußboden.

Eine Tasche stand auf dem Boden des Schlafzimmers. Es war die Reisetasche, die sie ihm vor 10 Jahren gekauft hatte. Sie war so stolz gewesen auf dieses Schnäppchen. *Diese blöde, billige Reisetasche,* dachte sie, *hält länger als unsere Ehe.* Sie deutete auf die Tasche. „Du kannst nicht hier übernachten, Grant.“

Er erhob sich und trat wieder auf sie zu. „Und warum nicht?“ Er legte seinen Zeigefinger unter ihr Kinn und hob ihren Kopf, damit sie ihn ansehen musste. In diesem Augenblick wirkte er traurig und zerknirscht und ganz und gar vertrauenswürdig. „Lass uns wieder eine Familie sein. Lass uns hier neue Erinnerungen schaffen, dieses Jahr, gemeinsam."

Ein Jahr lang hatte sie sich danach gesehnt, diese Worte zu hören. Aber während er sprach, stand ihr nicht sein Gesicht vor Augen. Sie sah Campbell auf dem Landungssteg am Abend zuvor, wie er ihr zuhörte, sie anlächelte. Dann verdrängten die Briefe in seinem Zimmer das Bild. Sie wich vor Grant zurück, sank aufs Bett und verbarg den Kopf in ihren Händen. Grant kam zu ihr, legte den Arm um ihre Schultern und zog sie an sich. Sie versteifte sich, und doch gestattete sie ihm, ihr so nahe zu sein.

„Ich brauche Zeit zum Nachdenken", sagte sie an seiner Schulter. Er trug ein Golfshirt in einem abscheulichen Grün, das sie ihm niemals empfohlen hätte, ein Hinweis auf ein anderes Leben fern von ihr. Ein Hinweis auf eine andere Frau, die ihn beim Einkaufen beraten und sein Bett geteilt hatte. Sie richtete sich auf. „Glaub nur nicht, dass du einfach hier hereinspazieren kannst und damit ist das letzte Jahr, zack", sie schnippte mit den Fingern, „einfach so ausgelöscht."

Er nickte. „Schatz, das weiß ich. Wirklich. Ich habe nicht darüber nachgedacht … Um ehrlich zu sein, ich wusste gar nicht wirklich, dass ich heute herkommen würde." Er lächelte. „Ich habe mich einfach in den Wagen gesetzt und bin hier gelandet. Hier, wo ich hingehöre. Ich hoffe, das siehst du auch so."

Sie zwang sich, nicht zu lächeln, sich nicht von seinem Charme einwickeln zu lassen. Aber noch während sie sich innerlich wappnete, spürte sie, wie neue Hoffnung ihr Herz erfüllte. In ihrem Herzen war er immer noch ihr Mann. Ihre gemeinsamen Kinder saßen unten. Die Familie war wieder zusammen in dem Strandhaus, das vollgestopft war mit Erinnerungen. Und getränkt von ihren Tränen, die sie wegen dem Ende ihrer Ehe vergossen hatte. Das, worum sie Gott gebeten hatte, war plötzlich eingetreten. Sie hatte nur nicht damit gerechnet, dass Campbell wieder in ihr Leben kommen würde, bevor Grant es tat. Sie hatte nicht gedacht, dass sie einen anderen als Grant lieben könnte – nicht einmal Campbell, den sie vor so vielen Jahren aufgegeben hatte und der für sie verloren gewesen war. Ihre Vernunft sagte ihr, ihre Gefühle für Campbell könnten noch keine Liebe sein. Dass es dumm wäre, Grant, ihren Ehemann, wegen eines Mannes wegzuschicken, den sie vor einem ganzen Leben einmal gekannt und geliebt hatte, aber über den sie jetzt fast nichts mehr wusste. Sie sah die Briefe vor sich auf dem Boden liegen und fühlte sich erneut betrogen und hintergangen.

„Wie wäre es, wenn ich mit den Kindern für eine Weile an den Strand verschwinde? Seit meiner Ankunft betteln sie, dass ich mit ihnen ans Meer gehe. Dann hättest du ein wenig Zeit zum Luftholen." Er tätschelte ihren Kopf wie einem Kind. „Und zum Nachdenken", fügte er hinzu.

Sie nickte und unterdrückte die Tränen, die plötzlich in ihr aufsteigen wollten. Seine kleinen Nettigkeiten waren so willkommen, dass sie vor Erleichterung am liebsten geweint hätte. Ihr war gar nicht klar gewesen, wie sehr sie diese kleinen Gesten vermisst hatte. Ihn in ihrer Vorstellung zu einem Ungeheuer zu machen und die Seite an Grant zu vergessen, die sie geliebt hatte, war leichter, als sich einzugestehen, was sie verloren hatte: seine Freundlichkeit. Sein Potenzial, der Ehemann zu sein, den sie sich gewünscht hatte. Wäre es ein

Fehler, wenn sie ihn endgültig fortschickte? Wenn sich nun herausstellte, dass sie die größte Närrin war?

„Ich möchte dich und die Kinder heute Abend gern zum Essen ausführen“, sagte er. „Wie früher. Wir fahren nach Calabash.“ Er lachte. „Wir werden schlemmen, gebackene Shrimps und alles.“ Er streckte die Hände aus, während sie ihr Handtuch umklammert hielt, damit es nicht herunterfiel. „Wirst du darüber nachdenken?“

„Ich werde darüber nachdenken“, sagte sie.

„Mehr kann ich nicht erwarten“, erwiderte er und strahlte sie an wie ein Honigkuchenpferd.

Nachdem er das Schlafzimmer verlassen hatte, rief er nach den Kindern und forderte sie auf, ihre Sachen für den Strand zusammenzupacken. Die beiden brachen in Jubelgeschrei aus. Einen Augenblick lang war es, wie es immer gewesen war. Die große Herausforderung für Lindsey war nun zu entscheiden, ob das gut war oder nicht.

KAPITEL 30

Sunset Beach
Sommer 2004

CAMPBELL GING NICHT SOFORT ZU LINDSEY. ER SCHLUG DIE Richtung zu ihrem Haus ein, doch dann wurde ihm klar, dass er nicht mit ihr reden konnte, solange er gar nicht wusste, was er sagen wollte, wie er ihr das mit den Briefen erklären würde. Anstatt also zu ihrem Haus zu rennen, machte er einen Umweg zum Landungssteg.

Als Kind hatte er Stunden hier zugebracht. Dort hatte sein Vater ihm das Fischen beigebracht. Er hatte wunderschöne Erinnerungen an die Zeit, die er mit seinem Vater hier draußen verbracht hatte, fern von allem. Er erinnerte sich, wie gut es sich angefühlt hatte, die ganze Aufmerksamkeit seines Vaters für sich allein zu haben, wenn er ihm half, den Köder am Angelhaken zu befestigen und die Angel vorsichtig auszuwerfen. Manchmal unterhielten sie sich, manchmal saßen sie einfach schweigend nebeneinander. Was hätte Campbell darum gegeben, wenn sein Vater jetzt an seiner Seite gewesen wäre, damit er ihn fragen könnte, was er tun sollte.

Er stellte sich die Antwort seines Vaters vor: „Weißt du,

Junge, ich wäre nicht so dumm gewesen und hätte mich gar nicht erst in eine solche Situation gebracht."

Sein Vater, der sich in der Highschool in seine Mutter verliebt und sie unmittelbar nach ihrem Schulabschluss geheiratet hatte, hatte den Schmerz nie gekannt, den es bedeutete, die Liebe seines Lebens wegen der eigenen Dummheit zu verlieren. Er hatte sein ganzes Leben lang nur eine Frau geliebt und war nie von dem Kurs abgewichen, den er einmal eingeschlagen hatte. Seine größte Enttäuschung war gewesen, dass er und seine Frau nicht noch weitere Kinder bekommen hatten. Aber darüber hatte er nie gesprochen. Campbells Eltern hatten sich immer viele Kinder gewünscht, das wusste er. Nach mehreren Fehlgeburten war endlich Campbell auf die Welt gekommen, und sie hatten gehofft, dass nun alles gut wäre, aber es folgten noch weitere Fehlgeburten. Obwohl sie zufrieden und sehr dankbar für ihr Leben als Familie waren, schien immer noch jemand zu fehlen. Campbell war klar, dass sein Vater das genauso gefühlt hatte, wie er selbst es empfand.

Campbell ging zum Ende des Landungsstegs und fand einen Platz, von dem aus er die Wellen, den Himmel und die Möwen beobachten konnte. Ein Kranich zog tiefe Kreise über den Wellen, bevor er anmutig herabstürzte und einen Fisch aus dem Wasser holte. Campbell schloss die Augen und probte die Worte, die er sagen müsste, um Lindseys Vertrauen wieder zurückzugewinnen, um sie davon zu überzeugen, dass er nicht das war, wofür sie ihn hielt. Schimpfworte gingen ihm durch den Sinn: *Stalker, Mistkerl, Schuft*. Er betete, dass dies nicht die Worte waren, mit denen sie ihn gerade innerlich bedachte. Während er seinen Blick zum Himmel hob, fragte er sich, was Gott wohl von ihm hielt, was er zu diesem Augenblick in seinem Leben sagen würde. Dass er es verdient hatte? Dass er alles, was ihm anvertraut worden war, schlecht verwaltet hatte? Dass er ein Feigling war und nie das Richtige zur richtigen Zeit getan hatte, dass er immer einfach den Dingen ihren Lauf gelassen und die Schuld dann anderen zugeschoben hatte?

Falls Gott so von ihm dachte ... dann hatte er recht.

Campbell entdeckte ein Schiff am Horizont und wünschte sich instinktiv, er könnte mit diesem Schiff weit, weit fort fahren. Das war natürlich dumm. Aber ihm graute vor der Konfrontation mit Lindsey, vor der Enttäuschung über ihn, die er in ihrem Gesicht lesen würde. Andererseits war ihm klar, dass es an der Zeit war, sich den Dingen endlich zu stellen.

„Mir scheint, du solltest jetzt deinen Mann stehen", hörte er seinen Vater sagen. Das hatte er auch damals gesagt, als Campbell ihm von Ellies Schwangerschaft erzählt hatte. Campbell drehte sich um und setzte sich in Bewegung. Innerlich sprach er ein ganz einfaches Gebet. Es bestand nur aus einem Wort, das er immer und immer wiederholte: *Bitte. Bitte. Bitte.*

Es war an der Zeit, dass Lindsey den Brief schrieb, den sie aufgeschoben hatte, seit sie angekommen waren. Im Geiste hatte sie unendlich viele Fassungen aufgesetzt, deren emotionales Spektrum von Verzweiflung bis Glück reichte und wieder zurück. Lindsey nahm einen Briefblock mit hinaus auf die Veranda und legte ihn auf ihren Schoß. Normalerweise schrieb sie ihre Briefe dort am Strand, aber sie konnte den Weg jetzt einfach nicht auf sich nehmen. Außerdem erschien ihr der Briefkasten auf einmal nicht mehr sicher.

Die Worte fügten sich zu abgehackten Sätzen zusammen und schwankten zwischen Zorn und Zuneigung. Der Brief, das wusste sie, würde unzusammenhängend sein, aber er würde auch die Verwirrung widerspiegeln, die sie empfand, während sie dasaß und versuchte, die Worte aus ihrem Kopf zu Papier zu bringen. Sie kam nicht richtig in Schwung, wie es in den vergangenen Jahren der Fall gewesen war. Dieses Mal flossen die Worte nicht so natürlich aus ihr heraus. Diesen Brief zu schreiben war harte Arbeit, so schwer wie Muskelaufbau, so schwer, wie in einer Ehe auszuharren, die schon vor langer Zeit gestorben war.

Ein seltener Windhauch blies durch das Fliegengitter, riss an den Zetteln auf dem Block und kühlte ihre Haut. Sie schloss die Augen und ließ die frische Brise über ihr Gesicht streichen, während sie sich vorstellte, es wäre Campbell, der gekommen war, um sich zu verabschieden. Als sie die Augen öffnete, stand Campbell auf dem kleinen Rasenstück vor dem Haus ihres Onkels, als hätte sie ihn heraufbeschworen.

Er trat nervös von einem Fuß auf den anderen; seine Augen waren so traurig, wie sie es noch nie bei ihm gesehen hatte. Zum zweiten Mal an diesem Tag zwang sie sich, nichts zu empfinden, so zu tun, als sei ihr Herz aus Stahl und nicht aus Fleisch und Blut. Sie sah zu, wie er sich zögernd näherte.

Bevor er die erste Stufe nehmen konnte, erhob sie sich von ihrem Stuhl und ging ihm entgegen. Dass er dem Haus so nahe kam, erschien ihr nicht richtig, jetzt, wo Grant wieder da war. Sie starrten einander an und keiner von ihnen schien zu wissen, wie er anfangen sollte.

„Es … es tut mir so leid“, sagte er schließlich, „wegen der Briefe.“

Sie hob die Hand und schüttelte den Kopf. „Geh bitte wieder“, erklärte sie ihm, obwohl das nicht war, was sie eigentlich sagen wollte.

„Wenn du mich erklären lässt –“, setzte er an.

„Campbell“, sagte sie. Es tat weh, seinen Namen laut auszusprechen. „Grant ist zurückgekommen. Mein Mann. Er möchte, dass wir es noch einmal miteinander versuchen. Im Augenblick ist er mit den Kindern am Strand, aber sie könnten jeden Augenblick zurückkommen. Darum wäre es mir wirklich lieb, wenn du gehen würdest. Ich möchte nicht –“

„Was möchtest du nicht?“, unterbrach er sie. „Du willst nicht, dass er mich sieht? Du willst nicht, dass er es erfährt? Warum? Hast du vergessen, dass er dich verlassen hat? Was gibt ihm das Recht, hier hereinzuplatzen und zu erwarten, dass du alles einfach aufgibst, was –“

„Campbell, es ist ja nicht so, als wäre da schon groß etwas aufzugeben. Du und ich, wir waren doch nur einmal gemeinsam essen. Und nach dem, was ich eben herausgefunden habe, glaube ich, dass es das Beste ist, wenn ich die Dinge im Augenblick nicht noch zusätzlich verkompliziere. Grant und ich haben zwei Kinder, an die wir denken müssen. Wir haben etwas, um das sich zu kämpfen lohnt.“

Er schaute sie so abgrundtief erschüttert an, dass es ihr schwerfiel, fest zu bleiben. „Und wir nicht? Ist es das, was du sagen willst?“

Sie schüttelte den Kopf und wandte sich von ihm ab, schaute in die Richtung, aus der Grant mit den Kindern kommen würde. Ihr blieb nur noch wenig Zeit mit Campbell. „Ich will sagen, dass ich vor langer Zeit gelernt habe, dass ich dir nicht vertrauen kann. Es war dumm von mir zu denken, dass sich seitdem etwas Grundlegendes geändert hat. Ich weiß nicht, wie du an meine Briefe gekommen bist und ich will es auch gar nicht wissen. Als ich nach Hause kam und Grant hier wartete, hat sich alles verändert."

„Auch das, was zwischen uns ist?", fragte er. Er packte sie am Arm und zwang sie, ihn anzublicken. Seine blauen Augen blitzten und sendeten unausgesprochene Signale an ihr Herz, eine Art Morsecode, der zwischen ihnen immer existiert hatte, wie ihr jetzt klar wurde. „Du willst das wirklich einfach aufgeben?" Er flehte sie mit seinen Augen an.

Sie wandte erneut den Blick ab. „Du solltest jetzt gehen", sagte sie, obwohl sie das gar nicht wollte. Obwohl sie Angst davor hatte, Grant wieder in ihr Leben einzulassen, wusste sie, was sie zu tun hatte. Sie hatte jetzt die Gelegenheit, ihren Kindern den Vater zurückzugeben. Was für eine Mutter wäre sie, wenn sie diese Chance nicht nutzen würde? Und das für einen Mann, der sie so betrogen hatte wie Campbell? Was für eine Frau wäre sie, wenn sie ihre Familie für eine dumme Jugendschwärmerei aufgab?

Campbell rührte sich nicht. Sie kämpfte gegen den Drang an, ihm um den Hals zu fallen, wandte sich von ihm ab und setzte sich in Bewegung, zurück zur Veranda, wo ihr Brief auf sie wartete. „Bitte, Campbell. Geh einfach. Es war ein Fehler zu denken, wir könnten die Vergangenheit wiederholen und ein anderes Ende erwarten."

Entschlossen stieg sie die Stufen hoch und lauschte auf seine Schritte, die sich entfernten, auf den Motor seines Trucks, der zum Leben erwachte, und das Knirschen der Reifen, die über die Einfahrt rollten. Sie drehte sich nicht um, bis er fort war, weil sie Angst hatte, sie könnte schwach werden, falls sie ihn noch einmal anschaute.

KAPITEL 31

Sunset Beach
Sommer 2004

NACHDEM LINDSEY CAMPBELL WEGGESCHICKT HATTE, FUHR er nach Hause. Zum Glück waren seine Mutter und Nicki nicht da, als er ankam. Im Augenblick hätte er ihre fragenden Blicke nicht ertragen können. Vermutlich hatte seine Mutter Nicki irgendwohin zum Essen eingeladen und obwohl er wusste, dass auch er etwas zu Abend essen sollte, konnte er sich nicht vorstellen, auch nur einen Bissen herunterzubringen.

Als er an der Küche vorbeikam, standen ihm Annas und Jakes Gesichter vor Augen, ihr ungläubiger Ausdruck, als er ihnen Minervas Süßigkeiten geschenkt hatte. Er stellte sich vor, wie sie zusammen mit Grant die Oreos und das Wassereis auf der Veranda verspeisten, auf der er eben Lindsey angetroffen hatte, und unerklärlicherweise fühlte er sich betrogen, weggeschoben. Wie dumm war er gewesen, Lindsey so schnell wieder in sein Herz zu lassen, sich vorzustellen, dass sie für sehr viel längere Zeit als die wenigen Tage hier zu seinem Leben gehören könnte. Er war zu voreilig gewesen, hatte zu viel gewollt. Wie immer.

Niedergeschlagen stieg er die Treppe zu seinem Zimmer hoch und zwang sich, die Briefe, die auf dem Boden verteilt herumlagen, nicht anzuschauen. Er stellte sich vor, wie Lindsey sie zornig durch das Zimmer schleuderte, bevor sie hinausstürmte. Nicki hatte sie heruntergeworfen und er hatte sich nicht die Zeit genommen, sie an den Ort zurückzulegen, an dem sie jahrelang gelegen hatten. Wenn er das getan hätte, sähe sein Leben jetzt vielleicht anders aus. Er schob diesen Gedanken schnell beiseite, was nicht leicht war.

Als er das letzte Mal in diesem Zimmer gestanden hatte, war alles noch so hoffnungsvoll, so voller *Möglichkeiten* gewesen – Nicki machte gute Fortschritte und Lindsey war wieder zurück in seinem Leben. Dummerweise hatte er sich zu sicher gefühlt. Aber ein einziger Augenblick, eine Entscheidung, hatte alles verändert. Das war eine Lektion, die er wohl immer und immer wieder lernen musste, bis er sie endlich begriff.

Oh Gott, was habe ich getan? Hilf mir. Bitte.

Er sammelte die Briefe auf und ordnete sie nach Jahren, so wie er sie aufbewahrt hatte. Ob das nun obsessives Verhalten oder nur eine romantische Neigung war, aber er konnte ihre Briefe nicht einfach wie Abfall im Zimmer verteilt herumliegen lassen. Er sah auf sie herab und fragte sich, wie viele Male er jeden einzelnen davon wohl gelesen hatte. Einige kannte er auswendig – ganz besonders einen. Hätte er Lindsey die Identität der Seelenfreundin verraten sollen, der sie treu all diese Jahre geschrieben hatte? Hätte er ihr erklären sollen, dass es nicht dieselbe Seelenfreundin war, die den Briefkasten für alle anderen betreute, sondern dass Lindsey einen eigenen Seelenfreund hatte? Besser noch, hätte er ihre Briefe unangetastet lassen sollen?

Es gab Zeiten, da hatte er in Erwägung gezogen, dort am Briefkasten auf sie zu warten, um ihr alles zu erklären. Sie hatte ihre festen Gewohnheiten; er hätte ihr Eintreffen beim Briefkasten auf die Stunde genau vorhersagen können. Früher hatte er sich immer vorgestellt, wie er sich auf die Bank im Sand setzte und auf sie wartete. Er hatte sich sogar schon zurechtgelegt gehabt, was er sagen würde, hatte sich vorgestellt, wie es wohl wäre, ihr Gesicht wiederzusehen, wenn sie vor ihm stand.

Aber er hatte es sich immer wieder verboten und damit argumentiert, dass sie ihn gar nicht sehen wollte, dass sie ihn bestimmt hasste und er nicht mehr als die Briefe von ihr bekommen würde. Und natürlich würde sie keine Briefe mehr schreiben, wenn sie über ihn Bescheid wüsste, und er wollte nicht, dass sein Eingeständnis ihr den Zauber nehmen würde, den der Briefkasten immer für sie gehabt hatte. Und vor allem hatte er Angst davor, was aus ihm werden würde, wenn er sich nicht mehr jedes Jahr auf ihren Brief freuen konnte. Ihr die Wahrheit zu sagen hätte am Ende nur dazu geführt, dass ihr etwas genommen wurde, was ihr heilig war – und ihm der Höhepunkt jeden Jahres: Lindseys neusten Brief zu lesen, einen Einblick zu gewinnen in ihr Leben, ihr Herz, und sie auf eine Art kennenzulernen, wie sie kein anderer kannte. Wenigstens ein Stück von ihr zu haben, wenn er sie schon nicht ganz haben konnte.

Du hast nie um sie gekämpft. Schon zum zweiten Mal in dieser Woche durchzuckte ihn dieser Gedanke. Durch eine Aneinanderreihung dummer Entscheidungen und unangebrachter Loyalität vor langer Zeit war ihm Lindsey entglitten, damals, als er Gottes Reden in seinem Leben noch nicht beachtete, als er noch nicht wusste, dass Gott ihn so sehr liebte, dass er ihm eine zweite Chance gab. Er konnte nicht in der Zeit zurückgehen und den Kurs seines Lebens nachträglich ändern, aber er konnte *jetzt* aufstehen und wie ein Mann um das kämpfen, was er wollte. Er brauchte sich jetzt nicht widerstandslos zu fügen!

Plötzlich wusste er, was er zu tun hatte. Er nahm einen Stift und ein Blatt Papier aus seiner Schreibtischschublade und versuchte, seine Gedanken niederzuschreiben. Obwohl alles in ihm schrie, er solle weglaufen, aufgeben, weiterziehen und loslassen, ließ ein anderer Teil von ihm das nicht zu.

Sein Stift kratzte über das Papier, während er die Leere mit Worten füllte. Worte der Entschuldigung, der Wahrheit, des Versprechens. Worte der Liebe. Sie flossen nur so aus ihm heraus, schufen eine Verbindung zu Lindsey, so wie es schon immer gewesen war, doch dieses Mal in umgekehrter Richtung. Er wusste, sobald er das gesagt hatte, was zu sagen war, blieb ihm nichts mehr zu tun. Oder nur eins. Er betete, dass sie die Entscheidung traf, auf die er so viele Jahre gewartet hatte.

Von außen betrachtet waren sie in dem Restaurant in Calabash eine ganz normale Familie, die darauf wartete, einen Tisch zugewiesen zu bekommen. Lindsey ermahnte die Kinder, nicht draußen auf das Tor zu klettern, beruhigte sie, als sie fragten, wie lange es denn noch dauern würde, und plauderte höflich mit Grant. Ein flüchtiger Beobachter hätte nichts vermisst. Aber ein flüchtiger Beobachter konnte nicht in ihr

Herz sehen oder die Emotionen erahnen, die in ihr brannten. Sie lächelte, sie machte Konversation, sie schimpfte. Aber sie war nur halb anwesend.

Wie in einer Ironie des Schicksals hatte Grant dasselbe Restaurant gewählt, in dem sie am Abend zuvor mit Campbell gewesen war, ein Lokal der gehobenen Klasse. Sehnsüchtig ruhte ihr Blick auf dem Tisch, an dem sie gestern gesessen hatten, und nur zu gern hätte sie die Uhr zurückgedreht zu diesem Moment, als sie noch nicht wusste, was sie jetzt wusste.

Während sie den ihnen zugewiesenen Tisch ansteuerten, suchte Anna mit einem fragenden Ausdruck auf dem Gesicht ihren Blick: *Passiert das wirklich?* Lindsey tat so, als würde sie es nicht bemerken.

Als sie Platz nahmen, wählte Jake den Platz neben Grant. Sein Blick hing wie gebannt an seinem Vater und er erinnerte sie an ein kleines Hündchen, das mit wedelndem Schwanz eifrig darauf bedacht war, seinem Herrchen zu gefallen. Es war deutlich zu erkennen, dass er seinen Vater anbetete, und die Freude auf seinem Gesicht war beinahe blendend. Lindsey konnte nicht so tun, als würde sie das nicht sehen.

„Habt ihr zwei denn schöne Ferien?“, fragte Grant, nachdem der Kellner ihre Getränkebestellung aufgenommen hatte und sich wieder entfernte.

Anna und Jake nickten und pusteten die Hüllen ihrer Strohhalme auf den jeweils anderen. „Bitte ohne Spucke“, warnte Lindsey Jake. Er verdrehte die Augen und ließ die Strohhalmhülle fallen.

Grant lächelte sie an. *Du bist eine gute Mutter*, sagten seine Augen. Ihr wurde übel.

„Was war euer bisher schönstes Erlebnis?“, fragte er. Er wollte eindeutig gutes Wetter machen. „Surfen? Sandburgen bauen?“

„Wir haben keine Sandburgen gebaut, weil du ja nicht da warst“, erklärte Anna. Sie stützte ihre Ellbogen auf den Tisch und ihr Kinn in ihre Hände und funkelte ihn an.

Lindsey applaudierte ihrer Tochter innerlich.

„Na ja, vielleicht könnten wir das ja morgen nachholen“, bot Grant an.

Jake meldete sich zu Wort. „Ich weiß, was das Schönste war, Papa.“

„Und was?“ Grant wuschelte ihm durch die Haare.

„Als du gekommen bist“, verkündete er.

Grant suchte Lindseys Blick, doch sie schaute weg. Vorher allerdings bemerkte er noch den Ausdruck auf ihrem Gesicht, der ihm verriet, dass sie mit sich rang und dass er dies zu seinem Vorteil nutzen könnte.

Ein Piepen empfing sie, als sie das Haus betraten. Lindsey hatte ihr Handy ins Ladegerät gesteckt, nachdem sie versucht hatte, Holly zu erreichen und feststellen musste, dass der Akku leer war. Sie folgte dem Piepen bis in ihr Schlafzimmer, wo das Telefon auf ihrer Kommode lag. Hoffentlich würde sie später noch eine ruhige Minute haben, um mit Holly zu telefonieren. Es gab so vieles zu besprechen.

Als sie das Handy zur Hand nahm, rechnete sie damit, Hollys Nummer auf dem Display zu sehen. Doch es gab fünf verpasste Anrufe von ihrem Onkel. Panik stieg in ihr hoch.

Hatte er angerufen, um sie zu bitten, das Haus zu räumen? Schließlich war es sein Haus. Mit klopfendem Herzen suchte sie seine Nummer aus ihrem Telefonverzeichnis und wählte, und während sie auf die Verbindung wartete, ermahnte sie Anna und Jake, die im Flur vor ihrem Zimmer Fangen spielten, sie sollten etwas leiser sein. Schnell schloss sie die Tür und setzte sich auf das Bett.

Ihr Onkel meldete sich beim ersten Läuten. „Lindsey?"

„Onkel Bob, ich habe gesehen, dass du angerufen hast. Ist alles in Ordnung?" Das Zittern ihrer Stimme verriet ihre Angst.

„Lindsey, ich wollte dich wegen deiner Mutter sprechen", erklärte er.

Sie schämte sich der Gefühle, die sie durchströmten. Es musste eine schlechte Nachricht sein, wenn er sie anrief, doch sie empfand Erleichterung, dass er sie nicht aufforderte abzureisen. „Was ist passiert?", fragte sie.

„Sie hatte einen Herzanfall und es geht ihr nicht besonders gut. Sie muss operiert werden und …" Er hielt inne. „Sie hat nach dir gefragt. Ich habe ihr versprochen, dass ich versuchen würde, dich zu erreichen."

„Oh", erwiderte sie erschrocken. Sie sah sich im Zimmer um und eine Million Gedanken stürmten auf sie ein.

„Ich weiß, du bist im Urlaub und ich weiß auch, dass du mit den Kindern allein bist –"

„Nein", erwiderte sie, „Grant ist da." Sobald sie die Worte ausgesprochen hatte, bereute sie es schon. Es hatte keinen Sinn, die anderen wegen einer neuen Entwicklung in Aufruhr zu versetzen, die alles oder nichts bedeuten konnte.

„Ach so, äh, das ist ja schön", sagte er.

„Ich meine“, fuhr sie fort, „er besucht die Kinder.“ Sie ließ die Luft entweichen und hoffte, dass sie ihn von dem Gedanken abgebracht hatte, sie und Grant hätten sich wieder versöhnt. Oder waren sie dabei? Sie schüttelte den Kopf und versuchte sich auf das Gespräch zu konzentrieren.

„Das ist bestimmt gut. Für die Kinder“, fügte er hinzu.

„Hm-hm“, machte sie vage.

„Würdest du bitte deine Mutter anrufen?“, fragte er. „Ich weiß, dass euer Verhältnis nicht das Beste ist, aber es geht ihr wirklich nicht gut. Sie wird morgen operiert und sie ist schrecklich schwach. Es gibt …“, er suchte nach den richtigen Worten, „… da wohl Dinge, die sie dir noch sagen möchte.“

Lindsey nickte. „Natürlich, Onkel Bob, ich rufe sie an.“

„Heute Abend ist es zu spät für einen Anruf, aber es wäre gut, wenn du es gleich morgen früh versuchen würdest, vor ihrer Operation.“

Sie notierte sich die Nummer auf ihren Handrücken mit einem Stift, der in ihrem Nachttisch lag. Nachdem sie aufgelegt hatte, starrte sie auf die Tinte, die ihre Haut verunstaltete, und erinnerte sich daran, wie ihre Mutter sie immer ermahnt hatte, nicht auf ihre Hand zu schreiben, davon bekäme sie eine „Tintenvergiftung“. Sie erinnerte sich, wie überrascht sie über diesen mütterlichen Rat gewesen war. Damals wie heute hatte ihre Mutter sie überrascht. Sie wollte weinen, doch es kamen keine Tränen. Stattdessen sah sie nach Grant und den Kindern, bevor sie eine andere Nummer wählte. Nie hatte sie so dringend mit ihrer besten Freundin reden müssen.

Als Holly sich meldete, übersprang sie den Small Talk. „Bitte hör auf, darum zu beten, diese Reise möge für mich denkwürdig werden … oder wofür immer du auch beten wolltest!“

„Was?“ Holly lachte. Im Hintergrund hörte sie Josies Lachen und die Stimmen eines Zeichentrickfilms.

„Ich will es kurz machen“, begann Lindsey, während sie sich auf ihr Bett fallen ließ und die Schuhe von ihren Füßen streifte. „In dieser Woche habe ich zufällig Campbell wiedergesehen, ich bin mit ihm ausgegangen, dann habe ich bei ihm alle Briefe gefunden, die ich in all den Jahren an die Seelenfreundin geschrieben habe, und die Krönung von allem: Heute ist Grant hier aufgetaucht und will, dass wir es noch einmal miteinander versuchen. Oh, und ... was alles in den Schatten stellt, ich habe gerade erfahren, dass meine Mutter einen Herzanfall hatte. Und sie bittet mich, sie anzurufen.“

„Einen Augenblick mal. Was? Kannst du das noch mal wiederholen? Ich glaube nicht, dass ich dich richtig verstanden habe“, wandte Holly ein. Lindsey hörte, wie eine Tür ins Schloss fiel und die Hintergrundgeräusche leiser wurden. „Okay, ich habe Rick das Baby gegeben und bin jetzt draußen auf der Veranda, damit ich mich konzentrieren kann. Im Ernst, sag das noch mal und bitte dieses Mal ein wenig langsamer!“

Lindsey lächelte. „Ohhhkaaaay. Ich sage es laaaangsaaaamer“, scherzte sie, dankbar über den Augenblick der Fröhlichkeit.

„Hey, mach dich nicht lustig über mich. Mein Leben dreht sich um pürierte Karotten und Windeln, nicht um alte Liebesaffären und zwei Männer, die hinter mir her sind. Zwei Männer, Linds! Im Ernst, zwei Männer!“

Lindsey lachte. Sie kannte ihre Freundin wirklich gut. „Okay, ich bin jetzt ernst. Weil ich wirklich deine Hilfe brauche. Erstens, ich bin mit Campbell ausgegangen. Du erinnerst dich doch noch an ihn?“

Holly schnaubte. „Natürlich."

„Also, er ist inzwischen von Ellie geschieden und wohnt immer noch hier. Seine Tochter Nicki ist siebzehn. Und sie ist auch hier. Sie hat eine Essstörung und es ist – nun ja, das ist eine lange Geschichte, aber er ist noch genauso, wie ich ihn in Erinnerung hatte und wir haben eine wundervolle Zeit verlebt und alles lief so gut und –"

„Hey, du wolltest doch langsamer reden", unterbrach Holly sie. „Du bist schon wieder zu schnell."

„Entschuldige. Also weiter. Gestern bin ich an seinem Haus vorbeigekommen und wollte ihm eine Nachricht hinterlassen und ihm für den Abend danken."

„Und dann? Du hast gesagt, er hat deine Briefe? Was heißt das?"

„Er hat meine Briefe. Die, die ich seit Jahren in den Briefkasten lege. Du weißt schon."

„Ja, natürlich weiß ich das, aber wie kommt er an deine Briefe?"

„Tja, das ist die Frage des Tages", sagte Lindsey. „Ich habe es nicht in Erfahrung bringen können, denn als ich nach Hause kam, saß Grant mit den Kindern auf der Veranda. Campbell ist am Nachmittag hergekommen, aber ich habe ihn weggeschickt. Um ehrlich zu sein, ich war nicht bereit, mit ihm zu reden. Ich fühlte mich von Grund auf betrogen."

„Wieder einmal", meinte Holly. Sie hörte, wie Holly eine Kaugummiblase machte und platzen ließ. Holly hatte ständig ein Kaugummi im Mund. „Und was willst du jetzt tun?"

„Ich hatte gehofft, du könntest mir das sagen."

„Ich fürchte, da betrittst du Neuland, Mädel."

„Hey, danke, Holly. Das wusste ich noch gar nicht."

„Ich würde dir ja anbieten, dir zu Hilfe zu eilen, aber ich müsste ein schreiendes Baby mitbringen, das gerade Zähne bekommt, und ich bin nicht sicher, ob es das ist, was du im Augenblick brauchst."

Sie hörte, wie Anna und Jake sich mit Grant im Wohnzimmer balgten. „Ja, wir haben hier schon genug Geschrei", meinte sie.

„Die Kinder sind vermutlich begeistert, dass Grant wieder da ist", sagte Holly.

„Natürlich. Sie hätten nichts dagegen, wenn er noch heute wieder bei uns einziehen würde."

„Hast du eine Ahnung, warum er ausgerechnet jetzt wieder zurückgekommen ist?"

„Nein. Allerdings hatte ich ihn ja vorher sogar noch gebeten, mitzukommen, wie du dich sicher erinnerst."

„Wie heißt das alte Sprichwort noch? ‚Sei vorsichtig mit dem, was du dir wünschst …'", neckte Holly sie.

„Sei bloß still."

„Also, Linds, vielleicht solltest du ihn erst mal fragen, warum er überhaupt gekommen ist. Und würdest du mir einen Gefallen tun?"

„Natürlich", erwiderte sie.

„Lass Grant nicht nur der Kinder wegen wieder zurückkommen."

Lindsey dachte daran, wie Jake Grant beim Abendessen angeblickt hatte, an die Sehnsucht, die sie in Annas Blick gesehen hatte, als sie nach dem Essen ins Auto stiegen. Sie würde sich mit Grant versöhnen, wenn es ihre Kinder glücklich machte, wenn sie nur irgendeine Garantie dafür bekäme, dass sie wieder die Familie sein könnten, die sie sich immer gewünscht hatte. „Das sagt sich so leicht", erwiderte sie. „Meine Kinder bedeuten mir alles. Wie könnte ich ihnen den Vater wegnehmen, wenn er bereit ist, zurückzukommen?"

„Es geht nicht nur um die Bereitschaft. Ich möchte nicht, dass du dich zu billig verkaufst." Holly lachte und ihre Stimme nahm einen anderen Klang an, einen, den Lindsey nicht mehr gehört hatte, seit sie Teenager waren. „Also, ich muss es unbedingt wissen: Wie sieht Campbell jetzt aus?"

Lindsey senkte die Stimme. „Noch genauso gut wie früher", flüsterte sie.

„Ach, zu schade. Wenn er fett geworden wäre und eine Glatze hätte, dann wäre es viel leichter für dich." Sie hörte förmlich, wie sich Hollys Lippen zu einem Lächeln verzogen. „Ich möchte noch für dich beten, bevor wir Schluss machen. Ist das okay?"

„Sehr gern. Im Augenblick kann ich Gebet gut gebrauchen. Sehr viel Gebet", witzelte Lindsey. „Aber bitte keine Gebete mehr für ereignisreiche Wochen am Strand."

Über viele Kilometer hinweg, verbunden durch die Wunder der Technik, schlossen die beiden Freundinnen ihre Augen und senkten ihre Köpfe und Holly betete für Lindsey, wie sie es im Laufe der Jahre so häufig getan hatte. Sogar vor vielen Jahren, als Lindsey noch gar nicht daran glaubte, dass Gebete etwas bewirken könnten. Jetzt wusste sie es besser. Holly betete, Gott möge Lindsey Klarheit schenken, was sie tun sollte.

Nachdem Holly „Amen" gesagt hatte, sagte Lindsey: „Wenn ich es nicht besser wüsste, würde ich denken, dass du mehr für Campbell bist."

„Ich bin für *dich*", antwortete Holly. „Ich möchte, dass du glücklich bist. Und ich möchte, dass du weißt, dass du unendlich wertvoll bist und dass jeder Mann froh sein kann, dich zu bekommen. Okay?“

Lindsey lachte. „Okay. Danke, Holl. Ich hab dich lieb.“

„Ich dich auch. Und ich kann kaum erwarten zu hören, wie es weitergeht“, meinte Holly.

„Ich auch nicht“, sagte Lindsey und musste unwillkürlich lachen. „Du wirst die Erste sein, die es erfährt.“

„Ich nehme dich beim Wort. Denk an deine langweilige alte Freundin, die in der Hausfrau-und-Mutter-Welt gefangen ist. Ich kann ein wenig Aufregung gut gebrauchen.“

„Die biete ich dir gerne“, erklärte Lindsey und verdrehte ihre Augen, obwohl Holly sie gar nicht sehen konnte. „Und Holly?“

„Ja?“

Lindsey hörte die Comicstimmen wieder anschwellen, als Holly das Zimmer verließ. „Im Augenblick klingt langweilig sehr verlockend für mich.“

„Du weißt, dass ich mein Leben um nichts in der Welt eintauschen würde“, sagte Holly. „Ich möchte nur, dass es dir besser geht!“

Lindsey lachte, verabschiedete sich und klappte ihr Handy zu, dann atmete sie tief durch und ging zu Grant und den Kindern. Sie brauchten einen Schiedsrichter für ihren Ringkampf. Wie in alten Zeiten.

KAPITEL 32

Sunset Beach
Sommer 2004

AM NÄCHSTEN MORGEN STAND LINDSEY FRÜH AUF UND schlich sich mit ihrem Handy an Grant vorbei, der auf der Couch lag und schlief. Seine Füße hingen über der Armlehne und seine Arme waren über dem Kopf verschränkt. Seit einem Jahr hatte sie ihn nicht mehr schlafend gesehen. Er kam ihr vor wie ein Fremder.

Lautlos öffnete sie die Tür zur Veranda und setzte sich auf einen der Korbstühle, bei denen die Farbe abblätterte. Die Tinte auf ihrer Hand war vom Schlafen verschmiert, aber die Nummer war noch zu erkennen. Schnell tippte sie die Zahlenreihe ein und wartete auf das Läuten.

Die Stimme ihrer Mutter war leise und schwach, als sie sich meldete, ganz anders als der Kommandoton, den Lindsey in Erinnerung hatte.

„Hallo, Mama", sagte sie. Ihre Unsicherheit war unglaublich groß. „Äh, wie geht es dir? Onkel Bob sagte, ich solle früh anrufen, bevor du in den Operationssaal gebracht wirst."

„Ich freue mich, deine Stimme zu hören", erwiderte ihre

Mutter mit schwacher und kurzatmiger Stimme. „Ich habe Bob gebeten, dich zu informieren. Er sagte, du wärst mit deiner Familie am Meer."

„Ja, wir sind hier in Sunset." Sie bemühte sich um Fröhlichkeit. „Es ist mein zwanzigstes Jahr hier." Ein Bild stand ihr vor Augen, während sie sprach: ihre Mutter auf dem Parkplatz ihres Wohnhauses, die ihr ohne eine Spur von Traurigkeit nachwinkte. „Erinnerst du dich noch, als ich in jenem ersten Jahr herkam? Ich war so wütend auf dich, weil du mich gezwungen hattest mitzufahren. Jetzt sollte ich dir wohl dankbar sein."

„Ich wollte, dass du einmal eine richtige Familie erlebst, wenigstens für kurze Zeit", erklärte ihre Mutter. „Mein Bruder konnte dir geben, was ich dir nicht geben konnte."

Lindsey nahm den Hörer vom Ohr und starrte ihn fassungslos an. War dieses Eingeständnis gerade von *ihrer* Mutter gekommen? Sie drückte sich das Telefon wieder ans Ohr. „Mama", sagte sie, „ich dachte immer … "

„Dass ich dich nicht wollte?", beendete ihre Mutter den Satz.

Sie verzog das Gesicht. „Ja."

„Ich weiß. Das war mein Fehler. Ich konnte mein Versagen nie eingestehen." Sie seufzte, ihr Atem kam stoßweise. „Ich wusste nicht, wie ich dir sagen sollte, was ich fühlte. Und darum habe ich zugelassen, dass du mich aus deinem Leben drängst. Ich hatte es verdient. Ich war es, die sich dir entfremdet hatte. All diese Jahre …" Ihre Stimme verklang.

Lindsey fühlte sich wie damals, als sie im Sportunterricht einen Basketball in den Bauch bekommen hatte. Sie schnappte nach Luft. „Mama." Sie brach ab, ihr Blick wanderte über das

Wasser, sie suchte nach Worten. „Ich habe nie –“ Sie lachte. „Ich weiß nicht, was ich sagen soll.“

„Sag, dass du mich besuchen kommst. Nach der Operation. Ich dachte immer, dass ich noch genügend Zeit hätte, mit dir alles wieder in Ordnung zu bringen. Aber jetzt ist mir klar geworden, dass keiner von uns weiß, wann es vorbei ist. Die Zeit, die mir noch bleibt, würde ich gern mit meiner Tochter verbringen.“

Tränen sammelten sich in Lindseys Augenwinkeln, als sie nickte. „Ja, natürlich kommen wir. Ich fände es schön, wenn du Anna und Jake sehen würdest.“

„Das fände ich auch schön“, erwiderte ihre Mutter. „Ich muss die verlorene Zeit aufholen. Mehr als alles in der Welt möchte ich dich endlich kennenlernen, und meine Enkelkinder.“ Lindsey vernahm eine Stimme im Hintergrund. „Oh“, sagte ihre Mutter, „sie wollen mich jetzt für die Operation vorbereiten. Ich muss Schluss machen.“

Ihre Mutter klang sehr alt, ganz anders als die Frau, die damals im Büstenhalter und Schuhen mit hohen Absätzen durch die Wohnung getänzelt war. Lindsey schluckte. „Onkel Bob soll mich unbedingt nach der Operation anrufen und berichten, wie es gelaufen ist. Und … ich werde für dich beten.“

Ihre Mutter schwieg einen kurzen Augenblick. „Danke“, sagte sie höflich, bevor sie das Gespräch beendete. Lindsey klappte ihr Handy zu und drehte sich um.

Grant stand auf der Veranda. „Was ist los?“, fragte er und legte die Hand auf ihre Schulter.

Sie zuckte die Achseln. „Das war meine Mutter.“

„Deine Mutter?“

„Ja", erwiderte sie. „Diese Reise wird immer ungewöhnlicher." Ihre Mundwinkel hoben sich unmerklich.

Grants Hand lag schwer auf ihrer Schulter. „Warum hast du sie angerufen?" Grant war immer noch verwirrt. Sie hatte ihm am Abend zuvor nichts vom Anruf ihres Onkels erzählt.

„Sie hatte einen Herzanfall. Mein Onkel rief an und hat es mir erzählt. Sie wollte unbedingt noch vor der Operation mit mir sprechen."

Lindsey hielt inne. Eine leichte Brise strich über die Veranda hinweg. Tief atmete sie die frische Meerluft ein und dankte Gott im Stillen, dass sie hier sein konnte. Der Urlaub hier war zu einer Konstanten in ihrem Leben geworden, so wie es Holly immer gewesen war. Sie dachte über ihre Mutter nach – konnte sie ihren Worten Glauben schenken? War das nicht zu schön, um wahr zu sein? Das einzig Konstante, was sie von ihrer Mutter kannte, war ihre Unberechenbarkeit.

Lindsey schaute Grant an. Bestimmt bemerkte er ihre Unsicherheit. „Sie möchte, dass die Kinder und ich sie besuchen."

Er zog sie an sich. „Ich fahre euch. Wir können sofort los."

Lindsey schüttelte den Kopf und versteifte sich. Sie wollte sich nicht von seiner Aufmerksamkeit und Fürsorge einwickeln lassen. „Nein. Sie sagte, wir sollten in ein paar Tagen kommen. Ich warte, bis mindestens eine Woche vergangen ist."

Grant ließ sich nicht beirren. „Ist gut. Sag einfach Bescheid, wenn ich etwas tun kann. Ich weiß, wie schwierig die Begegnung mit deiner Mutter für dich sein wird, aber du wirst das gut meistern. Du bist der versöhnlichste Mensch, den ich kenne." Er wich zurück. „Die Kinder möchten, dass ich Pfannkuchen backe. Möchtest du auch welche?"

Wie hatte sie seine berühmten Samstagmorgen-Pfannkuchen vermisst. Sie nickte und wischte sich die Augen ab.

Nachdem er im Haus verschwunden war, lauschte sie auf das Jubelgeschrei der Kinder über seine Pfannkuchen. Er setzte auf ihre Vergebung, das war ihr klar. Sicher, sie konnte ihm vergeben, hatte ihm bereits vergeben, aber sie fragte sich auch, ob sie ihn je wieder wirklich lieben und ihm so vertrauen könnte, wie sie ihren Mann lieben und ihm vertrauen sollte. Während sie zuhörte, wie ihre Kinder das „Pfannkuchenlied" sangen, das sie vor Jahren erfunden hatten – es bestand aus einem Refrain mit dem Text: „Papa macht tolle Pfannkuchen, tolle Pfannkuchen, tolle Pfannkuchen", der mehrmals wiederholt wurde –, war ihre Verwirrung größer als je zuvor.

Sie begann zu beten. Sollte sie ihr Herz erneut einem Menschen öffnen, der sie in der Vergangenheit so tief verletzt hatte? Und wenn ja, wem von beiden? Sie dachte an Hollys Gebet vom vergangenen Abend und hoffte nur, dass Gott schnell eine Antwort schickte.

Später am Vormittag teilte Lindsey Grant mit, sie wolle allein zum Briefkasten gehen. Er hatte nichts dagegen. Auch ihm war klar, dass dies kein gewöhnlicher Urlaub hier am Meer war. Ihre Befürchtung war, dass ihr die Wahrheit im Gesicht geschrieben stand. Dass er nach all diesen Jahren in der Lage wäre, direkt in ihren Kopf zu schauen und die Gedanken an Campbell zu sehen, die sie mit sich herumtrug. Als er nun lächelte und nicht nur erwiderte, sie solle ruhig gehen, sondern auch, sie solle sich Zeit lassen, war sie verblüfft. Sie schob den

Gedanken, dass er sie nicht so gut kannte, wie sie gekannt werden wollte, beiseite und setzte ein Lächeln auf. Er ging zu Anna und Jake. Sie winkte ihnen zu und war dankbar, dem Strandhaus entfliehen zu können. Schnellen Schrittes eilte sie über den verlassenen Strand. Nur die Möwen und ihre Gedanken leisteten ihr Gesellschaft.

Der Brief steckte in ihrer Tasche. Sie hatte ihn endlich geschrieben, obwohl er ganz anders ausgefallen war als der, den sie eigentlich hatte schreiben wollen. Seit ihrer Ankunft in Sunset vor wenigen Tagen hatte sich so vieles verändert!

Grant und sie hatten am Abend zuvor nicht miteinander geschlafen, obwohl er es natürlich versucht hatte. Nachdem die Kinder im Bett waren, hatte er sich ins Schlafzimmer geschlichen. Ihn dort stehen zu sehen, nachdem sie so weit gekommen war, hatte sie aus dem Gleichgewicht gebracht. Obwohl ein Teil von ihr ihn bei sich haben wollte, wünschte eine andere Seite in ihr ihn weit fort. Sie schaute von dem Buch auf, das sie zu lesen vorgab, und starrte ihn verblüfft an. Er deutete auf das Bett. „Kann ich zu dir kommen?", fragte er.

„Grant", sagte sie, legte das Buch hin und strich die Decke glatt, damit sie ihn nicht direkt ansehen müsste. „Es ist noch zu früh dafür. Ich brauche sehr viel mehr Zeit."

Er ließ scharf die Luft entweichen und zeigte einen Anflug von Ungeduld. „Ach so. Und wo soll ich schlafen?"

Sie unterdrückte ein Lächeln. Das war ihre kleine Rache. „Auf der Couch?", bot sie freundlich an.

Er ließ sich nicht so schnell abweisen. Entschlossenen Schrittes durchquerte er den Raum und setzte sich neben sie auf das Bett. Er roch anders, nach einem fremden Waschmittel und nach einem Rasierwasser, das eine andere für ihn ausgesucht hatte. Lindsey zog die Nase kraus. Er beugte sich vor und küsste ihre Wange, vergrub seine Hand in ihren Haaren.

„Deine Haare sind so lang geworden", sagte er. Grant mochte es, wenn ihre Haare in einem bestimmten Stil kurz geschnitten waren, genauso ordentlich und vorhersehbar wie das Leben, das sie früher geführt hatten. In der Zeit seiner Abwesenheit hatte sie es wild und lang wachsen lassen, ein Akt der Rebellion.

Sie zuckte die Achseln. „Mir gefällt es", sagte sie.

„Mmm, mir auch", flüsterte er ihr mit rauer Stimme ins Ohr, ein Klang, den sie nur zu gut kannte.

Sie legte beide Hände an seine Schultern und schob ihn mit aller Kraft von sich fort. Er schaute sie an und sein Gesichtsausdruck spiegelte den Schrecken wider, den er empfand. Offensichtlich hatte er gedacht, wenn er sich ein bisschen Mühe gab, könnte er sie schon herumkriegen.

„Grant", sagte sie, „ich habe dir gesagt, dass es zu früh ist. Du bist so lange fort gewesen und so viel ist passiert – du kannst doch nicht allen Ernstes erwarten, dass wir einfach da weitermachen, wo wir aufgehört haben."

Enttäuschung verdüsterte sein Gesicht, als er vom Bett aufstand. „Nein, Lindsey, das hatte ich ganz und gar nicht erwartet. Die Wahrheit ist, ich will gar nicht da weitermachen, wo wir aufgehört haben. Denn wo wir aufgehört haben, war es schrecklich. Ich wollte hier, in dieser Woche, mit dir und den Kindern etwas Neues beginnen." Er ging zur Tür und drehte sich noch einmal zu ihr um. „Ich hoffe irgendwie, dass du das zulässt." Und damit war er fort.

Am Morgen, als sie gemeinsam am Tisch saßen und ihre Pfannkuchen verspeisten, hätte sich Lindsey beinahe im

Augenblick verloren. Aber der Gedanke an ihren Brief und dass sie ihn zum Briefkasten bringen wollte, hielt sie fest verankert in der Realität. Nur mühsam überstand sie das Frühstück und eine Runde *Uno* mit Grant und den Kindern, bevor sie in aller Eile das Haus verließ.

Sie ging so dicht am Wasser entlang, dass ihre Füße nass wurden. In tiefen Zügen atmete sie die salzige Meerluft ein. Nachdenklich steckte sie die Hand in ihre Tasche und streichelte den Brief, als sie vor sich den Briefkasten in den Dünen erblickte, ihren eigenen, persönlichen Leuchtturm. Ihr Herzschlag beschleunigte angesichts der Tatsache, dass er so nah war, setzte aber beinahe aus, als ihr wieder bewusst wurde, dass es keine Seelenfreundin für sie gab, keinen Zauber, der diesem Ort innewohnte, wie sie früher geglaubt hatte.

Bevor sie den Briefkasten öffnete, um ihren Brief hineinzulegen, zögerte sie kurz. Ihr Pulsschlag beschleunigte sich, als sie darüber nachdachte, dass Campbell ihr Jahr für Jahr gefolgt war, sich in den Dünen versteckt gehalten und sie beobachtet hatte. Obwohl es draußen heiß war und die Sonne auf sie herabbrannte, erschauderte sie bei dem Gedanken, beobachtet zu werden. Sie schaute sich um, suchte die Dünen ab und versuchte, eine Bewegung auszumachen, einen flüchtigen Blick auf ihn zu erhaschen. Aber da war nichts. Als sie den Briefkasten öffnete, wurde ihr klar, dass das, was sie fühlte, seltsamerweise Enttäuschung war.

Im Briefkasten lagen wie üblich lose Blätter, wasserabweisende Notizbücher und Stifte ohne Kappen. Oben auf den Notizbüchern entdeckte sie ein gefaltetes Blatt Papier, auf dem ihr Name stand. Sie griff hinein und bemerkte, dass ihre Hand zitterte, synchron mit ihrem zitternden Herzen. Mit dem Brief in der Hand ging sie hinüber zu der Bank im Sand und nahm darauf Platz. Ihre Augen füllten sich mit Tränen, als sie zu lesen begann.

Liebe Lindsey,

erst vor wenigen Minuten haben wir in eurem Strandhaus miteinander gesprochen. Du hast mich fortgeschickt und das kann ich dir nicht verübeln. Ich weiß, du bist zornig auf mich wegen dem, was ich vor dir geheim gehalten habe. Du hast bestimmt eine Million Fragen, die ich dir beantworten müsste. Und glaube mir, ich möchte sie dir alle beantworten. Für den Rest meines Lebens werde ich dir deine Fragen beantworten, wenn es nötig ist.

Ich weiß, dass jetzt, wo dein Mann wieder zurückgekommen ist, die Dinge etwas komplizierter geworden sind. Aber seine Ankunft muss nicht bedeuten, dass es für uns keine Chance gibt. Ich möchte glauben, dass wir eine Zukunft haben. Denn wenn ich nicht mehr glauben kann, dass wir eine Chance haben – wie ich es geglaubt habe, wann immer ich einen deiner Briefe gelesen habe –, dann werde ich aufhören zu existieren. Allein der Gedanke an dich und daran, dass wir eines Tages vielleicht doch noch zusammen sein können, hat mich jeden einzelnen Tag meines Lebens bewältigen lassen, seit ich 16 Jahre alt war und dich an eben diesem Strand geküsst habe.

Ich habe viele dumme Fehler gemacht. Und das Wissen, dass ich dir das Herz gebrochen habe, hat mich all die Jahre davon abgehalten, dich zu suchen. Aber die Wahrheit ist, ich war immer für dich da, auch wenn du es nicht sehen konntest. All diese

Jahre, in denen du treu an deine Seelenfreundin geschrieben hast. Ich muss dich jetzt fragen: Bist du bereit, die Tatsache zu akzeptieren, dass ich dieser Seelenfreund bin? Dass ich derjenige bin, der deine Briefe für dich aufbewahrt, deine Geschichte aufgezeichnet, jeden Schmerz und jede Freude mitempfunden hat, die du im Laufe der Jahre gefühlt hast?

Du kannst entscheiden, mich hier, an diesem Briefkasten als Teil deiner Vergangenheit zu verlassen, oder du kannst entscheiden, weiterzugehen, über diesen Ort hinaus, in eine Zukunft, die wir uns gemeinsam aufbauen können. Welche Entscheidung ich mir von dir wünsche, weißt du sicher. Ich werde warten, bis du deine Entscheidung getroffen hast, egal, wie lange es dauert.

All meine Liebe gehört dir
Dein Seelenfreund
Campbell

Sie faltete den Brief zusammen, steckte ihn in ihre Tasche und nahm den Brief heraus, den sie mitgebracht hatte, um ihre eigenen Worte noch einmal zu lesen.

Lieber Seelenfreund,

von allen Briefen, die ich dir im Laufe der Jahre geschrieben habe, ist dies der schwerste, den ich je zu Papier bringen musste. Weil ich weiß, dass es mein letzter sein wird. Wie gern bin ich jeden Sommer hierhergekommen. Wie viele Erinnerungen sind mit diesem Ort verknüpft, an dem ich Jahr für Jahr von meinem Leben erzählt und den Brief in diesen Briefkasten gelegt habe.

Hat das alles jetzt, wo ich weiß, dass du der Empfänger bist, seinen Zauber verloren? In gewisser Weise schon. Aber in anderer Hinsicht überhaupt nicht. Doch nun ist es an der Zeit, sich einzugestehen, dass dieser Zauber eine Illusion ist, wie es bei so vielen Dingen in der Welt der Erwachsenen der Fall ist. Wenn die Umstände anders gewesen wären, dann hätten wir vielleicht eine gemeinsame Zukunft haben können. Aber die Wahrheit ist: Die Umstände sind, wie sie sind. Mein Mann möchte unsere Ehe retten. Du hast eine Tochter, die dich jetzt mehr denn je braucht. Wir müssen unser Leben fortsetzen und aufhören, in einer fernen Vergangenheit zu leben, die wir vergebens zurückzuholen versuchen.

Ich werde nie mehr dieses 15-jährige Mädchen sein. Und du wirst nie mehr dieser 16-jährige Junge sein. Aber du sollst wissen, dass ich, auch wenn ich nicht mehr schreiben werde, diese beiden Menschen in meinem Herzen bei mir tragen werde. Immer.

Lindsey

Sie hielt die beiden Briefe, Campbells und ihren, in der Hand und wog sie gegeneinander ab wie auf einer Goldwaage. Welcher war real? Welcher war mehr wert?

Ihr Blick wanderte hinaus auf das Meer und sie wünschte, sie könnte blinzeln und würde Campbell dort stehen sehen, wie er Muschelschalen über das Wasser hüpfen ließ. Oder Holly, die voller Freude im Rhythmus der Wellen tanzte. Wie gern hätte sie beide gefragt: „Was würdest du tun, wenn du ich wärst?“

„Hilf mir“, flüsterte sie vor sich hin.

Bevor sie es sich ausreden konnte, zerriss sie ihren Brief in tausend Fetzen und gestand sich zum ersten Mal ein, dass sie noch nicht bereit war, Campbell Lebewohl zu sagen, Grant hin oder her. Sie wusste, dass zwischen ihr und Campbell noch nicht alles gesagt war, was es zu sagen gab. Wann oder wie sie ihn wiedersehen würde, wusste sie nicht, aber als sie den Rückweg zum Haus antrat, wusste sie, dass der Briefkasten sie irgendwie zusammenschweißen würde, so wie er immer ein Bindeglied zwischen ihnen gewesen war. Campbell und Grant müssten eben warten, bis sie Klarheit gewonnen hatte. Sie hatte ganz bestimmt schon lange genug auf sie warten müssen.

KAPITEL 33

Sunset Beach
Sommer 2004

„SOLL ICH NICKI HEUTE ZU IHRER THERAPIESTUNDE FAHren?“, fragte Campbells Mutter. Er lag immer noch im Bett, den Arm über sein Gesicht gelegt, um sich vor den Sonnenstrahlen zu schützen, die durch sein Fenster fielen. Er hatte versucht, einen Grund zu finden, um aus dem Bett aufzustehen. Nicki zu ihrer Therapiestunde zu fahren war das Einzige, was ihm eingefallen war.

„Du hast mir gerade den Grund genommen, heute Morgen überhaupt aufzustehen“, erwiderte er, ohne seinen Arm fortzunehmen.

Er hörte sie im Zimmer umhergehen. Sie öffnete die Rollos und hob seufzend seine herumliegenden Kleidungsstücke auf. Schließlich setzte sie sich auf seine Bettkante, so knapp, dass es aussah, als könnte sie jeden Augenblick abrutschen. Doch er rückte nicht für sie zur Seite. Er war selbstsüchtig, schmollte wie ein Kind. Seine Mutter wollte ihm Vorhaltungen machen, das spürte er. Doch dazu würde sie keine Gelegenheit bekommen.

„Campbell", sagte sie.

„Oh nein", murmelte er unter seinem Arm hervor. „Jetzt kommt's."

„Ich glaube, ich weiß, was dich beschäftigt. Und das ist nicht Nicki."

„Die Kandidatin erhält die volle Punktzahl!" Erst jetzt nahm er seinen Arm von den Augen und schaute sie mit einem schwachen Lächeln an.

Sie schüttelte den Kopf. „Ich habe zwar keine Ahnung, was zwischen dir und Lindsey passiert ist, aber eines weiß ich: Sie gibt dir das Gefühl, wieder jung zu sein – auf eine gute Art. Sie ist vielleicht sogar deine Seelenverwandte. Was immer sie ist, ich weiß, sie ist etwas ganz Besonderes."

Er drehte sich zum Fenster um. „Es ist zu spät, Mama", erklärte er.

„Ist sie bereits nach Hause gefahren?", fragte sie.

„Nein, sie wird den Rest der Woche hier mit ihrem Mann verbringen." Er schaute sie wieder an und hoffte, sie würde den Schmerz in seinen Gesichtszügen lesen und das Thema auf sich beruhen lassen. „Er ist zurückgekommen. Und ich wurde abserviert. Fall beendet."

Sein Eingeständnis konnte seine Mutter nicht daran hindern, fortzufahren. „Nun, dann ist es noch nicht zu spät. Du musst zu ihr gehen. Du musst ihr nachlaufen. Vielleicht hat sie die ganzen Jahre darauf gewartet, dass du um sie kämpfst. Vielleicht möchte sie nur wissen, dass sie es dir wert ist." Sie schaute ihn mit hochgezogenen Augenbrauen an und er musste unwillkürlich grinsen.

„Hat Papa um dich gekämpft, Mama? ", fragte er, obwohl die Erwähnung seines Vaters bei ihnen beiden den Schmerz über seinen Verlust wieder aufleben ließ, als würde man auf eine frische Wunde drücken.

„Jeden Tag, Schatz", erwiderte sie, als sie sich erhob. „Jeden Tag."

Als Lindsey das Strandhaus betrat, hörte sie Grants Stimme aus dem Schlafzimmer. Die Kinder waren draußen am Kanal und warfen Steine ins Wasser. Sie waren so in ihr Spiel vertieft, dass sie ihre Ankunft kaum mitbekamen. Lindseys Herzschlag beschleunigte sich, als sie auf Zehenspitzen zum Schlafzimmer schlich. Es war ein sehr starkes Gefühl des Déjà-vu. Sie blieb vor der geöffneten Tür stehen, wo sie ihn sehen konnte, von ihm aber nicht bemerkt wurde. Er hatte ihr den Rücken zugewandt und schaute zum Fenster hinaus. Vermutlich behielt er Anna und Jake im Auge.

„Ich weiß", sagte er gerade. „Ich doch auch." Eine lange Pause folgte.

„Natürlich", sagte er dann. „Ja. Das weißt du doch."

Seine Stimme hatte dieselbe Färbung wie gestern Abend, als er versucht hatte, Lindsey zu verführen. Ihr wurde eiskalt. Sie hatte das Gefühl, als würde ihr das Blut in den Adern gefrieren und ihr Herz klopfte so laut, dass sie sich kaum auf seine Worte konzentrieren konnte.

„Ich musste das einfach tun. Für die Kinder. Nein, nicht für sie. Ich habe dir doch gesagt, dass es zwischen uns vorbei ist." Er hielt inne und lachte dann, ein tiefes, kehliges Lachen.

Im nächsten Augenblick dachte Lindsey nicht mehr an Anna und Jake und daran, was sie sich wünschten oder was gut für sie wäre oder nicht. Sie dachte nicht mehr an das Foto von ihrer Familie, das zu Hause im Flur hing, das Bild der Perfektion, das sie Tag für Tag anstrebte, mit jeder Entscheidung, die sie traf. Vielmehr dachte sie daran, wie sie noch vor einer Stunde am Strand gestanden hatte, an das befriedigende Gefühl, als sie ihren Abschiedsbrief an Campbell zerrissen, die Fetzen ins Meer geworfen und zugesehen hatte, wie die Wellen sie davontrugen. Ihr ganzes Leben lang hatte sie getan, was *richtig* war, was von ihr *erwartet* wurde. Und es hatte zu nichts geführt. In einigen wenigen Sekunden hatte Grant sie gerade davon überzeugt, dass es weniger riskant war, Campbell eine Chance zu geben, als sich auf weitere Jahre der Enttäuschung mit Grant einzulassen. Vor fünf Jahren, vor einem Jahr, noch vor einer Woche hätte sie das ignoriert, weil sie die Familie zusammenhalten wollte. Aber jetzt war alles anders.

Wutentbrannt stürmte sie ins Zimmer und riss Grant das Telefon aus der Hand. Den schockierten Ausdruck auf seinem Gesicht bemerkte sie kaum. Ihr war vollkommen egal, wie die Stimme der Frau am anderen Ende der Leitung klang, als sie ihr mitteilte, Grant würde sie auf dem Heimweg zurückrufen. Sie wusste nur, dass sie ihn so schnell wie möglich aus dem Haus haben wollte.

„Ich weiß nicht, warum du hergekommen bist oder was du vorhast", sagte sie. „Aber ich möchte, dass du das Haus verlässt. Sofort. Wenn es nötig ist, rufe ich die Polizei. Aber ich will, dass du hier verschwindest, egal wie."

Er stotterte und suchte nach Worten. „Ich – es ist nicht, was du denkst – ich … sie ist einfach nur irgendjemand. Ich war ein paarmal mit ihr aus und sie wollte, dass mehr daraus wird. Ich – sie – ich habe nur versucht … ich musste sie bei Laune halten."

„Grant", fast tat er ihr ein wenig leid. „Du kannst mir nichts vormachen. Ich weiß, dass dir diese Frau mehr bedeutet. Und ich weiß, dass es zwischen uns wirklich aus ist. Jetzt kannst du eine andere mit deinen Lügen und Betrügereien verletzen. Aber ich werde es nicht sein. Nie mehr."

Sie spürte förmlich, wie Holly ihr zujubelte, als sie aus dem Schlafzimmer marschierte und ins Wohnzimmer stürmte, wo seine Reisetasche stand. Entschlossen stopfte sie seine wenigen Sachen hinein und drückte ihm dann die Tasche in die Hand.

„Ich kann das nicht mehr. Du hast mir genug zugemutet. Also geh und verabschiede dich von deinen Kindern", sagte sie. „Sag ihnen, dass dir dein Besuch bei uns Spaß gemacht hat, und ich erfinde dann eine Ausrede, warum du abreisen musstest."

Er nahm ihr die Tasche ab und steckte seine Schlüssel ein, fügte sich in die Situation und kämpfte nicht mehr dagegen an. „Es tut mir leid, dass du das Gespräch mit angehört hast", meinte er bedrückt.

Sie lachte. „Das glaube ich gern."

„Ich … ich konnte den Gedanken, dass du mit einem anderen Mann weiterziehst, einfach nicht ertragen. Etwas in mir wollte das aufhalten, wollte mir beweisen, dass ich es könnte."

„Aber … was willst du … woher wusstest du davon?"

„Anna rief mich an dem Abend, an dem du ausgegangen warst, an. Um mir Gute Nacht zu sagen. Sie sagte, sie hätte befürchtet, ich könnte im Strandhaus anrufen und mir Sorgen machen, weil sie nicht da wären. Sie sagte, du seist mit einem alten Freund namens Campbell ausgegangen." Er lächelte reuevoll. „Natürlich wusste ich, wer er ist. Und ich glaube, das konnte ich nicht akzeptieren."

Er hielt inne und das Klimpern seines Schlüsselbundes war das einzige Geräusch im Haus. Annas und Jakes Lachen drang leise von draußen herein. Der Gedanke, was gerade ein für alle Male für sie entschieden wurde, brach ihr das Herz, doch es stärkte umso mehr ihre Entschlossenheit.

„Ich wollte, dass du mich gehen lässt", erklärte Grant, „aber ich schätze, ich hatte nie darüber nachgedacht, dass ich dich dann auch loslassen müsste. Das ist doch wirklich lächerlich, nicht?"

Sie nickte. Grant konnte vermutlich keiner Frau treu sein, aber sie würde nicht mehr zu seinen Opfern gehören. Erleichterung erfüllte sie, nicht Traurigkeit oder das Gefühl des Verlustes. Das Geräusch der hinter Grant ins Schloss fallenden Tür kam ihr nicht vor wie ein Ende, sondern eher wie ein Neubeginn.

KAPITEL 34

Sunset Beach
Sommer 2004

BEVOR SIE ZU NICKIS THERAPIESITZUNG AUFBRACHEN, machte sich Nicki in der Küche zu schaffen, während Rita noch eine Waschmaschine mit Schmutzwäsche belud. Campbell saß brütend am Küchentisch vor einer halb aufgegessenen Schale Cornflakes. Die aufgeweichten Flakes schwammen in der mittlerweile warm gewordenen Milch herum.

Nicki betrachtete ihn misstrauisch. „Papa?", fragte sie. „Alles in Ordnung?"

„Alles bestens, danke, Schatz. Äh, ich denke, ich gehe heute zur Arbeit", verkündete er, obwohl sie ihn gar nicht nach seinen Plänen gefragt hatte.

Nicki legte den Kopf zur Seite und musterte ihn eindringlich. „Oma hat mir das mit Lindsey erzählt. Tut mir echt leid", sagte sie und das klang so erwachsen, dass er sie am liebsten zum Schweigen gebracht hätte.

Er bemühte sich um ein krampfhaftes Lächeln. „Das ist nicht so wichtig. Es geht nur um dich."

Sie schüttelte den Kopf. „Papa, dich mit Lindsey zu sehen

hat mich glücklich gemacht. Es hat mir sogar ein wenig Hoffnung für meine Zukunft gegeben. Ich hatte schon Angst, ich hätte von dir vielleicht so was wie einen genetischen Code für verkorkste Beziehungen geerbt."

„Aber Nicki, wir sind doch nur einmal miteinander ausgegangen."

„Ach, Papa, komm schon. Du und ich, wir wissen doch, dass es sehr viel mehr war als nur eine poplige Verabredung." Sie hielt inne und schien zu überlegen, ob sie weitersprechen sollte. „Weißt du, was mir am meisten geholfen hat, mit dieser ganzen Situation klarzukommen?"

Er schüttelte den Kopf. „Die Therapie? Dass du am Meer bist?"

„Sicher, das war auf jeden Fall hilfreich. Aber als ich im Krankenhaus die Augen aufschlug und kapierte, dass du den weiten Weg gekommen warst, um bei mir zu sein – das hat mir am meisten geholfen. Erst als ich dich in meinem Krankenzimmer sah, wurde mir klar, wie sehr ich mir gewünscht hatte, dass du mir nachgehst." Sie deutete mit dem Zeigefinger in seine Richtung und grinste, als sie die Rollen vertauschte. „Also, Oma und ich werden heute den ganzen Tag unterwegs sein und du hast nichts Besseres zu tun, als dich auf die Suche nach ihr zu machen. Gib euch noch eine Chance. Wenn es dann nicht funktioniert, lasse ich dich damit in Ruhe. Aber ich glaube einfach nicht, dass Lindsey nicht genauso gern bei dir sein möchte wie du bei ihr. Also versuch es doch, noch einmal mit ihr zu reden."

„Du redest genau wie deine Großmutter", sagte er und verdrehte die Augen.

„Ich werte das als Kompliment", sagte sie. „Hat Oma erzählt, dass sie heute bei der Therapiestunde dabei ist? Und danach gehen wir Mittagessen und fahren hinterher nach Myrtle Beach zum Einkaufen. Vielleicht begleite ich sie heute Abend sogar zu ihrem Treffen der Schildkrötenschützer", erklärte sie begeistert. „Was meinst du, habe ich eine Zukunft als Schildkrötenschützerin?"

Er lachte, als er sich vorstellte, wie Nicki ein T-Shirt der Schildkrötenschützer trug und inmitten einer Gruppe älterer Damen über den Strand marschierte. „Du hast eine Zukunft bei allem, was du dir vornimmst", erklärte er seiner Tochter.

„Papa?", fragte sie.

„Ja?"

„Du auch."

Er drehte sich um und wollte einen flapsigen Spruch von sich geben, doch er verstummte, als er bemerkte, dass sie die roten Flip-Flops trug. Freude durchströmte ihn und eine kurze Sekunde lang ließ er den Gedanken zu, dass die Zukunft hell und offen vor ihm lag. Vielleicht würde er den Rat seiner Tochter annehmen.

KAPITEL 35

Sunset Beach
Sommer 2004

AN DEM MORGEN NACH GRANTS ABREISE BESCHLOSS LINDsey, joggen zu gehen, bevor die Kinder aufwachten. Dieses Mal wollte sie am Strand laufen und nicht auf der Straße, denn sie hoffte, dass sie am Meer ihren Kopf frei bekäme und die Geschehnisse der vergangenen Tage besser verarbeiten könnte. Ihre Entscheidung in Bezug auf Grant war zwar bereits getroffen, aber sie wusste noch nicht, was sie mit Campbell tun sollte. Sie sah ihn vor sich, wie er an jenem Tag, an dem sie das mit den Briefen herausfand, im Garten gestanden hatte, wie sich sein Blick in sie hineinbohrte und sie anflehte, ihm noch eine Chance zu geben. Seinen Gesichtsausdruck konnte sie einfach nicht vergessen.

Sie rannte zum Landungssteg und freute sich darüber, dass der Strand zu dieser Tageszeit noch menschenleer dalag. Nur einige wenige Muschelsammler und alte Männer mit Metalldetektoren bevölkerten den Strand. Sie zwang sich, ihnen zuzulächeln, als sie an ihnen vorbeirannte. Immerhin war Sonntag, ein Tag, an dem man guten Willen zeigte. Während des

Laufens sprach sie mit Gott: *Zeig mir, was ich tun soll*, betete sie stumm. *Bitte sprich zu mir. Ich muss unbedingt von dir hören, Vater.* Sie dankte Gott, dass er Hollys Gebet um Klarheit in Bezug auf Grant so deutlich erhört hatte, und sie erinnerte ihn daran, dass sie in Bezug auf Campbell noch keine Antwort erhalten hatte.

Als sie den Landungssteg erreichte, entdeckte sie eine kleine Menschenmenge, die sich in der Nähe der Pfähle zusammengefunden hatte. Voller Sorge, es könnte ein Unglück geschehen sein, beschloss sie, der Sache auf den Grund zu gehen. Vielleicht hatten die Leute auch ein Schildkrötennest gefunden. Leise näherte sie sich der Menge und wartete, bis sich ihre Atmung wieder normalisiert hatte. Als ihr klar wurde, dass sich die Menschen nicht um eine Schildkröte oder einen Verletzten geschart hatten, war es zu spät. Sie hatten sich zum Sonnenaufgangsgottesdienst getroffen, der allwöchentlich am Landungssteg abgehalten wurde. Mehrere Köpfe wandten sich zu ihr um und sie fühlte sich gefangen.

Die kleine Gruppe wurde von dem Prediger begrüßt. Sie hielten die Augen halb geschlossen und viele tranken Kaffee aus einem Reisebecher. Wie sehnte Lindsey sich jetzt nach einem solchen Becher mit dampfend heißem Kaffee! Als alle die Köpfe senkten, ertappte sie sich dabei, dass sie die Menschenmenge nach Campbell absuchte, gleichzeitig schalt sie sich selbst, weil sie sich wünschte, ihn zu sehen. Wollte sie ihn überhaupt sehen? Und wenn? Was dann? Fragen über Fragen wirbelten durch ihren Kopf. Sie brachte ihre Gedanken zur Ruhe und konzentrierte sich auf das Lied, das angestimmt wurde, obwohl sie Text und Melodie kaum kannte. Aber in der Menschenmenge fiel das gar nicht auf.

Der Prediger, ein junger Mann, der kaum alt genug wirkte, um den Führerschein zu besitzen, verkündete, er wollte an diesem Morgen über Psalm 139 sprechen. Er räusperte sich und las die vertrauten Worte vor. Sein Adamsapfel hüpfte beim Sprechen auf und ab. Sie hatte den Psalm schon so oft gehört, dass sie beinahe nicht mehr zuhörte. Doch ihre Aufmerksamkeit wurde gefesselt, als der Prediger sagte: „Dieser Psalm zeigt uns, dass Gott uns durch und durch kennt und uns trotzdem liebt." Er las die Verse vor, die davon sprachen, wie genau Gott seine Schöpfung kennt – auch die Worte, die gedacht werden, bevor sie ausgesprochen werden, die Geheimnisse. Obwohl Gott die Hässlichkeiten kenne, die peinlichen Dinge, die Sachen, die niemand sonst sah, würde er sich nicht von uns abwenden. Vielmehr würde er die Menschen nur noch mehr lieben.

Lindseys Augen füllten sich mit Tränen, als die Worte bei ihr ankamen. Erneut dachte sie an Campbell, wie er in ihrem Vorgarten gestanden hatte. Die Worte des Predigers hallten in ihr nach. „Er kennt uns durch und durch und liebt uns trotzdem." Buchstäblich im Vorbeigehen hatte Gott ihr ihren Lebensvers geschenkt, nach dem sie gar nicht mehr gesucht hatte.

Nach dem Gottesdienst zerstreuten sich die Menschen. Lindsey ließ sich auf dem Sand nieder, schlang ihre Arme um sich selbst, um sich vor der kühlen Brise vom Meer zu schützen. Ihre Gedanken waren in Aufruhr, wirbelten durcheinander wie die Wellen des Meeres, eine krachte auf die nächste. Campbell hatte jedes Recht verspielt, ihr nahezukommen. Er hatte ihr Vertrauen missbraucht. Er wusste so viele Dinge über sie, die kein anderer wusste. Und doch hatte er sie um eine zweite Chance gebeten. Er kannte sie durch und durch und liebte sie trotzdem.

Lindsey fand es mehr als passend, dass Campbell nur wenige Minuten nach dem Gottesdienst am Strand eintraf. Es überraschte sie kaum. Noch während er sich neben ihr im Sand niederließ, hatte sie keine Ahnung, was sie ihm sagen sollte.

Eine Weile saßen sie schweigend nebeneinander, ihre Körper berührten sich beinahe. Sie hielt den Atem an; sie wartete auf eine Erklärung, die alles wieder in Ordnung bringen würde. Eine Erklärung, die sie vor Erleichterung auflachen ließ. Die Seelenfreundin hätte ihm die Briefe jedes Jahr gebracht, hoffte sie von ihm zu hören. *Bitte,* dachte sie, bitte *gib, dass ich mich darin irre.*

Er senkte den Blick auf den Sand, der sich unter ihnen wie eine weiche, graue Decke ausbreitete, strich mit den Fingerspitzen darüber, als ob er überprüfen müsse, wie er sich anfühlte, obwohl das Gefühl des Sandes zwischen seinen Fingern ihm so vertraut sein musste wie seine eigene Haut.

„Wo ist deine Familie?“, fragte er vorsichtig in die Stille hinein.

„Die Kinder schlafen noch oder schauen fern, aber ich musste raus.“

Er nickte. „Und dein Mann?“ Seine Stimme schwankte wie die eines Jugendlichen im Stimmbruch.

Sie wandte sich zu ihm um und verkniff sich ein Lächeln. „Ich habe ihn weggeschickt, als ich gestern vom Briefkasten zurückkam.“ Sie holte Campbells Brief aus ihrer Tasche. „Ich habe mitbekommen, wie er mit einer anderen Frau telefonierte, als er dachte, ich sei nicht da.“

Er seufzte. „Das tut mir leid."

Sie wandte den Blick von ihm ab, konzentrierte sich auf ein Schiff, das am Horizont entlangfuhr. „Mir nicht. Es hat mir geholfen, mir über einiges klar zu werden, ohne eine falsche Versöhnung herbeiführen zu müssen. Er wusste über dich Bescheid und konnte den Gedanken nicht ertragen, dass auch ich jemand anderen lieben könnte. Darum ging es ihm." Sie verzog das Gesicht und schüttelte den Kopf über Grants Unverfrorenheit. „Aber ich möchte nicht über Grant reden. Du musst mir helfen, das zu verstehen, Campbell", sagte sie und hielt den Brief in die Höhe.

Er atmete tief durch. „Sieh mal, ich wollte nicht, dass es so geschieht. Nichts davon. Du musst wissen, dass ich dir von den Briefen erzählen wollte. Wirklich."

„Aber wann? Warum hast du es mir nicht gesagt, als wir zusammen essen waren? Es ist ja nicht so, als hätte es keine Gelegenheit dazu gegeben."

„Ja, im Rückblick wäre das sicher das Beste gewesen." Er machte den Mund zu, öffnete ihn, klappte ihn wieder zu. „Ich ... ich wünschte, ich hätte es dir an jenem Abend erzählt. Aber ich wollte uns Zeit geben."

„Zeit wofür?"

Er strich ihr eine Haarsträhne aus dem Gesicht und schaute sie so eindringlich an, dass ihr ein Schauder über den Rücken lief. „Zeit, um uns an das zu erinnern, was wir einmal gehabt hatten. Ich wollte meine Chance nutzen und sie nicht gleich dadurch verderben, dass ich dir etwas gestand, das dich vielleicht veranlasst hätte, vor mir davonzulaufen."

Sie schüttelte den Kopf. „Dann erzähl es mir jetzt."

Der Strand bevölkerte sich allmählich. Familien ließen sich

in ihrer Nähe nieder, der Lärm und die Unruhe eines normalen Tages am Strand würden sie in ihrem Gespräch stören. Sie wollte allein sein mit ihm. Als ein Kind in der Nähe zu weinen begann, erhob sie sich. „Lass uns spazieren gehen. Dann können wir in Ruhe reden", sagte sie. Er stand auf und folgte ihr.

Sie gingen so dicht am Wasser entlang, dass die Wellen über ihre Zehen schwappten und ihre Füße tief in den nassen Sand einsanken. Als er zu sprechen ansetzte, wappnete sie sich innerlich gegen das, was kommen würde.

„Also ... in dem Jahr, in dem du diesen ersten Brief in den Briefkasten gelegt hast, wollte ich unbedingt wissen, was du über mich geschrieben hattest. Am nächsten Tag ging ich zum Briefkasten und nahm ihn heraus. Ich musste ihn einfach haben. Das war falsch und ich wusste das. Eigentlich hätte ich dich ja vermutlich nur zu fragen brauchen und du hättest mir den Brief zum Lesen gegeben. Doch stattdessen habe ich ihn hinter deinem Rücken gelesen." Er brach ab und schaute sie an, um ihre Reaktion zu ergründen. „Und im folgenden Jahr tat ich dasselbe wieder. In dem Sommer war unsere Beziehung so angespannt. Ich dachte, in dem Brief würdest du etwas darüber schreiben, wie du in Bezug auf uns empfandest. Was du natürlich auch getan hast."

Lindsey fühlte sich erneut nackt, ausgeliefert. „Ich habe in meinen Briefen immer die Wahrheit gesagt. Aber das war nur möglich, weil ich sicher war, dass niemand sie las." Sie hielt inne und korrigierte sich. „Na ja, ich meine, niemand, den ich kannte."

Die hereinkommende Flut trieb eine Welle etwas weiter an den Strand, sodass Lindsey schnell zurückwich. Campbell setzte ihr nach und versuchte ihre Hand zu ergreifen. Sie entzog sie ihm, verschränkte die Arme vor der Brust, während er mit seiner Erklärung fortfuhr.

„Und dann passierte das mit Ellie. Dieses Jahr war die Hölle für mich, das musst du mir glauben. Ganz plötzlich war es, als wäre ich falsch abgebogen und im Leben eines anderen gelandet. Wer war dieses Mädchen? Wo war das Mädchen, das ich eigentlich liebte? Wie kam es, dass ich plötzlich verheiratet war? Wie kam es, dass ich Vater geworden war? Doch ich hatte dieses Gefühl, das ich für ehrenhaft hielt … dass ich das Richtige tat. In jenem Sommer habe ich gelernt, dass ich die Verantwortung für mein Handeln übernehmen musste. Um meiner Tochter willen. Und auch in Bezug auf dich hätte ich das tun müssen. Aber damals wollte ich das nicht, darum versuchte ich, es einfach irgendwie zu überstehen. Und es war die Hoffnung, dass du im nächsten Sommer wieder zum Briefkasten kommen würdest und ich lesen könnte, wie es dir ging, die mir geholfen hat, das Jahr zu überstehen. Ich hatte mir vorgenommen, deine Briefe auch weiterhin zu lesen, als ich dir schrieb, dass ich Ellie geheiratet hätte. Ich hatte dich verloren und wollte dich doch ganz verzweifelt irgendwie festhalten.“ Er lächelte. „Ich glaubte, dich gut genug zu kennen, um zu wissen, dass du wiederkommen würdest. Und ich hatte recht.“

„Dann willst du also sagen, dass ich sehr berechenbar bin“, meinte sie mit dem Anflug eines Lächelns, das sie sich nicht verkneifen konnte.

„Nur für mich.“ Er lächelte zurück.

„Weiter.“

„Und von da an habe ich jedes Jahr in der letzten Juliwoche

nach deinem Brief im Briefkasten gesucht. Ich bin dir nicht gefolgt oder so etwas. Halte mich also bitte nicht für einen verrückten Stalker. Aber ich wusste ja, wann du normalerweise dorthin gingst. Du bist", sagte er und strich ihr eine Haarsträhne aus dem Gesicht, „ein richtiges Gewohnheitstier. Ich suchte immer am Samstagabend den Briefkasten auf und da lag er dann und wartete auf mich wie ein Versprechen, dass du immer noch in der Nähe bist. Ich hatte dich zwar verloren, doch durch diese Briefe warst du nicht ganz fort." Er schaute hinauf in den Himmel und beobachtete zwei Fischreiher, die auf dem Strand landeten, bevor er weitersprach. „Ich klammerte mich an diese Briefe, um ein Stück von dir zu behalten."

„Aber diese Briefe waren sehr persönlich. Sie waren nicht für dich bestimmt. Niemand sollte das alles über mich wissen. Schon gar nicht du!"

„Nur die Seelenfreundin, richtig? Du hattest nichts dagegen, dass die Seelenfreundin alles von dir wusste."

Verlegen wandte sie den Blick ab, aber er legte seine Hand unter ihr Kinn und drehte ihr Gesicht zu sich herum. „Lindsey", sagte er, „du hast diese Briefe an die Seelenfreundin geschrieben, damit sie sie liest, richtig?"

Sie nickte.

„Jedes Jahr hast du dieser Seelenfreundin, von der du dir so verzweifelt gewünscht hast, dass sie für dich da wäre, dein Herz ausgeschüttet. Und ich war da für dich und habe jedes Wort gelesen. Wenn ich diese Briefe gelesen habe, habe ich mir immer vorgestellt, dass du sie eigentlich an mich schreibst, auch wenn du das nicht wusstest. Doch tief in meinem Inneren denke ich, du wusstest es." Er tippte leicht an seine Brust, oberhalb seines Herzens. „Allerdings wusstest du nicht, dass auch du meine Seelenfreundin warst.“

Sie schaute ihn mit zusammengezogenen Augenbrauen an. „Tatsächlich?“

„Wenn ich deine Briefe nicht gelesen und gesehen hätte, wie dein Glaube von Jahr zu Jahr wuchs, hätte ich mich nie auf die Suche nach Gott gemacht, Lindsey.“ Er hielt inne. „Du warst es, die mir letztendlich klargemacht hat, dass ich Gott nicht gleichgültig bin, dass er mich wirklich liebt … diesen Feigling, der ich war.“

Sie blieb stehen und schaute ihn an. „Ich dachte …“ Sie schüttelte den Kopf. „Ich dachte, dass du Gott nähergekommen wärst, nachdem Ellie dich verlassen hatte. Das hat deine Mama –“

„Ja, nachdem Ellie mich verlassen hatte, ging ich zur Kirche. Damit hat es angefangen. Aber mitzubekommen, wie du gegen deine Zweifel angekämpft hast und schließlich dazu gekommen bist, Gott zu vertrauen, hat mich veranlasst, ihm ebenfalls vertrauen zu wollen. Du hast ihn für mich zur Realität werden lassen.“

Er griff nach ihrer Hand und sie überließ sie ihm. Mit seinen warmen Lippen küsste er ihre Fingerknöchel und schaute sie dann voller Liebe an. In seinen freundlichen Augen konnte sie keine Spur von Täuschung entdecken.

„Beinahe wäre ich heute nicht gekommen, um noch einmal zu versuchen, mich mit dir auszusprechen. Ich glaubte, nicht das Recht dazu zu haben. Aber du hast gesagt, dies sei ein Sommer der zweiten Chancen, und ich lerne, dass sogar ein Versager wie ich vielleicht einmal Glück hat.“ Er grinste. „Darum hoffte ich, dass du dich überwinden könntest, mir zu vergeben, dass ich deine Briefe gelesen habe. Ich schwöre dir, dass ich dir die Wahrheit sagen und dir die Briefe zurückgeben wollte. Sie sind ein Teil von dir und sie gehören zu dir." Er zog sie in die Arme und flüsterte in ihr Ohr: „Und ich auch."

KAPITEL 36

Sunset Beach
Sommer 2004

HAND IN HAND KEHRTEN CAMPBELL UND LINDSEY ZUM Strandhaus zurück. Sein Griff war so fest, dass sie ihm schließlich ihre Hand entziehen und sie reiben musste, um die Blutzirkulation wieder in Gang zu bringen.

„Entschuldige", sagte er, als er sah, wie sie ihre Hand massierte.

Sie grinste ihn an und ergriff dann wieder seine Hand. „Entschuldige dich nicht", sagte sie und schaute ihm tief in die Augen. „Entschuldige dich nicht", wiederholte sie, dieses Mal lauter und entschlossener.

Er nickte, verstand, was sie ihm mitteilen wollte. Schweigend liefen sie weiter. Als sie die Einfahrt ihres Hauses erreichten, drehte sie sich zu ihm um. „Ich möchte dir noch eine Frage stellen", sagte sie.

„Schieß los."

„Du bist also offensichtlich nicht die Seelenfreundin … aber du weißt, wer sie ist?" Ihre Stimme klang neckend.

Er lachte. „Nein."

Sie machte schmale Augen, als würde sie ihm nicht glauben.

Lachend hob er die Hand. „Ich schwöre es! Ich habe keine Ahnung, wer die wirkliche Seelenfreundin ist!"

Sie lächelte warm und er dachte an die Hindernisse, die es noch zu bewältigen gab, sowohl mit Lindsey als auch mit Nicki. Doch er war bereit für die Herausforderung. Eigentlich war er sogar wie dafür geschaffen.

„Okay, ich habe noch eine Frage", sagte sie.

„Was immer du willst", erwiderte er, obwohl sein Herzschlag sich beschleunigte, als sie diese Frage stellte.

„Wer hat das Bild in deinem Zimmer gemalt? Das von dem Mädchen, das neben dem Briefkasten sitzt? Ich meine, ich glaube zu wissen, woher es stammt, aber es erscheint mir einfach unmöglich, dass es ausgerechnet bei dir gelandet ist."

Er lächelte und schaute zum Strand. Diese Frage hatte er nicht erwartet. Schließlich erklärte er: „Ich bin einmal mit Nicki zu einem Flohmarkt in Wilmington gefahren. Sie stöberte überall herum, obwohl ich das ziemlich langweilig fand, möchte ich hinzufügen. Sie liebte es, sich all diese T-Shirts anzusehen und um Süßigkeiten zu betteln. Du kennst das ja."

Lindsey nickte.

„Wir stießen auf einen Stand, wo ein Mann Fotodrucke vom Strand verkaufte. Einige davon waren wirklich spektakulär. Unter seinen Werken entdeckte ich auch eines vom Briefkasten und ich fragte ihn, ob er noch mehr hätte. Es waren Schwarz-Weiß-Fotos, aber ich wollte eins in Farbe."

Ein kleiner Junge radelte mit seinem Fahrrad vorbei und Campbell wartete, bis er außer Hörweite war, bevor er weitersprach. „Dieser Mann", berichtete er weiter, „dieser Mann bekommt also plötzlich einen ganz seltsamen Gesichtsausdruck und sagt mit seinem britischen Akzent: ‚Nun, ich habe tatsächlich noch eins, aber es ist noch nicht bearbeitet. Doch Sie können es sich gern ansehen.' Er kramt in seinen Sachen herum und kommt mit diesem Foto zurück – dem ganz gewöhnlichen Abzug eines Fotos."

Sie schaute ihn an, ohne zu blinzeln.

„Und da sitzt du und schreibst einen Brief, den ich mir dann irgendwann geholt hatte. Ich konnte es nicht fassen." Er streichelte ihre Wangen. „Lindsey, ich schwöre dir, in diesem Augenblick kam es mir vor wie ein Zeichen. Dass ich dazu bestimmt war zu tun, was ich tat. Dass ich mit dir in Verbindung bleiben sollte." Er starrte sie an. „Ich meine, ist das ein Zufall?"

„Roderick Shaw", platzte sie heraus. Verblüfft schüttelte sie den Kopf.

„Ja genau! So hieß er! Ich fragte ihn, ob er dich kennen würde und woher. Er erzählte mir, er hätte dich am Briefkasten getroffen. Ich kaufte ihm auf der Stelle das Foto ab. Dann bezahlte ich ihm einen Haufen Geld, damit er das Foto nicht weiterverkaufte. Niemals." Er lachte. „Ich wollte nicht, dass ein anderer es bekam. Das war *mein* Foto. Tatsächlich hat er mir das Negativ überlassen. Er sagte, er würde merken, dass du mir sehr am Herzen liegst und er würde für uns beten." Er lachte. „Und dann kaufte ich Nicki eine Portion Zuckerwatte."

„Und das Gemälde?", fragte sie.

Er wurde rot. „Ich habe einen Künstler beauftragt, das Foto als Vorlage für ein Bild zu nehmen." Er zuckte die Achseln. „Ich wollte es an meiner Wand hängen haben, wo ich es jeden Tag anschauen konnte. Dann fühlte ich mich dir näher."

In diesem Augenblick kam Jake auf die Veranda. „Mama?“, rief er. Sie hob einen Finger.

„Ich gehe jetzt besser“, sagte sie.

„Ich würde heute Abend gern mit dir ausgehen“, schlug er vor. Sie wollte ihm widersprechen, aber er hob die Hand. „Nicki sagte, sie kommt gern her und passt auf deine Kinder auf.“ Er hielt inne. Was das, was er als Nächstes sagte, bedeutete, wusste er genau. „Sie mag deine Kinder sehr. Ich glaube, das ist ein gutes Zeichen, meinst du nicht?“

Sie nickte und trat nervös von einem Fuß auf den anderen. Er legte seine Hand sanft auf ihre Schulter und drückte seine Stirn an ihre. „Ich hole dich um sechs ab, okay?“, fragte er.

Sie nickte erneut, wandte sich dann rasch um und rannte die Treppe hoch. Während er ihr nachblickte, sah er nicht die erwachsene Lindsey. Er sah Lindsey mit 15, lachend, energiegeladen und voller Leben, vor allem, wenn sie zusammen waren.

An jenem Abend setzte Campbell Nicki beim Strandhaus ab und holte Lindsey ab. Anna und Jake schienen sich zu freuen, als sie Nicki sahen. Er hörte, wie sie versprach, mit Jake ein Videospiel zu spielen und Anna beim Schminken zu helfen.

Campbell legte den Arm um Lindsey und zog sie an sich. „Sie scheinen ohne uns bestens auszukommen.“

Sie grinste. „Ich glaube, sie sind sogar ganz froh, mich für ein paar Stunden los zu sein.“ Sie schluckte. „Sie haben es zwar nicht so gesagt, aber ich glaube, sie geben mir die Schuld daran, dass Grant abgereist ist.“

Er überhörte ihre Erwähnung von Grants Namen. An diesem Abend sollte er nicht zwischen ihnen stehen. „Ich glaube, Nicki findet es auch ganz gut, mal von zu Hause fortzukommen. Auch wenn sie den Abend jetzt mit zwei Kindern verbringt. Aber das ist vermutlich immer noch besser als mit meiner Mutter und Minerva."

Lindsey lachte, als er die Beifahrertür für sie aufhielt. Er beobachtete sie, wie sie den Stapel Briefe bemerkte, die er nach Jahren geordnet und mit einer roten Schleife zusammengebunden hatte. Eine einzelne Rose steckte in ihrer Mitte. Sie schaute ihn an.

„Ist das in Ordnung?", fragte er sie.

Ihre Augen füllten sich mit Tränen, als sie nickte und den Stapel durchblätterte. „Ich hätte nie gedacht, dass ich die noch mal wiedersehen würde."

„Sie sind alle da", erklärte er, tippte auf das Bündel und schloss ihre Tür.

Er fuhr zum Landungssteg. Doch bevor er mit ihr zum Ende des Piers ging, wie er es normalerweise tat, stellte er die Frage, die er ihr schon seit Jahren stellen wollte.

„Willst du mit mir tanzen?"

Sie schaute ihn an, als wäre er verrückt geworden. „Tanzen?", fragte sie, als hätte sie ihn falsch verstanden.

Er schaltete den CD-Spieler des Trucks an, wo er bereits ein bestimmtes Lied angewählt hatte. Als die ersten Töne von „Boys of Summer" ertönten, lachte Lindsey auf und schüttelte ungläubig den Kopf.

„Erinnerst du dich daran?“, fragte er.

„Wie könnte ich das vergessen?“

Er stieg aus und ging um den Wagen herum, um ihr beim Aussteigen behilflich zu sein. Dort, auf dem Parkplatz vor dem Landungssteg, nahm er sie in die Arme und sie tanzten zu dem Lied von Don Henley und beide dachten zurück an zwei Jugendliche, die langsam zu einem schnellen Lied tanzten. Obwohl sich so vieles verändert hatte, blieb der Tanz doch derselbe.

Einige Surfer eilten an ihnen vorüber, ohne sie wahrzunehmen. Ein Pärchen im Teenageralter spazierte vorbei. Sie erinnerten Lindsey und Campbell an früher, wie sie kicherten und sich auf dem Weg zum Landungssteg aneinanderdrängten.

Campbell sang Lindsey leise ins Ohr: „Ich verspreche dir, meine Liebe zu dir wird noch stark sein, wenn die Jungen des Sommers schon fort sind.“ Er hielt sie in den Armen, bis das Lied zu Ende war, dann ergriff er ihre Hand, um sie zum Landungssteg zu führen.

„Ich kann irgendwie kaum glauben, dass wir hierher zurückgekommen sind, trotz allem, was geschehen ist“, sagte sie nachdenklich.

Er lachte. „Ich auch nicht. Wir haben viel Zeit aufzuholen.“

„Aber war es denn verlorene Zeit?“, fragte sie.

„Was meinst du?“

„Ich meine, klar, wir hätten es uns so nicht ausgesucht, aber ich fange an zu glauben, dass vielleicht alles so kommen musste. Es sieht so aus, als hätten wir falsche Wege beschritten, mit den falschen Menschen … und doch, ich sehe Anna und Jake und Nicki –“

„Nicki?“, unterbrach er sie mit einem neckenden Grinsen auf dem Gesicht.

„Ja, Nicki!“ Sie lachte und stieß ihn sanft in die Seite. „Wie auch immer, ich weiß, dass sie da sein sollen und dass es sie ohne diese Umwege nicht gäbe.“ Sie schaute ihn an und er nickte. „Ich muss einfach glauben, dass dies Gottes höchstinteressanter Plan für unser Leben ist. Dass wir, aus welchem Grund auch immer, erst jetzt zusammen sein können, wo wir erwachsen geworden sind.“

„Ich wünschte immer noch, wir hätten zusammen erwachsen werden können“, sagte er und drückte ihre Hand.

„Und doch gefällt mir, was aus uns beiden geworden ist“, fügte sie hinzu. „Ich würde das nicht ändern wollen. Mir gefällt, wie du mit Nicki umgehst. Dass wir beide in unseren Kämpfen zu Gott gefunden haben. Ich weiß nicht, ob wir ohne diese Kämpfe jetzt da wären, wo wir sind.“

Er grinste nur. Und als sie das Ende des Landungsstegs erreichten, fragte er: „Können wir uns morgen treffen?“

Ihre Antwort kannte er schon. „Was hast du vor?“

Er lächelte. „Ich dachte, wir könnten hinaus zum Briefkasten gehen. Du musst dieses Jahr ja noch deinen Brief schreiben, wenn ich mich nicht irre.“

Sie dachte an den Brief, den sie geschrieben, aber wieder zerrissen hatte, und wusste, dass er recht hatte. Sie beugte sich zu ihm hinüber und gab ihm einen Kuss auf die Wange. „Lass uns dieses Jahr gemeinsam einen Brief schreiben. Wir führen eine neue Tradition ein. Ich will meine Briefe nicht mehr allein schreiben.“

Er legte seinen Arm um sie und sie standen an derselben Stelle, wo sie vor vielen Jahren getanzt und geträumt und beschlossen hatten, sich für immer zu lieben. Von dieser Stelle aus war der Briefkasten nicht zu sehen, aber er war immer in der Nähe. Die Möwen schrien und die Wellen klatschten unter ihnen gegen die Pfähle und sie hatten nie eine schönere Sinfonie gehört.

EPILOG

Der Briefkasten am Sunset Beach
Frühling 2005

SIE STAND INMITTEN DER KLEINEN GRUPPE VON GÄSTEN, DIE miterlebten, wie das Paar vor dem Briefkasten sein Eheversprechen ablegte. Mit anderen Menschen hier zu sein war irgendwie seltsam, unnatürlich. Sie liebte die Anonymität, sie liebte es, unbemerkt zu kommen und zu gehen und sich am Inhalt des Briefkastens zu freuen, ohne ihn teilen zu müssen. Sie verdrängte den Gedanken, wo sie sich befand und konzentrierte sich stattdessen auf den Anlass ihres Hierseins.

Sie beobachtete den Bräutigam, der so glücklich wirkte, wie sie ihn noch nie zuvor erlebt hatte, als er seinen Platz an der Seite des Pastors einnahm. Neben ihm stand der Sohn der Braut. In seinem gestärkten weißen Hemd und der Krawatte schien er sich reichlich unwohl zu fühlen. Der Junge zupfte an seinem Kragen und starrte hinaus auf das Meer, als würde er am liebsten hineinspringen. Sie lächelte und zwinkerte der Mutter des Bräutigams zu, ihrer besten Freundin. Gewisse Schuldgefühle plagten sie, weil sie ihre Identität vor ihr geheim gehalten hatte, aber das war nun einmal Teil ihrer Aufgabe.

Eine Geige begann zu spielen, ein Lied, das sie nicht kannte, als die Brautjungfern – die Tochter der Braut und die Tochter des Bräutigams – in identischen rosa Kleidern den mit Muscheln markierten Weg herunterkamen. Sie hielten jede einen Strauß aus Strandrosen in der Hand. Als die Braut hinter ihnen in Sicht kam, atemberaubend in ihrem schlichten weißen Kleid mit einem weißen Tuch um die Schultern, erhob sich die Seelenfreundin zusammen mit den anderen Gästen. Sie sah, wie die Braut einer Frau mit einer Gehhilfe in der ersten Reihe zuzwinkerte. Die Frau blinzelte zurück und zeigte den hochgereckten Daumen. Die Seelenfreundin bemerkte die Ähnlichkeit zwischen den beiden Frauen und fragte sich, ob sie wohl Mutter und Tochter waren.

Natürlich kannte jeder die Geschichte, wie der Briefkasten diese beiden Menschen zusammengebracht hatte – aber niemand kannte die unzähligen anderen Geschichten, in die die Seelenfreundin eingeweiht wurde, wann immer sie den Weg über den Strand auf sich nahm, um die Notizbücher und Briefe zu holen. Die Hochzeit hier mitzuerleben war ihre eigene Feier dessen, worum es ging.

Der Briefkasten gehörte nicht ihr. Er gehörte vielen. Obwohl sie ihr Geheimnis für sich behalten musste, konnte sie diesen Augenblick mit denen teilen, die hier versammelt waren. Sie konnte Gott danken, dass er sie für würdig erachtet hatte, die Seelenfreundin zu sein.

Der Briefkasten veränderte vielleicht nicht die Welt, aber ganz gewiss hatte er das Leben dieser beiden Menschen verändert und auch ihres, und allen einen Ort gezeigt, wo Seelengefährten zu finden sind, wo Hoffnung gedeiht und Liebe einen Weg zurück zum Anfang findet.

INVISIBILITÉ